“血与锈”经典科幻系列

淹没之城

[美]保罗·巴奇加卢比 著

平行出版实验室 译

张丽恒 审校

中信出版集团 | 北京

图书在版编目（CIP）数据

淹没之城 /（美）保罗 · 巴奇加卢比著；平行出版实验室译 . -- 北京：中信出版社，2023.8
（“血与锈”经典科幻系列）
书名原文：The Drowned Cities
ISBN 978-7-5217-5771-2

Ⅰ . ①淹… Ⅱ . ①保… ②平… Ⅲ . ①幻想小说—美国—现代 Ⅳ . ① I712.45

中国国家版本馆 CIP 数据核字（2023）第 112422 号

淹没之城
（“血与锈”经典科幻系列）
著者：［美］保罗 · 巴奇加卢比
译者：平行出版实验室
审校：张丽恒
出版发行：中信出版集团股份有限公司
（北京市朝阳区东三环北路 27 号嘉铭中心 邮编 100020）
承印者：北京盛通印刷股份有限公司

开本：880mm × 1230mm 1/32　插页：4
印张：12.5　字数：264 千字
版次：2023 年 8 月第 1 版　印次：2023 年 8 月第 1 次印刷
京权图字：01–2023–3261　书号：ISBN 978–7–5217–5771–2
定价：56.00 元

在灾难面前，
最大的挑战有时不是幸存下来，
而是重建和前行。

目录

第一章
困兽犹斗

铁链在黑暗的牢房中叮当作响。

厕所里的尿臊味、牢房里的汗味和恐怖气氛形成的瘴气，与腐烂的稻草散发的甜味交织在一起。水从楼上滴下来，落在古老的大理石艺术品上，这些精美的艺术品现在被苔藓和藻类弄得一团乌黑。

这里潮湿而闷热。远处传来的海洋气息对囚犯们来说是残忍而又折磨人的，这是在提醒他们再也尝不到自由的滋味了。囚犯中的深水派基督徒和锈圣教徒有时会大声祈祷，但大多数人都静静待着，养精蓄锐。

外面的大门发出咔嗒声，有人来了。脚步杂乱，人来得还不少。

一些囚犯惊讶地抬头看了看。上面没有人群跺脚的声音，也没有士兵们为血腥的角斗游戏呐喊的声音。然而，监狱的大门还是被打开了。囚犯们不知道发生了什么。他们等待着，希望这些人的到来与自己无关。他们祈祷自己能再多活一天。

看守们一起闯了进来，他们仗着人多势众，互相壮胆，挤过狭窄的走廊，走到最后边那个锈迹斑斑的牢房那里。其中几个人拿着手枪，一个人还拿着一根电棍，搞出噼里啪啦的电火花，这是监狱训导员的工具，但他对怎么使用并不在行。

所有人都感受到了恐怖的气息。

管钥匙的看守透过铁栏杆察看着。这只是又一个昏暗、闷热的牢房，地上散落着稻草，发霉的气味弥漫其中。但在牢房的角落里，有个不同寻常的东西，一个巨大的阴影，像深渊般深不可测。

“起来，狗脸怪，”管钥匙的看守说道，“有人要找你。”

山一般的阴影没有任何反应。

“起来！”

仍然没有任何回应。在相邻的牢房里，有人发出带着浓痰的咳嗽声，听起来像得了结核病。一名守卫低声说道：“他死了。终于死了。肯定是死了。”

“不，这东西从来不会死。”管钥匙的看守拿出他的警棍，敲击着铁栏杆，“你现在马上给我起来，否则有你好受的。我们会用电刑。你想不想试试？”

角落里的东西置若罔闻，也没有任何生命的迹象。他们等待着。几分钟过去了。又几分钟过去了。

最后，一名看守说：“他没气儿了，一点儿动静都没有了。”

“完了，”另一个人同意道，“黑豹还是把他杀了。”

“这么长时间才死。”

“害得我输了一百块钱。上校还说六只黑豹都挡不住他……”一个看守遗憾地摇了摇头说，“要是赌他死了，我就赚了。”

“你们可从没见过这些怪物在北方边境是怎么战斗的。”

“要是我见过，我就不会下注押这个狗脸怪会赢。”

他们都盯着那尸体看着。“好吧，现在他成了一堆爬满蛆的肉，”第一个看守说，“上校听到这个消息肯定会不高兴的。把钥匙给我。”

“不，”管钥匙的看守凄厉地说，“别相信他，那些狗脸怪是恶魔的后裔。这是大清洗的开始。圣奥尔莫斯看见他们来了。他们不会死，除非末日洪水来临。”

“老东西，把钥匙给我。”

“你还是别靠近他。”

第一个看守用鄙视的眼神看着他。“他不是恶魔，即便他是个强化人，也是由肉和骨头做的，和你我一样。你撕碎他，拿枪把他打成筛子，他一样会死。他并不比为神军战斗的娃娃兵更刀枪不入。把收割者们叫到这里，看看他们是否需要他的器官，至少我们可以卖血，半兽人的血是干净的。”

看守将钥匙插入锁孔。加强过的钢做的栅格吱吱作响滑到一边，整个牢笼是为囚禁这个怪物专门设计、加装的，里面还有一套锁，用在已经生锈的牢房原本的铁栏杆上。这些用于对付一般人来说足够了，但根本关不住这个可怕的科学和战争的混合体。

门开了，发出刺耳的摩擦声。

看守走向尸体。尽管是他自己要进来的，但他仍能感到自己因为恐惧而头皮发麻。即使死了，这个生物仍然散发着巨大的恐怖气息。看守曾见过他那双巨大的拳头将一个人的脑袋砸得粉碎的场景，也见过这个怪物跳起六米高，将尖牙咬入一只黑豹的颈动脉。

他虽然蜷缩着身体，但还是身形巨大。生前，他是一只巨兽，像高塔一样睥睨众生，但最具杀伤力的还不是他的体型。十几种掠食者的血液都在他的血管中流淌，他身上的 DNA 更像是一种致命的鸡尾酒，一种混合了老虎、公狼、鬣狗和其他未知之物的 DNA。这是一只完美的生物，从血液开始，就被设计成追杀、决斗和杀戮的绝佳机器。

虽然走起路来像个人，但当他龇牙时，露出的是老虎的獠牙；竖起耳朵时，是豺狼的耳朵在倾听；嗅着空气时，是一只缉毒犬的鼻子在寻味。这个看守曾经多次在角斗场上见过怪兽战斗，他宁愿赤手空拳面对十几个手持大砍刀的人，也不愿面对这个屠戮飓风。

看守站在他身旁看了很久。他没有一丝气息，没有任何动静，也没有还活着的迹象。曾经强壮、充满活力和致命的狗脸怪，现在只是留给收割者的一堆肉而已。

他终于死了。

看守蹲下来，用手抚摸怪兽的鬣毛。“可惜啊，你曾是棵摇钱树。本来是想看看你和我们的科伊狼车轮角斗，那将是一场好戏。”他说道，“真是可惜。”

在黑暗中，一只金色的眼睛闪耀着邪恶的光芒。

“确实可惜。”怪兽低声咆哮道。

“快出去！”管钥匙的看守大声喊道，但已经太迟了。

一个黑影猛地抖了一下身子。随即他身边的看守就撞到墙上，然后像一摊泥一样倒在了地上。

“关上大门！”

怪兽咆哮着，铁栏杆咔嚓一声关上了。管钥匙的看守拼命想重新锁上牢房门，但只能跳了回来，因为怪兽向栏杆撞过来，他咆哮着，虎牙暴露无遗。

铁栏杆都被撞弯了，看守们从腰上拔出电棍。蓝色火花四溅，他们一边用电棍击打怪物和铁栏杆，试图阻挡他，一边与管钥匙的看守一起奋力关闭加固过的第二道门。他们摸索着掏出手枪，这些老练的杀手被怪物的怒吼吓得不知所措。怪物再次撞击铁栏杆，锈迹斑斑的铁栏杆发出嘎吱声，弯曲变形。

“栏杆撑不住了！快跑！”

但管钥匙的看守稳住身形，又试着把第二层加强牢笼的锁锁上。“我就要成功了！”

怪物将一根生锈的钢筋从固定槽里拔了出来，通过栏杆缝隙猛击管钥匙的看守。钢筋砸向他的脑袋，他倒了下去。其他看守仓皇而逃，沿着走廊狂奔，大声呼救。

怪物继续有条不紊地拆掉更多的钢筋。其他囚犯都在尖叫，呼喊着向怪兽求救，希望怪兽发发慈悲放了他们。他们的喊声在监狱里回荡，像是被困的鸟儿一样。

第一层铁栏杆被拆掉了，怪物来到了第二层牢笼。他推了推门，锁上了。怪物低吼着，蹲下身子，一只巨大的拳头穿过铁栏杆。他伸出手去，伸向管钥匙的看守的脚，把那人拉到了近前。

片刻之后，怪物手里握着钥匙。他把钥匙插入锁中，咔嗒一声，锁被打开了。门发出刺耳的声音，滑开了。

这个名叫图尔的囚犯，拿着牢房里的钢筋，一瘸一拐地沿着牢房走廊走到楼梯口，爬到了一片明亮之下。

第二章
死亡竞赛

图尔一口气跑出去好几千米。他天生就擅长跑，即使受了伤，他的速度仍然超过了人类的极限。他蹚过水藻密布的运河，一瘸一拐地穿过大豆田和水田。他从一些戴着宽边草帽的农民身边经过，那些农民从挥汗如雨的劳作中抬起头来张望，然后惊恐万分地四散逃走了。图尔在被炸毁的建筑物间绕圈子，想用他的踪迹和气味迷惑追踪者。他远离了淹没之城，而士兵们则一直在后面追赶。

起初，他希望追踪他的人会放弃。格伦·斯特恩上校及其军队有足够多的敌人要对付，淹没之城充斥着不断厮杀的派系，一个逃脱的强化人或许不值得上校这么上心。但后来黑豹们追了上来，他就知道上校不会让他值钱的战斗怪物轻易逃脱。

他一瘸一拐地继续往前跑，浑身疼痛，但他并没有理会。就算他在疯狂地破坏栏杆时把肩膀撞脱臼了又怎样？就算黑豹在他背上留下了长长的、深深的伤口又怎样？就算他的一只眼睛瞎了又怎样？他现在能动，而且是自由的，更何况他训练有素，可以忽略疼痛。

疼痛对他来说并不可怕。疼痛即使不是朋友，也可以说是家人。在成长的过程中，他学会了尊重但从不屈服于疼痛。疼痛只是传递一种信息，告诉他还能用哪些肢体来屠杀敌人，他还能跑多远，以及他在下一场战斗中的胜算如何。

在他身后，猎犬开始狂吠，它们嗅到了他的气味。

图尔烦躁地咆哮着，下意识地露出牙齿，这些兄弟生物狂吠着想要了他的命。

猎犬是完美的杀手，就像他一样。它们会毫不犹豫地一次又一次投入战斗，直到被撕成碎片，即便这样它们也会心满意足地死去，因为它们知道这是在为主人尽忠。通过科学设计，图尔的基因中被植入了狗的本性，这使他了解那些猎犬的马士提夫獒犬本能。它们不会停止进攻，除非它们死了，或者把猎物杀了。

图尔并没有责怪它们。他自己曾经也是忠诚而顺从的。

图尔穿过一片新生的丛林，一边把自己藏在丛林阴影里，一边撕扯着难缠的藤蔓。他像一头大象一样穿过茂密的丛林，植被发出崩裂和嘎吱作响的声音。他知道即使是再愚蠢的人也能追踪到他留下的足迹，但他只能继续前进。

如果是在酒足饭饱、四肢健全的情况下，他可以把这些可悲的猎犬和士兵遛上好几天，让这群被吓破胆的乌合之众只敢围坐在孤独的篝火旁边，然后把他们在丛林中逐个消灭。但现在，他担心自己最多只能杀死几个对手。更糟糕的是，经过上次对他的伏击，这些猎犬已经变聪明了，而且它们现在明白，他可以轻易地折断它们的骨头。

图尔停了下来，喘着气，舌头都从嘴里伸了出来，胸膛剧烈起伏。他嗅了嗅湿润的空气。

这是带着咸味的微风。

那是海。

北边某个地方有一个海湾。如果他能到达海边，或许就能逃脱它们的追捕。他可以潜入海底，与海洋世界融为一体。他会游泳。那会很痛，但他可以做到。

他转向东北方向，凭借意志力继续前行。在他身后，狗群紧紧地跟着。

图尔几乎想笑。它们是如此优秀的狗，正因为如此，它们中的许多狗都将死去。而图尔，他是一条非常糟糕的狗。他曾经的主人们在殴打他、训练他并塑造他的意志力以符合他们自己的意愿时，多次跟他说他是条糟糕透顶的狗。他们将他锻造成了一名杀手，然后将他编入杀戮机器中，也就是他曾经待过的那个排。他当时被分到了排下面的屠杀战斗班。在很短一段时间内，他是一条乖巧而顺从的好狗。

班、排、连、营。图尔记得当老虎卫队向他们发起进攻时，卡洛亚将军的红旗正在加尔各答三角洲的营地上空迎风飘扬。

糟糕的狗。

图尔是一条糟糕透顶的狗，所以他还活着。他本该在加尔各答外的泥泞潮滩上死去，恒河的水与印度洋的暖流在那里相汇，尸体在咸潮中漂浮，水被血染得像卡洛亚将军的旗帆一样鲜红。他本该在陌生的海滩上死去。他本该已经死了无数次了。然而，他总是能幸存下来并继续战斗。

图尔停了下来，胸膛起伏不定，他扫视着杂乱不堪的丛林。彩色蝴蝶在如血的残阳中飞舞。夜幕降临，森林的树冠渐渐变暗，翠绿的叶子也变得灰暗。有些人称这个地方为黑色热带，因为这里的冬天很黑暗。四周闷热潮湿，蟒蛇、黑豹和科伊狼可以随意潜伏，它们都是杀手。令图尔感到愤怒的是，现在他成了猎物，而且正在变得越来越虚弱。

看守们饿了他好几个星期，身上未经处理的伤口还渗着脓液。他之所以还能站起来，完全得益于他强大的免疫系统。换作其他生物，可能几个星期前就死于这种在他血管里流动并在伤口中滋生的超级细菌了。但留给他的时间也不多了。

当他还是一条好狗、一条有主人的狗、一条忠诚的狗时，他的主人们会为他缝合和治疗这样的伤口。卡洛亚将军会努力保护自己的战斗资产，会提供创伤护理，让他再次成为顶级杀手。忠犬有主，主人也会保护好忠犬。

在他身后，猎犬再次发出嗥叫声。离得越来越近了。

图尔踉跄向前，数着他摔倒之前的步数，他明白逃跑是毫无希望的。最后他会站住，然后背水一战，至少他可以说自己曾经战斗过。当他在死亡的彼岸与兄弟姐妹们重逢时，他会告诉他们他没有屈服。他可能背叛了他们被培育出来的目的，但他从未屈服过……

盐沼地突然在他面前延展开来。图尔在水中蹒跚而行。巨蛇在涟漪中蜿蜒而去，蟒蛇和水蝮蛇开溜了，它们可不想与这样的生物打交道。他继续涉水，突然发现了一个令人意想不到的深坑。这里的沼泽很深，有好几米深。这是一个意外的惊喜。这片地貌隐藏着沼泽。

随着一声叹息，图尔沉入沼泽中，他感觉到周围形成了很多气泡。

下沉。

他的鼻孔从里面紧紧闭合，封存着他的呼吸。一层半透明的薄膜遮住他仅剩的那只眼睛的瞳孔，保护着他在水下还能看见周围的情况。他沉入沼泽的深处，身边是无数小龙虾和红树根。

让他们来追我吧。

沼泽上方，士兵们紧随其后赶到了。有男人和其他人的声音，还有年轻人。其中有些人个子很小，他一天内就能轻易吞食一个。他们全都带着武器，全都因追捕而激动得肾上腺素飙升。他们大声喊叫，呼叫声和犬吠声交织在一起，所有声音都透过水面传到图尔的耳朵里。

水浅处有溅起的水花。狗就在他周围游着，它们的腿在水面下像风车一样地刨着，困惑地叫着，试图找到图尔的位置。他能看到它们的狗腿疯狂地刨着。他本可以游上去一个一个地将它们拽下来杀了……

图尔抑制住狩猎的冲动。

“他到底去哪儿了？”

“嘘！听到什么声音了吗？”

“让你的狗闭嘴，克莱！”

一片寂静。这是人和狗能够营造的最大的寂静氛围。即使透过水面，图尔也能听到他们试图屏气凝神来听听有什么动静，他们这种追捕方式也太小儿科了。

“找不到他的踪迹，”其中一个人一边喃喃自语，一边悄悄穿过草丛，“告诉中尉，我们跟丢了。”

图尔想象着他们都站在沼泽边缘，凝视着一潭黑水，听着脉搏的跳动声、昆虫的磨翅声和远处野豹的叫声。

他们本是猎人，但此刻，夜幕笼罩，沼泽变得黑暗、炎热且密不透风，他们都成了猎物。

图尔再次克制住狩猎的冲动。他必须像猎物一样思考，并吸取它们失败的教训。他可以在水下潜伏长达二十分钟，减慢心率，蜷缩起他庞大的身躯，这样他几乎不需要任何外界的东西。

其实他可以毫不费力地潜伏更长时间，但他确定二十分钟足够了，就像他确定可以在群峰之巅连跑五千米而无须休息，或者在三天内一刻不停地穿越酷热的沙漠一样。

他慢慢计算着时间。

士兵们试图弄清楚下一步该怎么办时，猎犬就在水中刨着绕圈。

“你认为他又折回来了吗？”

“有可能，他很狡猾。奥乔可以带一个小队——”

“奥乔浑身是伤。”

“那就让范和索阿去！沿着小路返回，分散行动。”

“在这么黑的夜里回去？”

“你在质疑我，古蒂？”

“该死的，中尉在哪里？”

沼泽的涟漪和冒泡声传入图尔灵敏的耳朵。他让耳朵像扇子一样展开，又像杯子一样盛满了水，继续听着。

他看到了电鳗发出的微弱电火花，听到了小龙虾的蹦跳声。远处的海水汹涌激荡，与岸边的地表水汇合。在那里，沼泽的水和海浪相互碰撞，不断把潮头推得更高。

“他会朝大海去，”其中一名士兵说，“我们应该在北边再派一个小队。”

“不，他会躲在这里，就在沼泽里。他会一直待在这里，这里相对安全。”

“也许有科伊狼会找到他。”

“不太可能，你看到他在角斗场上与黑豹战斗时的表现了吗？”

“这里的科伊狼可多多了。”

在水中，有什么黑暗而饥饿的东西在悄然活动。

图尔吃了一惊，然后僵住了。

一只巨兽在水中缓慢而无声地游动着，宛如死神的阴影。图尔压抑住喉咙里的低吼，努力放慢心跳的频率，争取保存宝贵的氧气。一条好几米长、长着硬皮的鳄鱼从他身旁滑过，这是一种了不起的爬行动物之王。这种鳄鱼比赤道地区最大的科莫多巨蜥还要大。它是一只巨大的可怕的短吻鳄，尾巴和腿轻松地摆动着，以掠食者般的姿态在逐渐变暗的水中前进。

它绕着圈子，被那些疯狂的猎犬和它们愚蠢的扑腾所吸引。

第一条狗还没来得及叫一声就沉了下去，第二条也在一瞬间被吞噬了。鲜血在水中弥漫开来。

士兵们大喊着，枪声大作。冲锋枪、短枪都开火了。士兵们朝水面扫射着，他们的恐惧像子弹的火花一样四溅。

“打中了！打中了！”

剧烈的撞击声响起。图尔的肩膀传来一阵剧痛。他对还有这么倒霉的事情感到吃惊，但他仍然保持不动。他以前也中过枪，这次还算不上最糟糕的。子弹只是伤了他的皮肉，这个伤他还能扛。

“这不是狗脸怪！这是只该死的短吻鳄！”士兵们向水中射出更多愤怒的子弹。他们吹口哨把猎犬召了回来。“跟上！”

图尔的肩膀冒着血，血在水里像烟雾一样散开，他用拳头按住伤口，试图止血。水中的血已经够多了，图尔的血可能不会像刚才那样暴露他，但追兵们肯定能据此判断出他伤得很重。

士兵们仍然停留在沼泽边，朝一切有动静的东西开火，咒骂着那条鳄鱼。鳄鱼在水中盘旋，毫不在乎上方对他无能为力的士兵。

图尔观察着那条鳄鱼，衡量着生存方程式中的这个新变量。他与这只野兽没有丝毫的兄弟情谊。如果说他的血液设计中存在爬行动物这个物种，那么也只是深深埋藏在他的

DNA 中。这条巨鳄只不过是他的又一个敌人而已。

上面，士兵们的声音终于消失了，他们去其他地方搜寻了。

他们走后，水下更黑了，图尔继续观察着那条鳄鱼。如果他一动，鳄鱼就会察觉到他。但就在这时，他的肺开始剧烈起伏，他急需呼吸新鲜空气。

图尔咬紧牙关，等待着，希望鳄鱼一会儿就走了。

然而事与愿违，这只巨兽心满意足地沉到了坑底。

图尔可以立刻离开水坑，但速度一定要快。他知道，在他变得无力抵抗或能呼吸到空气之前，他只能再撑两百次心跳。血液在图尔的耳边嗒嗒作响，对他进行着死亡倒计时。他可以让心跳慢下来，但无法停止它。

图尔伸手抓住一根粗壮的红树根，撑了一下，好让自己加速往上游。

鳄鱼猛地动了一下。图尔马上就要到水面上了，但现在如果他让自己浮在水面上，他将成为鳄鱼的盘中餐。鳄鱼张着锯齿状的大嘴向他扑来。图尔抓着红树根，闪到一边。鳄鱼咬空了。

鳄鱼转过身。它的尾巴猛地抽向图尔，将他抽进了一堆红树根中。图尔的视线变得血红。鳄鱼再次径直冲过来，图尔伸手找武器。他拼命扯着红树根，但只扯下了一小截。

短吻鳄的嘴张得很大，里面深不见底。

图尔向它扑去，拳头中握着一截掰断了的树根。他无声地怒吼着，将拳头猛地打进怪兽的嘴里。鳄鱼咬紧了双颚，它的牙齿咬碎了图尔的肩膀，刺穿了血肉。疼痛如闪电般袭来。

鳄鱼不断翻滚着，拖着图尔一起下潜。鳄鱼本能地知道只需要把敌人的空气耗尽就行了。它天生为这场战斗而生，它活了几十年，从未被任何人打败过。它会淹死图尔，就像淹死许多其他无畏的野兽一样，然后它就能大快朵颐了。

图尔挣扎着，试图撬开怪兽的嘴巴，但即使他是个强化人，力量也无法与鳄鱼的咬合力相比。鳄鱼的牙齿像老虎钳一样紧紧地夹住他。鳄鱼翻滚着，将图尔猛地摔进泥里，再把他压得更深。

恐慌裹挟着图尔。他就要被淹死了。他在水中勉强抵住呼吸的本能。他再次试着撬开鳄鱼的双颚，尽管知道这徒劳无功，但他不能放弃。

这个爬行动物不是你的敌人，它只是一只野兽而已。你应该比它更厉害。

将要杀死他的动物，大脑只有核桃大小——这是一个愚蠢的杂念，也是对自己微不足道的安慰。图尔轻蔑地露了一下牙齿，而鳄鱼则将他拖过更多的杂草和泥浆。

这愚蠢的动物不是你的敌人。

图尔可不是只凭本能思考、只懂得进攻或逃跑的动物，他比那些动物强多了。之所以能活到现在，就是因为他不会只像动物一样思考。和往常一样，恐慌和无意识是他唯一的敌人。子弹、牙齿、大砍刀或爪子不是他的敌人，炸弹、鞭子或铁丝网也不是。

这愚蠢的野兽也不是他的敌人。他现在只有恐慌。

他永远无法从鳄鱼的口中挣脱出来。鳄鱼的牙进化成了能咬紧且永不松开的完美咬具。没有人能从鳄鱼的咬合中脱身，即使像图尔这样强壮的人也不行，所以他不想再尝试了。

于是，图尔用另一只手勒住了鳄鱼的头，将它锁在自己的怀里，并用力挤压。他的蛮力使鳄鱼的颚更紧地咬住了他的胳膊和肩膀，牙齿深深地嵌入其中。图尔的鲜血把水面染得更红了。

也许，在像核桃一样小的大脑深处，这只鳄鱼很享受它的牙齿深深嵌入敌人肉体的感觉。但是，图尔那只被怪物咬住的手却有自由活动的余地。不是从外部，而是从内部。

图尔转动着那截掰断的红树根，猛地将它插入怪物的上颚。肌肉撕裂着，他把木棍插得越来越深。

鳄鱼察觉到有些不对劲，感觉到嘴里在撕裂着，试图张开嘴，但是图尔并没有松手，反而更加紧紧地夹住了它。

别想跑，他想。我已经将你逼到了我想要的位置。

图尔的肩膀一直在冒血，但是战斗的狂怒使他更加坚强。他占据了上风。虽然他的空气和生命正在消耗殆尽，但这只古老的爬行动物已经任他摆布。鳄鱼的咬击是致命的，但它也有弱点：它缺乏足够的肌肉力量来轻松地张开嘴巴。

红树根碎成了渣，但是图尔并没有停下来，他用爪子继续撕扯着，越撕越深。

鳄鱼疯狂地挣扎，试图挣脱。几十年轻松的猎杀让它从未准备好面对像图尔这样的生物，他比它更原始、更可怕。

它扭动着、翻滚着，像狗摇晃着一只老鼠一样摇晃着图尔。图尔眼冒金星，但他坚持住了并撕扯得更深。他的气息即将消耗殆尽。他的拳头碰到了鳄鱼的头骨。

图尔用尽最后一丝力气，用爪子击穿了鳄鱼的头骨，并打进了它的大脑。

怪物颤抖着死去。

它能明白自己其实毫无胜算吗？它能明白自己垂死是因为它还没进化到能面对像图尔这样的生物吗？

图尔的拳头将这个巨兽的脑浆捣成了糨糊。

这个巨大的爬行动物正在死去，成为一个本不应该存在的怪物的牺牲品。这个怪物是一个不可思议的完美杀手，由实验室制造，并身经百战。

图尔的爪子刮出了这个古老巨兽最后的脑浆，鳄鱼一瞬间变得绵软无力。

一股原始的满足感涌上图尔的心头，对手还是向死亡投降了。黑暗淹没了图尔的视野，他松开了手。

他征服了巨兽。

即使曾命悬一线，但他还是征服了它。

第三章
废城弃婴

“就到这儿吧，玛丽亚。”马赫福兹医生叹了口气，站起身来，“我们已经尽力了。让她安息吧。”

玛丽亚只好放弃为这个已经停止呼吸的女孩做人工呼吸，她朝后踞坐着，擦了擦自己嘴唇上塔尼垂死时吐出的口水。在她面前，那个年轻女子静静地躺着，空洞的蓝眼睛仰望着竹楼顶子上的横梁。

鲜血染红了一切：医生和玛丽亚、塔尼、地板，还有老萨尔瓦托雷先生。马赫福兹医生教过玛丽亚，一个人体内的全部血液大概有 5000 毫升。看起来，他们的病人体内的血液全部流光了。明亮而鲜红，富含氧气。不是像胎盘囊那样的蓝色，而是红色的。红得像红宝石。

真是一片狼藉。

这间陋室里气味难闻。油灯里燃烧的植物油味、铁钉上的血腥味、垂死之人的汗臭味，都让人作呕。这是痛苦的气味。

阳光像融化的利剑，透过竹墙上的裂缝射进了这座房子。

马赫福兹医生问塔尼和萨尔瓦托雷先生是否愿意在外面生孩子，那里会比较凉爽，空气和光线也更好。但是萨尔瓦托雷先生很传统，希望保护女儿的隐私，尽管她在爱情生活中一直没有隐私可言。现在，他们仿佛被死亡的气味所笼罩。

角落里，在一堆褪色的毯子下面，使塔尼难产而死的罪魁祸首正静静地躺着。婴儿吃了一会儿奶。

玛丽亚起初非常高兴，孩子很健康，分娩时间也没有她预期的那样长。然而，塔尼突然眼珠翻白。医生说："玛丽亚，请过来一下。"医生的语气告诉她情况真的很糟糕，但他又不想吓到病人。

玛丽亚走到医生那里，他正跪在塔尼的双腿之间。她看到血越流越多，他的手上沾满了血。医生希望她帮着按住腹部，然后他要动刀了。

但是他们没有任何药物来给塔尼麻醉，以使手术顺利进行。他们只有医生从黑市上买的最后那只针筒中仅剩的一点儿海洛因。医生拿出手术刀，塔尼喘着气问出了什么问题，医生说："亲爱的，请你别动。"

当然，塔尼惊慌失措。马赫福兹医生喊她的父亲，萨尔瓦托雷先生爬上梯子进了小屋。当看到血时，他大声喊叫着，要求知道出了什么问题，这当然让塔尼更加恐慌。

医生命令他去扶住塔尼的头，按住她的肩膀，而他自己则坐在她的腿上。然后他要玛丽亚帮他，玛丽亚仅剩一只左手，右手只有残肢，但在需要双手才能完成任务时，那只幸运的左手似乎并不能带来幸运。

医生在仅有的一盏油灯和几支蜡烛的微光下开始动手术，他让玛丽亚尽量斜着身子凑过来，看完后再告诉他应该在哪里开刀。由于医生的视力不佳，在玛丽亚的引导下，医生低低地沿着塔尼的肚子切开了一个比基尼式的切口。这些切口就像是他按照教科书教她的一样。玛丽亚用她唯一的好手尽可能快地递给他手术器械，直到他们在塔尼的腹部找到了出血点。

此时，塔尼已经不再挣扎。不一会儿，她就死了，她的肚子像屠宰后的猪一样被剖开了。老萨尔瓦托雷托着女儿无力的肩膀，屋子里到处都是血迹。

“就到这儿吧，玛丽亚。”医生说道。玛丽亚只好停下试图挽救那个可怜的女孩而进行的人工呼吸，站了起来。

萨尔瓦托雷望着他们，眼中满是指责。“你害死了她。”

“没有人害她。”马赫福兹医生说，“生孩子总是有风险的。”

“就是她！就是她害死了她！”萨尔瓦托雷指着玛丽亚说，“你根本不应该让她接近我的女儿。”

在他的指责下，玛丽亚将一把满是血迹的手术刀藏在她健全的左手里，但她的脸上没有表现出任何情绪，她转过身去面对着他。如果萨尔瓦托雷有什么举动，她就随时行动。

“玛丽亚……”医生低沉的语气里带着警告。他总是知道她在想什么。但是玛丽亚没有放下手术刀，她宁可多一分安全感。

“像她这样的弃儿给我们带来了厄运，命运之眼注视着他们。”萨尔瓦托雷咆哮着，“我们应该把她赶走。”

“萨尔瓦托雷先生，请冷静。”马赫福兹医生试图让他平静下来。玛丽亚不认为这会奏效。那个男人的女儿正躺在手术台上，她的腹部被剖开，而玛丽亚就站在他面前，成了完美的替罪羊。

“她带来了厄运和死亡，”他说，“你还收留她，真是太蠢了。”

“请听我说，萨尔瓦托雷，连圣奥尔莫斯都说要慈悲为怀。”

“她杀掉了一切生物，”萨尔瓦托雷说，“她走到哪里都带着流血和死亡。”

“你夸大其词了。”

“她对亚历杭德罗的山羊施了命运之眼魔咒。”萨尔瓦托雷说。

“我可没有碰过它们，”玛丽亚反驳道，“那是被科伊狼杀死的，每个人都知道。我没有碰它们。”

“亚历杭德罗看见你在看它们。”

“我现在还看着你呢，”玛丽亚说，“那是不是意味着你也会死？”

“玛丽亚！”

医生十分震惊并斥责了她，她的态度缓和了一下。“我没对你女儿做任何事，”玛丽亚说，“也没对山羊做过任何事。”她看着那位悲伤的父亲：“对于你女儿的事，我很遗憾。我希望这种事情不会再发生在任何人身上。”

她开始收拾沾满污渍的医疗器械，而医生则一直在努力安抚萨尔瓦托雷。马赫福兹在这方面很擅长，他知道如何让人冷静下来。在玛丽亚的一生中，从未见过有人像医生一样善于让人停止争吵，他总是坐下来，与人交谈并倾听他们的心声。

医生马赫福兹在争吵中总是温和而冷静，而大多数人只会大声吵闹。他能激发出人们内心的善良。如果不是他，榕树镇早就把她赶走了。他们也许会让莫斯留下，尽管他也是个战争蛆虫。至于像她这样的被遗弃之人，没门儿。如果不是医生一再重申仁慈、善良和同情这样的话，她根本不可能留下来。

马赫福兹医生总是说人性本善，有时候人们只是需要知道如何行善。他们刚被他收留时，他就说过这句话。他说这话的时候，正在往玛丽亚血淋淋的残肢上撒磺胺粉，好像他对眼前发生的一切视而不见。淹没之城又一次陷入了自相残杀，但医生却在这里谈论着人们应该如何成为善良的人。

玛丽亚和莫斯只是相互看了看，什么都没说。如果医生傻到让他们留下来，那他可以继续胡言乱语，说任何疯话都行。

马赫福兹医生抱起塔尼的孩子，将它放在那位悲痛的外公的怀里。

“这让我怎么办？”萨尔瓦托雷恳求道，“我又不是女人，我怎么喂养它？”

“‘它’是个男孩，”医生说道，“给他起个名字吧。我们会帮你处理剩下的事情。你不是一个人。我们没有一个人是孤单的。”

“你说得轻巧。”萨尔瓦托雷的目光再次转向玛丽亚，“如果她有两只手，你本可以救她的。”

“没有什么能救得了塔尼。我们可能希望这种情况不会发生，但事实是有时候我们也无能为力。”

“我以为你知道所有维和者的医术。”

“了解医术和具备必要的工具是两码事。这里几乎算不上一家医院，我们只能尽力而为，玛丽亚并不应该受到责备。塔尼是一连串恶行的受害者，但玛丽亚并不是导致其发生的那个开端，也不是结局。如果有人应该负责，那就是我。”

“如果你的护士有两只手，结局肯定会有所不同。”萨尔瓦托雷坚持道。

玛丽亚能感受到那个男人的眼光从后面盯着她，使她如芒在背。她把最后一把夹子和手术刀放进马赫福兹的包里。回到马赫福兹的栖身之所后，她得把所有东西煮沸，但至少她能离开这里了。

她用右手的残肢压着包，用幸存的左手把包扣好。

包上印着一家维和医院的名字，那是马赫福兹在战争重新爆发前接受培训的地方。医院是那些维和人员在首次抵达时搭建的设施之一，意在制止战争。那里曾有煮沸消毒过的床单、良好的照明、血袋和输液用的盐水以及其他东西，简言之，一个真正的医生所需的东西那里都有。

如今，他们的医院就在马赫福兹医生放医疗包的地方，除了几个印有“愿和平与幸福降临”的补水包，这是外国友人捐赠的那家了不起的医院的仅存之物。

玛丽亚可以想象那些来自遥远国家的人，为淹没之城的战争受害者捐赠物品的场景。他们富有到足以将大米、衣物和补水包通过快速帆船穿过极地送达这里，他们富有到足以关心那些其实与他们无关的事务。

玛丽亚合上医疗包的时候，躲着不看塔尼。如果有一条毯子，她可以把它盖在尸体上，但他们已经把所有的被褥都用在了新生儿身上。

玛丽亚不知道她是否应该在看到塔尼的尸体时，感受到一些不同的东西。她见过很多死人，但塔尼不同，她的死只是因为霉运。不像她见过的大多数死亡，那些人之所以死，是因为一个士兵不喜欢你说话的方式，或者想抢你的东西，又或者只是单纯不喜欢你的眼睛的形状。

医生打断了她的思绪。“玛丽亚，你为什么不把孩子带到阿玛亚家，她可以给孩子喂奶。我和萨尔瓦托雷先生谈谈。”

玛丽亚不确定地盯着萨尔瓦托雷。这个人看起来好像不打算把孩子交给她。“我觉得他不想让我靠近。”

马赫福兹医生劝萨尔瓦托雷：“你现在心烦意乱，让玛丽亚暂时照顾这个婴儿吧，我们还要安排你女儿的后事，她需要你的祈祷，我不懂深水教派如何祷告。”

那个男人还在怒视着玛丽亚，但一部分怒气已经消散了。也许过一会儿他还会再闹，但此刻，他只有悲伤。

“给你。”

玛丽亚小心翼翼地向前挪动，从他手中接过婴儿，没有直视他的眼睛，也没有挑战他。她把婴儿包裹起来，抱在怀里。她最后看了一眼那个已经死去的女孩，之后迅速将婴儿带下楼。

楼下聚集了一大群人。

当玛丽亚左手抓着扶手，右臂托着婴儿，沿着竹梯缓缓下来的时候，人们纷纷后退。明索克、塞利玛阿姨、雷吉、图阿、贝蒂·法恩、德莉拉和博比·克罗斯，还有一大群人，都为事情的进展揪心，仰起头，听着上面发生的悲剧。

“塔尼死了，”玛丽亚走到梯子下面时说道，“如果你们想知道的话。”

除了塞利玛阿姨，其他人都用责怪的眼神看着她。人群中投来凛冽的目光，有人触摸着蓝色玻璃的命运之眼，有人亲吻着绿色的念珠，人们做出种种动作来驱散厄运。玛丽亚装作没看见，她用一块毯子把婴儿的脸遮住，穿过了人群。

走在这座简陋的栖身之地外面，太阳炽烈地照在她身上。玛丽亚沿着一条杂草丛生的小径前行，朝着阿玛亚的住处走去。摇摇欲坠的建筑物隐约出现在她的两侧，残破的岗楼披着丛林的长袍。树冠上长出了嫩芽，树干上耷拉着葛藤。鸟儿聚集在高处，用泥巴筑巢，从空窗里飞出来，叽叽喳喳，扑棱着翅膀，趁人不备朝人身上拉屎。

在郁郁葱葱的叶面之下，越来越多的人探出头来，盯着经过的玛丽亚。这些人住在老建筑的上层，他们将地面留给了鸡、鸭和白天在外游荡的山羊。夜晚他们会把这些动物圈起来，以防止科伊狼和黑豹接近它们。

建筑物的下部墙壁上画满了各种军阀派系——“神军”“图兰连”“自由军”的标志和颜色，这些都是这么多年来这些军队在榕树镇管控、收税和征兵的证据。

玛丽亚不喜欢它们中的任何一个，大多数士兵都会一见到她就想杀了她，也没有一个派系喜欢她。但是村民们仍然抱着一种幻想，认为他们可以安抚周围交战的士兵，所以他们仍然悬挂着当前掌权派的旗帜，并希望这就足够了。

今年，蓝色的破布悬挂在窗户上，表示支持格伦·斯特恩上校的联合星际部队，但玛丽亚知道村民们也保留着红星旗，以防神军重新夺回这片土地的控制权。还有几座建筑物上仍然挂着破损、剥落和污损的图兰连旗帜，但已经不多见了。多年来没有人见到过图兰连士兵。有传言说他们被赶进了沼泽地，从事捕鱼、捕小龙虾和捕鳗鱼的工作，因为他们没有足够的弹药来继续打仗了。也有传言说他们孤注一掷地向北逃窜，现在他们的尸骨被在北部边境巡逻的强化人军团啃食得干干净净，有这些强化人在，谁都别想过去。

玛丽亚的父亲每次提到任何一个军阀派系的名字时，都会厌恶地啐一下。无论是神军、自由军还是联合星际部队，都不值一提。一群纸老虎，只会叫唤，一遇到真正的战斗，它们就如同纸一样轻易被吹散。每当父亲的部队出现，它们就像老鼠一样逃之夭夭，或者像苍蝇一样死去。

但最终，军阀们获得了胜利，她的父亲与维和部队剩下的人一起离开了，而那些军阀则在淹没之城的屋顶上狂欢着庆祝他们的胜利。

玛丽亚边走边这样想着，汗水顺着她的后背流下来，浸湿了她的背心。在白天外出真是疯了，湿热的天气让一切都变得更加痛苦。她本应该躲在阴凉处，而不是满头大汗地带着浑身血迹，抱着一个婴儿穿过城镇。

玛丽亚经过了塞利玛阿姨的商店，她在那里卖从莫斯兰丁走私来的肥皂和香烟，还有她从周围的郊区废墟中搜集到的废旧物品，包括那些在战斗中没有破碎的玻璃杯、用于灌溉的橡胶管、用来将竹子捆绑成篱笆的生锈铁丝，各式各样的东西。

角落里堆放着几台金属炉子，维和人员还在这里时，曾试图与当地人交朋友。据玛丽亚所知，她父亲所在的营可能是把这些炉子送到这里的人，他们向人们展示用炉子比露天篝火燃烧得更好、更热。他们试图通过维和工作，让淹没之城的人不再互相厮杀，而是关注怎么过好自己的日子。她的父亲称之为软实力，也就是赢得人心，这与维和部队摧毁地方民兵部队的能力一样重要。

前方就是阿玛亚的住所，它矮小而结实，在一座因自身重量而坍塌的砖楼的二楼上。在底层，阿玛亚和她丈夫把破碎的砖块重新垒了起来，搭建了一个牢固的羊圈。

玛丽亚躲进了底层的阴凉处。去往阿玛亚家的梯子被漆成了蓝色，而残破的联合星际部队护身符则像经幡一样悬挂着，这是为了驱赶格伦·斯特恩的士兵们。

当玛丽亚第一次来到榕树镇时，她不明白为什么大家都住在上层。莫斯嘲笑她是孤陋寡闻的城里姑娘，因为她不知道这里的夜晚潜伏着黑豹和科伊狼。莫斯的家人在淹没之城郊区的一片农田里种植大豆，所以他对如何在如此险境下生存了如指掌，但玛丽亚必须从头学起。

“阿玛亚在吗？”玛丽亚叫道。

阿玛亚从她的羊圈后面转了出来。她的背上背着一个还在吃奶的孩子，这是一个脏脸的小家伙。另一个孩子从楼上的小屋往下偷偷看着，眼睛黑黑的，皮肤几乎和玛丽亚一样黑，看起来很严肃。

看到玛丽亚浑身是血，抱着婴儿，阿玛亚瞪大了眼睛。她做了一个躲避的手势，把命运之眼对准了玛丽亚，玛丽亚假装没看见。

玛丽亚举起手中的襁褓。“是塔尼的。”

阿玛亚问道：“她怎么了？”

“她已经死了。医生希望你能帮忙照顾她的孩子。你要帮帮萨尔瓦托雷先生，毕竟你也正在哺乳。只要到他能自己照顾孩子就行。”

阿玛亚没有伸出手接襁褓。“我早就告诉过她那些士兵对她不怀好意。”

玛丽亚仍然举着婴儿。“医生说你会给他喂奶。”

“他这么说啦？”

这个女人冷若冰霜。玛丽亚希望医生能亲自过来跟她说。他只要一说，阿玛亚肯定会答应。阿玛亚不想要这个孩子，说实话，玛丽亚并不怪她，她自己也不想要。

阿玛亚最后说："我们一点儿忙也帮不上，现在没人想家里再多张嘴。"

玛丽亚只是等待着。她擅长这一点。作为一个弃儿，试图和人交谈没有任何好结果，但有时，如果你只是坐下来等着，对方反而会感到局促不安，觉得必须做些什么。

阿玛亚抱怨的不全是多了张嘴，她是在可怜这个孤儿。她真正嫌弃的是战争留下的累赘。玛丽亚就是这样的弃儿，她出现在榕树镇时，右手被砍掉了，流血不止，奄奄一息，渴望得到帮助。战争期间，没有人愿意再多一个累赘。当时，他们必须对这个维和部队带来的弃儿做出是弃还是留的决定。大多数人已经做出了选择，但马赫福兹医生做出了不同的决定。

玛丽亚说："你不需要担心又多了一张嘴。只要他能够自己吃饭，萨尔瓦托雷就会把他带走。医生会送来更多的食物作为补偿。"

阿玛亚问道："那个男人为什么看上了一个只有一只手的护士？塔尼死了是不是与你只有一只手有关？"

"她怀孕又不是我的错。"

"她怀孕确实不是你的错，但她也用不着找一个没用的有残疾的人来给她当护士。"

玛丽亚气炸了。"我不是没用的人。"

阿玛亚只是盯着她。

"我不是。"玛丽亚重复道。

“你脸上的血迹证明了就是你的错。你是个彻头彻尾的弃儿。”她转身走开，然后停下来，转过头看着玛丽亚。

“我一直搞不明白的是，你究竟有什么问题，姑娘？维和人员为什么不要你了？如果维和人员在回国时都不想带你走，那么看在老天的分儿上，我们为什么要留你呢？”

玛丽亚努力控制住内心正在酝酿的愤怒。“好吧，但这个孩子不是被遗弃的，他是榕树镇的。你要不要他？要不我回去告诉医生，就说你把他扔了？”

阿玛亚像看见羊下水一样嫌弃地看着玛丽亚，但最终她还是把婴儿接了过去。

婴儿一到阿玛亚手中，玛丽亚就凑了上去。她把脸直接贴在阿玛亚的脸上，仿佛她能对这个成年女人以牙还牙、以眼还眼。玛丽亚有点儿惊讶地发现她竟然占据了上风。阿玛亚靠在窝棚的梯子上，不由得抱紧了婴儿，而玛丽亚则靠得更近了。

“你叫我破烂货、私生子，或者其他什么都行。”玛丽亚说道，“没错，我父亲曾是维和部队的人，但我母亲是彻彻底底的淹没之城的人。如果你想和我打一架，那我绝对奉陪到底。”玛丽亚抬起右臂上那被伤疤覆盖的残肢，猛地顶在阿玛亚的脸上，“我可以像神军伤害我一样伤害你，我倒要看看你只靠一只幸存的左手能做些什么，你觉得怎么样？”

阿玛亚的眼睛里充满了恐惧。一瞬间，玛丽亚得到了至少是被人尊重的满足感。*没错，你现在看到的才是真正的我。之前我只是一个弃儿，但你现在看到的才是我。*

“玛丽亚！你在干什么？”

是马赫福兹医生，他正快速朝她们走来。玛丽亚退了一步。“没什么。”她说。但是马赫福兹医生正惊愕地盯着她，好像她是一头发了疯的野兽。

“这里发生了什么事，玛丽亚？”

玛丽亚皱了皱眉头。“她说我是没用的人。”

马赫福兹双手往上一摊。“你确实有一些残疾，但这没什么丢人的！”

阿玛亚插嘴了。“她威胁我！”她说，“那个畜生威胁我。”她现在愤怒异常，因为有马赫福兹医生给她撑腰了。她抓狂的是自己竟然被一个被抛弃的战争私生子恐吓了。玛丽亚做好了受责备的准备，但是在阿玛亚开始发飙之前，医生只是拍了拍她的肩膀。

“你回家去吧，玛丽亚。”医生说。

令玛丽亚吃惊的是，他这么说时，语气既不严厉，也不生气，只是很……疲惫。“你去看看能否找到莫斯，”他说，“我们需要找到更多的食物，来帮助阿玛亚照顾这个新生儿。”

玛丽亚犹豫了一下，但留下来也于事无补。“对不起。”她说，她不确定是在向医生、阿玛亚还是自己道歉。“对不起。”她又说了一遍，然后转身走了。

马赫福兹总是告诉她退一步海阔天空，别人侮辱你的话说说就过去了，而现在她却在挑起本可避免的争斗。当她心情沉重地朝医生的窝棚走去，去找她的朋友莫斯时，她脑袋里仿佛真能听到他对她说："人们不会爱一个无辜的战争私生子，但至少能保持同情心。然而，一旦你态度强硬起来，他们立即就会把你当作科伊狼一样对待。"

也就是说，只要她看起来温顺，他们就不会找她的麻烦。但如果她胆敢反抗，他们就会立刻把她打倒在地。

而现在玛丽亚怀疑自己刚刚做了一件愚蠢的事情。她经不起敌人的挑衅而暴露了自己。

她父亲要是知道了也会取笑她的。脾气鲁莽是一个将军最大的缺点之一，容易被侮辱激怒的人很容易被打败。玛丽亚犯了淹没之城的人一直在犯的错误：她没有经过大脑就动手了。

她父亲肯定会因此称她为野蛮人。

第四章
战争蛆虫

马赫福兹医生的小屋隐藏在一座五层的战争废墟之中。导弹和子弹在混凝土墙上留下了大大小小的洞，上面的楼层完全不见了，这表明炸弹是从天而降的，把这个建筑的上面几层都炸成了碎片。即使到处是残垣断壁，这座建筑仍然有坚固的钢铁框架，医生选择在第二层安顿下来，在那些坚实的钢架之间找了一个住处。

安一个家。

医生把玛丽亚和莫斯接回来后，他第一次发现那个破旧的房屋勉强只够容纳他一个人。不是因为房屋太小——尽管确实很小——而是因为它昏暗的内部堆满了正在发霉的书，以至不下雨的时候，医生就得在屋外睡觉，给书腾地方。因为在他看来，书的安全比他自己的安全更重要。

然而，随着那名来自淹没之城核心区的被遗弃的女孩，以及那名来自被焚毁的布莱顿村的孤儿男孩闯入他的生活，医生终于承认，他的家太小了，根本不够住。

先是莫斯帮他，玛丽亚在右臂的残肢渐渐愈合后，也加入了进来，他们一起在工字梁上铺上了硬木板，扩大了医生居住的面积。他们又用捡来的生锈的铁皮和粗切的塑料布做了一个更大的屋顶，以防大雨倾盆。他们一开始也用了塑料布做墙。他们并不需要用墙壁来保温，因为这里很热，即使在天黑得最早的那个季节也用不着。但塑料布挡不住黑豹跳到二楼上，所以他们又砍了竹子做墙，用泥巴和着稻草把缝儿填好。最后他们建成了一个坚固的安身之所，这里既可以住人，也可以放医生更多发了霉的书。

在底楼，医生把厨房和一个小型急救手术室设在了一起。厨房里摆满了凹陷的平底锅，它们挂在一截弯曲的钢筋上。玛丽亚用来消毒的煮手术器械的大锅摆在一个圆柱形的金属炉子上，维和部队当时在淹没之城周围的村庄里发了很多这样的炉子。

离他们小屋的稍远处，马赫福兹医生用石头精心砌筑了一个牲畜棚，看起来几乎与“加速时代”的建筑一样挺直、方正，最重要的是足够坚固，能够防止科伊狼和黑豹进入。他们的山羊加比被拴在牲畜棚旁边，安静地咀嚼着葛藤。玛丽亚走到它身边，加比咩咩地叫了起来。

“你已经被挤过奶了，”玛丽亚说道，“别再催我了。”

玛丽亚检查了房子的其他地方。洗涤用的水桶是满的，水是从隔壁倒塌楼房地下室里的水池中打来的。这说明莫斯就在附近。

玛丽亚爬上小屋的木梯，通过推拉门进入屋里。她被锯末和霉烂的纸张的气味所包围，这些气味最能让她联想起医生。书籍散落在各处，挤满了简易书架，每面墙都被摆得满满当当。他这个人就容不得图书馆里有一点儿空着的地方。玛丽亚小心地在这个堆积如山的书堆里走着。

“莫斯？”

没人答应。

莫斯和玛丽亚第一次来到这里的时候，觉得那个男人对书的痴迷简直不可理喻。保存这些书没有任何意义，除非你打算用它们生火。书本又不能保护你免受子弹的伤害。但是马赫福兹曾经为玛丽亚和莫斯挺身而出，所以即便这位医生让他们把书往天花板上堆，然后倒下来埋了他们，他们也会照办。当医生要求他们和他徒步去他称为亚历山德里亚的地方时，他们也立即答应了。医生为保护他们冒了生命危险，去一趟亚历山德里亚是他们能给予他的最小回报。

“我们要去亚历山德里亚。”医生说。

“为什么？”玛丽亚问。

医生从他一直在查看的那张加速时代的地图上抬起头来，加速时代也就是在淹没之城被淹没之前的那个时代。“因为神军正在那里焚烧书籍，我们要去拯救那些书。”

他们一路往亚历山德里亚赶，想在神军展开新一轮大开杀戒之前赶到。这是他们拯救知识世界的最后机会，马赫福兹说。

但他们是走着去的，当然没赶上，等他们到达那里时，亚历山德里亚已经变成了烟雾弥漫的废墟。这完全是事与愿违，城中尸横遍野：这些人为了抵挡军队而主动牺牲自己，他们曾试图用自己的身体保护这些书。

玛丽亚记得当时她看着那些尸体，为那些认为书籍比生命更重要的疯狂大人感到悲哀。战争像疯狗一样号叫着向你扑过来的时候，你不能傻呆呆地站着，而应该立刻转身就跑。如果你的敌人正值强势，你要避其锋芒。这对玛丽亚和莫斯来说似乎是显而易见的，但是这些人还是挺身而出。

结果他们被枪杀，被砍成碎片。他们被焚尸，然后被酸液烧毁。

他们的书一本也没保住，全被烧毁了。

马赫福兹博士跪在被焚的图书馆前，泪水流过他的脸颊，玛丽亚看着，突然为他、莫斯和她自己的未来感到忧虑。

她意识到，医生一点儿常识都没有。他就像那些奋不顾身保护图书馆的人一样，会为了几张破纸去送命。她感到害怕，因为如果照顾她和莫斯的唯一的那个人还是个疯子，那么他们也就没有活下去的机会了。

玛丽亚摇摇头让自己回到了现实，她又喊了起来："莫斯？你在哪里？"

"我在这里，在上面！"

一块旧塑料布斜搭在支撑房子的一根钢梁上，上面印着帕特尔全球运输公司的标志，玛丽亚慢慢掀开塑料布走了进去。再往上三层楼高的地方，莫斯坐在一个铁制的小平台上，两条腿在空中晃荡着。

他又跑到这儿来了。

玛丽亚深吸了一口气。她踢掉凉鞋，稳稳地走过一段炙热的生了锈的钢梁。一步接着一步，她低头看着他们的厨房和临时手术室，在空中保持平衡往前走。终于，她走到了一堵露出钢筋的破碎混凝土墙旁边，这样她就可以比较轻松地攀爬到莫斯所在的高处了。

她手脚并用开始攀爬，用她残缺的右臂维持平衡，左手抓着边上的东西，赤裸的棕色脚趾在攀爬过程中寻找着支撑点。

一层楼，两层楼……

莫斯就像一个灵巧的猴子一样，可以毫不费力地沿着垂直的钢柱往上爬。他有细长的腿、纤细的手臂和完美的大手，而玛丽亚只能一点儿一点儿慢慢移动。

她往上爬了三层楼……

来到五楼，外面的世界在她面前延展开来。

丛林向四面八方延伸，只有被战争摧毁的淹没之城的废墟高出了树梢。旧的混凝土高架公路像巨大的海蛇一样盘踞在丛林上方，背上长满了茂密的植被，上面有长长的藤蔓悬垂下来。

向西，榕树镇的窝棚和整齐的耕地在阳光下竟显得有些整洁。偶尔有墙壁从田地中凸出来，如同鲨鱼的鳍一样竖着。长方形的绿色池塘整齐地排列在田野上，以前这里是居民区，现在只剩下了地下室，里面灌满了雨水，水里全是鱼。水面上还点缀着睡莲叶子，它们像镜子一样在烈日下反射着光。这些还只是郊区的坟场，被炸开了口，并积满了水。

北边是一片人迹罕至的丛林。如果你能活着走得足够远，侥幸穿过军阀混战的地盘，躲过四处游荡的科伊狼和饥饿的黑豹，你最终会到达边境。在那里，驻守着一支由半兽人组成的军队，以阻止淹没之城的战争难民、娃娃兵和军阀们把战斗的创伤带到更远的北方。他们守护着曼哈顿奥尔良和海景波士顿等地不被这些战争瘟疫所感染。

在南面和东面，丛林逐渐让位给盐沼地，最后才算是到了真正的淹没之城。在朦胧的远方，大海闪烁着微光。

玛丽亚伫立于被洗劫一空的废墟之巅，眯着眼睛迎接着刺眼的阳光。她的脚下是滚烫的钢梁，阳光炙烤着她那深棕色的皮肤。现在本是最需要躲起来，避免阳光灼伤的时候，然而脸色苍白、满脸雀斑的莫斯却坐在这里，凝视着丛林。他像是一只瘦骨嶙峋的小蜥蜴。红头发，皮肤黝黑，灰蓝色的眼睛里像玛丽亚见过的所有战争难民一样，充满了焦躁不安。

他什么也没说，只是凝视着丛林。也许他正朝着家的方向望去，在那里他们曾有一个农场，在娃娃兵闯进来夺走一切之前，他在那里应该生活得很幸福。

莫斯说过他的全名是马拉蒂·圣·奥尔莫斯，起这个名字，应该是他妈妈想与锈圣和深水基督两个教派同时搞好关系。首鼠两端，讨个好运气。玛丽亚却从来只管他叫莫斯。她走到他身边，挨着他坐下，莫斯扫了一眼她，说："该死，蛆虫，你浑身是血。"

"塔尼死了。"

"是吗？"莫斯显得有点儿兴趣。

“失血过多而死，”玛丽亚说，“还不如我们捅她一刀呢。生个宝宝，把她的内脏都掏出来了。”

“这提醒我千万不能把别人的肚子给搞大了。”莫斯说。

玛丽亚哼了一声：“太对了，蛆虫。你说得太对了。”

莫斯打量着她。“那你为什么看起来这么沮丧？”他问道，“你从来就不喜欢那个女孩，她总是说你被遗弃的事。”

玛丽亚苦着脸说：“阿玛亚和老家伙萨尔瓦托雷把责任都推到我头上了，说我就是个灾星，说我给塔尼带来了厄运，就像我给亚历杭德罗的山羊们带来了厄运一样。”

“亚历杭德罗的山羊？”莫斯笑了起来，“那不是你带来的厄运，那是因果报应，是因为科伊狼的气味，也是因为亚历杭德罗自己活该！仅此而已。”

因果报应。玛丽亚几乎笑了出来。

那股气味来自玛丽亚帮医生做的一次科伊狼解剖实验。他对杂交动物很感兴趣，想要更多地了解这种在加速时代的生物学书籍中从未探讨过的生物。

马赫福兹声称，进化出的科伊狼，在一个被破坏和变暖的世界中填补了新的生态位——它完全拥有狼的体型和合作性，同时拥有鬣狗的智商和适应性。科伊狼从加拿大漆黑的冬夜中蹦跳着出现，然后不断向全球各地扩散。

现在它们无处不在，就像跳蚤一样，但长着利齿。

在玛丽亚和马赫福兹切除雌性科伊狼的腋囊时，医生提醒她，他们必须将所有气味都装进瓶子里，小心保管，之后还要把手彻底洗干净。然而这一直是玛丽亚想要的，为了自保，她必须确定自己手里有什么威力巨大的东西。

她和莫斯一起密谋了一个复仇计划。不费吹灰之力，那个一直对她指手画脚、说她一无是处只能去做美甲的亚历杭德罗，他的整个羊群一夜之间就全被杀光了。

“不管怎么说，”莫斯说，“我们怎么会知道那只科伊狼居然能搞明白打开羊圈大门的办法呢？”

玛丽亚笑了。“那完全是超乎自然的。”

确实如此。科伊狼居然能那样做，太可怕了。你根本无法想象它们的狡猾程度。当玛丽亚第二天早上看到散落的羊内脏和几块山羊皮的时候，她也像其他人一样惊讶坏了。她本来就是想吓唬吓唬那个愚蠢的农民，但她得到的结果却超出她的计划千百倍。

无穷无尽的因果循环。

“嗯，”莫斯做了个鬼脸，“他活该，整天说你什么也不会，只能去美甲屋工作，还有什么弃儿那一套。但现在他看都不敢看你了。你让他发自内心地对命运感到敬畏。”

“是啊，我猜也是这样。”玛丽亚在工字梁上挖着锈迹，剥下一块跟她小指一样长的铁屑，“但现在出了塔尼这样的事儿，说明他传播的那些流言蜚语确实起作用了。萨尔瓦托雷在塔尼去世后说的第一句话就是我带来了厄运。”

莫斯哼了一声。“对他们来说，一个被遗弃的人喘气儿也是错的。就算你完全无可挑剔，他们也仍然会责怪你。”

“是啊，也许是吧。”

“也许？”莫斯不可思议地看着她，“肯定是这样。他们只是生气你竟然敢为自己出头。马赫福兹想怎么说和平、和解都行，但如果你自己不站直了，没人会尊重你。”

玛丽亚知道他说得对。如果她没有把亚历杭德罗吓跑，他是不会放过她的。那段时间，多亏她使了点儿科伊狼气味的小伎俩，她才能抬起头来走路，不再感到害怕。但与此同时，她现在走到哪都被一片不被信任的阴云笼罩着，马赫福兹医生也不让她在没有他在场的情况下进入他的药库。她的所作所为正在将她反噬。

她哭丧着脸说：“是的，你说得对，我无论做什么都没用。到头来，我还是一个被抛弃的人。他们要么因为我软弱可欺而憎恨我，要么因为我挺直腰杆而憎恨我。我怎么做都是输。”

“那你到底还在纠结什么？”

“萨尔瓦托雷还说了其他的话。”她举起她右手的残肢，那上面覆盖着皱皱巴巴、斑斑驳驳的棕色皮肤，“他说，如果医生能多只手帮忙，塔尼肯定能被救活。”

“是吗？你认为他说得对吗？”

“可能吧。”玛丽亚吐了一口唾沫，看着唾沫在空中翻着跟头落到地上，“我和医生合作得很好，但是一个残肢毕竟比不上一只完整的手。”

“如果你想抱怨你所拥有的，可以随时回去找神军，让他们把你幸存的左手也砍掉。他们肯定会完成任务的。”

“你知道我在说什么。我并不是抱怨你救了我。但是我现在还是什么细活儿也做不了。”

“和我比起来，你还是要好得多，即便我十指健全。”

“嗯，我懂，但如果你努力的话，你也可以做这些医生的工作。你只需要集中注意力，读一读医生让你看的东西。”

“对你来说也许并不难，但是我一看到那些字母就会紧张得抽搐。”莫斯耸了耸肩，“也许我可以在这里读，在高处读，你明白吗？我不喜欢蹲在下面，就着油灯和那些东西读。我不喜欢被圈起来，你明白吗？”

“我明白。”玛丽亚说。

有时候她自己也有同样的感觉，就是那种你的结局早已命中注定，并且命运准备随时杀了你的感觉，让人胸中憋闷。

这让她很难专心看书，甚至只是坐着不动都不行。有些人称之为被迫害妄想症。如果你经历了很多次战争，你就会有这种感觉。多多少少，每个人都有。

唯一能让莫斯真正感到平静的，是他在丛林中钓鱼或打猎的时候。其他时间他总是焦躁不安，无法保持安静，更不用说集中注意力了。玛丽亚有时想，如果莫斯能在父母的农场长大，如果那支武装分子的巡逻队没有杀死他的家人，他会变成什么样子。也许莫斯会变得真正冷静而坚定。也许他可以终日阅读，或者能够在屋内安眠，而不用害怕士兵在黑暗中悄悄摸进来。

“嘿，”莫斯轻轻拍了她一下，“你的魂儿跑哪儿去了？”

玛丽亚吓了一跳。她甚至没有意识到自己已经走神了。莫斯用担忧的目光看着她。“不要那样魂不守舍了，”他说，“我觉得你都快要掉下去了。”

“别管我。”

“如果不是我管你，你早就饿死或者被砍成碎片了。你需要我这个保姆来照顾你，你这个可怜的弃儿。”

“如果不是因为我，你多年前就被巡逻队抓走了。”

莫斯哼了一声。“就因为你有远见？”

“我要是那么有远见，早就想办法离开这个鬼地方了，早就能看出来一切都要完蛋了，早就赶在还有船能走的时候离开了。”

“那你为什么没走呢？”

“我妈一直说应该有船给我们，她不想扔下任何一个家人，一直说肯定有足够的船，让我们每个人都能走。”玛丽亚皱了皱眉，“不管怎样，她还是太傻了，她也没有远见。现在我们没办法离开这里了。”

“你有没有想过试着往北走，从边境偷渡过去？”

玛丽亚瞥了一眼莫斯。“那边不是有科伊狼、黑豹、军阀吗？何况还有那些半兽人堵着呢，可能还没等我们走到曼哈顿奥尔良，他们就已经把我们的骨头嚼碎咽了。我们被彻底困在这儿了，这就是事实。就像困在锅里的一堆螃蟹，正在被煮熟。”

“这像马赫福兹才能说出来的话。”

“我们就像锅里的螃蟹，自己爬不出去还要把别人拽下来，最后一起被活活煮熟。”

莫斯笑了。“不过，你得用他的语气说，你得说出他那种失望劲儿。”

“说到失望，你真应该看看我把阿玛亚逼到墙角之后，医生是个什么失望的样子。”玛丽亚恼怒地挥动着她的残臂，“好像如果我表现得又好又有礼貌，他们就会认为我是拾荒之神赐予的某种礼物一样。”她哼了一声。

莫斯笑了。“你是要坐在那里继续自怨自艾，还是要告诉我一点儿我不知道的事？”

“有什么可说的呢？有些鱼从地下室跳了出来，我刚才却没看见？”玛丽亚捅了捅莫斯，“你有什么新鲜事儿吗，小蜥蜴？你为什么不告诉我一些我不知道的事儿呢？”

莫斯突然变得很狡黠，然后他朝淹没之城的方向点了点头。“他们又打起来了。”

玛丽亚放声大笑。“这就像是在说淹没之城又正在被淹没一样可笑。”

“我是认真的！他们在朝什么不同寻常的东西开火，肯定是个大家伙。我在想你知不知道是什么。这肯定是个厉害的老家伙。”

“我什么也没听到。”

“好吧，也许你应该听听看，对吧。耐心点儿，他们都炸了一个早上了，它肯定会再回来的。”

玛丽亚把注意力转向地平线，仔细观察着淹没之城的残骸，它们在丛林上方露了出来。远处铁塔林立，塔尖直刺苍穹。在它们之间的一些地方，烽火熊熊燃烧。市中心上空笼罩着一层棕色的浓烟。她竖起耳朵听着。

“你觉得还会派遣维和部队回来吗？”莫斯问道，“也许就是为了彻底铲除那些军阀？”

他的这个想法让玛丽亚的胸口一紧。这正是她自己的幻想，一个秘密的幻想。她蜷缩在床上时就会这么想，虽然明知这样想是愚蠢的，但还是热切地渴望着，渴望着它能以某种方式变得合乎情理。

她的父亲会回来。他会带着他所有的士兵一起回来。他会用有力的臂膀把她抱起来，跟她说他其实从未想过要走，从未想过要丢下她和她的母亲远走他乡，让她们孤苦伶仃地挣扎在淹没之城的运河中，在那里，神军、联合星际部队和自由军像铁锤一样无情地报复着曾与维和部队有过接触的每一个人。

这是一个愚蠢的战争弃儿做的一个愚蠢的小梦。玛丽亚恨自己为什么会做这样的梦。但有时她还是会蜷缩起来，将她右手的残肢藏在胸前，假装一切都没有发生过。她的父亲仍在这里，她仍然有那只手，一切都会变好。

“你觉得他们会回来吗？”莫斯问道。

你觉得呢？

“不会了吧。”玛丽亚勉强笑了笑，“军阀们一定是修好了其中一门大炮。可能他们又买了一门，或者他们从大西洋的航运线上抢了点儿什么东西。”她耸了耸肩，“维和部队肯定不会再回来了。”

999的开火声再次响起。一种怀旧的声音。她的父亲本来就要赢了的战争的声音。

999。

她老爸常说这是个幸运号码。他会坐在他们的公寓里，晚上喝着白酒，凝视着窗外橙色和黄色的战火，相当于每晚都在看烟花表演。他听着枪声。

“999。”他说。

那个999玛丽亚记得特别清楚，因为她爸爸曾经说维和部队将用能带来好运的999彻底击垮那些军阀，到那时他们就能教这些淹没之城的野蛮人如何文明相处。军阀们将会明白，自相残杀和世代仇恨无济于事。最终，他们会坐到谈判桌前，想办法和平共处，而不再需要用子弹说话。

父亲坐在窗前，手里拿着清澈明亮的白酒，当枪声回荡在水道里时，他边喝边报起了开火武器的名字。“11.4毫米口径手枪，30-06步枪，AK-47，5.6毫米口径步枪，QBZ-95，M-60，AA-19，AK-74，12.7毫米口径步枪，999。”玛丽亚通过父亲的吟唱，认识了战争的众多声音。

后来当那些枪口对准她，她只能匍匐着爬出地狱时，她已经很熟悉它们了：喋喋不休的AK和18.4毫米口径霰弹枪一起，把草都铲平了，把她藏身的沼泽搅得天翻地覆。

当子弹在她周围嗖嗖飞过时，玛丽亚低声对自己默念着枪弹的名字，努力控制自己不要像兔子一样在空旷地带跳出来。要认真思考，不能犯任何致命的错误。无论如何，她要尽力不让自己像其他愚蠢的平民一样陷入恐慌，否则会被打成马蜂窝。

又一次爆炸声在远处响起。肯定是999，一种幸运的武器和一串幸运的数字。

至少对某个人来说是幸运的。

玛丽亚低头看着自己的手，惊讶地发现上面还有血迹。这让她想起了那个孩子和死去的塔尼，想起了她一开始为什么要来这儿找莫斯。

“马赫福兹让我们去找一些食物，送到阿玛亚那里，因为她还要照顾塔尼的孩子。”

“那个医生太他妈好心了。”

玛丽亚用手肘顶了他一下。“嗯，像你这样懒散的战争蛆虫他居然都收留了，所以你说得没错。”

“哎！”莫斯赶紧伸手找到支撑点，免得从横梁上掉下去，“你是想杀了我吗？”

“生死有命，不会的。你要是摔下去了，那所有事就得我一个人来做了。”

“我俩都知道你缺只手，你做不到的！”

玛丽亚还没来得及揍他，莫斯就从平台上荡了下去，像只灵活的猴子。他用手交替攀爬，在空中荡来荡去，落到了一根横梁上。

玛丽亚对他的行动自如感到一阵嫉妒，她强迫自己不要看得太投入。有些事，你不能去想，越想越生气。

莫斯顺着钢柱滑下，到了下一层。“既然已经知道医生会把他送人，我们为什么还要费这么大劲儿去找吃的呢？”他问道。这时玛丽亚已经开始在离开大楼的路线上重新寻找身体平衡了。

“我怎么知道？因为马赫福兹认为‘因果报应’也适用

于好东西，比如天理昭彰之类的。”

莫斯笑了。“这简直就和拾荒之神是一路货色。天理昭彰，呵呵。”

“马赫福兹不是拾荒之神那一套。”

“还不是一路货色。如果真有天理，那些娃娃兵早就都死了，而我们会舒舒服服地坐在淹没之城的中央，出口大理石、钢铁和铜，每公斤都能换来很多大钞。如果真有拾荒之神，哪怕是他的一鳞半爪，我们也早就发财了，那些坏人也早就死了。深水教派牧师们也一样。他们都是满嘴谎言。这一切哪还有什么天理可言。”

“你应该知道的，”玛丽亚说，“我的家族并不是深水教派。”

“是啊，我知道。那他们到底信奉什么？”

玛丽亚耸了耸肩。她父亲似乎主要信的是军火和酒精。“我妈信奉拾荒之神，”她说，“因为她卖了那么多古董。她一直在接订单，所以她可以找到外国人愿意买的好古董。”

她用幸存的左手抓着旁边，用残肢帮着保持平衡，慢慢地跟在莫斯后面下来了。“不要担心食物不够。在交给医生之前，我们会留下我们的晚餐的。”

“当然要留了。我整天到处打猎，却因为医生到处慷我之慨而被饿得肋条都露出来了，这怎么行。”

“我刚刚说过了，”玛丽亚强调，“你不用担心，我们不会为了阿玛亚而挨饿。现在我要去打猎，你去还是不去？”

“好吧，我去。”他滑到下面一层，抬头看着她说道，

“不过，你要先把自己清理干净。你看上去像个战争蛆虫，浑身都是血迹。”

玛丽亚匆忙爬下来，和他站在一起，在她狼狈地爬过碎石堆时卷起了烟尘。“我就是个战争蛆虫。”

“如果你不把那股血腥味洗掉，你就会成为科伊狼的晚餐。”

玛丽亚伸手擦了擦男孩脏脸上的污垢。“你这个挑剔的小蜥蜴，不是吗？”

莫斯吐了口唾沫。“只有和我相关的东西我才挑剔。”

第五章
爪牙逼近

只要一离开马赫福兹医生的小屋，就全是茂密的丛林。小径蜿蜒其间，里面既有榕树、葛藤、棕榈树，也有松树。医生称之为一片正在转变的景观，也就是说这里曾经是某种模样，而现在正在变成另一番景象。

对玛丽亚和莫斯来说，丛林基本上与过去没有太大区别——高温、藤蔓、蛇和蚊子都多得要命。但医生却说以前这里根本就没有黑豹、科伊狼或者蟒蛇，也没有鳄鱼。一切都是新来的，是热带动物利用新近产生的温暖冬季向北迁徙带来的。

玛丽亚觉得冬天根本没那么温暖。在最黑暗的季节里，她还是经常冷得发抖，但医生说不久前，不流动的水冬天都会结冰，还有冰直接从天上掉下来。如果不是在医生那些发霉的书中看到过照片，她根本不会相信。

冰。

玛丽亚吃过几次冰。她父亲曾带她去过几次维和部队军官俱乐部，那里有太阳能发电机和多余的电力，可以用来奢侈地享受一下。作为交换条件，玛丽亚答应他要像一个文明人一样彬彬有礼。她父亲给她拿来了冰激凌，而他自己则小口啜着琥珀色的威士忌，杯子里漂着钻石一样的冰块。

在以后的日子里，冰的叮当声和寒意，对玛丽亚来说总是与父亲联系在一起。那是一种童话般的奢华，来自一个童话般的国度。据她父亲说，那里有冰可以饮用，还有电动自行车用来出行；他们有千尺高的摩天大楼，这一切都是因为他们文明。他们绝不会相互争斗，只会规划和建设。当海平面上升时，他们建造了巨大的堤坝来保护海岸线，并且让他们最大的那些城市都漂浮在浪涛之上。

“有文化。”父亲说。那里的人还“合作”，也就是共同努力的意思。

不像那些淹没之城的人。那些淹没之城的人就像是动物，他们根本不为未来打算。他们总是争斗不休，并把穷困和破败归咎于彼此，而不是团结奋斗。那些淹没之城的人其实还不如动物，因为他们明明有理智，却不善加利用。

凝视着他被派驻的地方，她父亲不止一次地喟叹：“很难相信这些国家曾经强大过。”

在坐船经过运河，穿过淹没之城去俱乐部的时候，玛丽亚明显感受到了不同。所有淹没之城的居民都贫困潦倒、衣衫褴褛，而俱乐部里维和部队的人却都高大健康。

当时，玛丽亚很为自己有一半父亲那个国度的血统而高兴，然而有一天当她父亲拿走她的玩具木马时，她咬了他一口。父亲反手就打了她一耳光，并且说她身上有太多淹没之城的习气。

“缺乏尊重，”他说，“从里到外你还是属于淹没之城。就像你母亲一样，还是像个动物。”

玛丽亚的母亲为此与他吵了一架，然后他就称她们娘俩都是“淹没之城的人”。玛丽亚突然感到害怕，她的父亲对“淹没之城”恨之入骨，而现在她发现自己居然就是父亲每天与之战斗的人。

玛丽亚躲在床下，用牙咬自己，为自己的愚蠢感到后悔。“没文化，”她说，“没有文化。”她一次又一次地咬自己，把教训深深地铭刻在心里。她向父亲展示自己流血的手，证明她已经受到了惩罚，但父亲只是更加失望地看着她。

现在，玛丽亚和莫斯在沼泽中走着，她想知道父亲会对现在的她有什么看法。一个只有一只手的女孩？一个偷鸟巢中的蛋来苟活的满身泥泞的战争蛆虫？他现在会怎么看她？她已经知道答案了。她是个纯粹的“淹没之城的人”，是另一个他发现难以被教化的动物。

想到这儿，玛丽亚笑得很苦涩。她的父亲本可以去碾碎一切，但他就是因为对淹没之城太文明，才最终被迫灰溜溜地逃走了。没错，那些维和部队的人手持枪支，穿着护甲，看起来很厉害，但最后他们就像秋风扫落叶一样消散了。

如果玛丽亚像那些维和部队的人一样文绉绉的，那她早就死了十次了，她也根本无法逃离淹没之城。她能够幸存，完全是因为运气，命运垂青了她，派来了一个发了疯的红头发战争蛆虫，他在正确的时机闯入并打乱了她原本的宿命。

“嘿，莫斯！”

“嗯？”莫斯拿着砍刀，砍开遮蔽了道路的新生藤蔓，没有在意她。

“你为什么救我？”玛丽亚问，“当神军……”她迟疑了一下，想起自己血肉模糊、躺在地上的断手。她咽了口唾沫。“当士兵们……砍我……你为什么会发出声音？”

莫斯停下手中的动作，扭头看了她一眼，苍白的眉毛紧皱。“你什么意思？”

“你本来可以不管的，那样对你来说更安全。”

“或许只是一时糊涂吧。”他的脸上和脖子上长满了雀斑，他擦了擦汗，然后转过头去继续砍藤蔓。“我不记得这条小路上有这么多乱藤。”他说。

“给我，我来。”玛丽亚接过了大砍刀，开始劈砍。锋利的刀刃下，坚韧的杂草、藤蔓被砍开。当她从淹没之城逃到丛林里时，她是个弱女子，但现在她像个行家一样，用力挥动着大砍刀。城市女孩正在学会在农村生活。

“那么”她追问道，“到底是为什么？”

莫斯皱了皱眉。“该死的，我不知道，也许是我疯了。我到现在还会做噩梦，梦里我在丛林中跑，但娃娃兵们的枪法比以前可准多了，他们把我抓住点了天灯。”他顿了一下，“我现在还觉得当时的那个人不是我。当我站出来的时候，那根本不是我自己。但我就是那么干了。”

“我还是不明白为什么？我只是个被抛弃的人。维和部队都已经离开了，没有人会给你奖励或者其他什么东西。你不会从中得到任何好处。”

“不是为了那个。”莫斯说。

又是一个模棱两可的回答。

玛丽亚砍开更多的藤蔓，小路在她面前延伸。她时不时会本能地停下来，检查是否有危险的迹象。

有时候人们会走错小路。塞利玛阿姨的女儿就是那样失去了双腿。她顺着一条很少有人走的小路走，结果走进了战争一开始的时候就布好的雷区。地雷的爆炸声特别响，镇上的所有人都听到了，当玛丽亚和马赫福兹医生好不容易绕过雷区来救她时，女孩已经因失血过多死了。

莫斯的目光跃过玛丽亚的肩膀，和她一起检查小路。“这儿看起来安全吗？”

地面被踩得很硬，说明很多人、野猪和科伊狼都在这条路上走过。“是的，看起来是安全的。”

玛丽亚把砍刀递给了莫斯，红发男孩拿起砍刀开始带路。她擦了擦满脸的汗水。

“那？”玛丽亚再次追问。

“那什么？”他明知故问。

“那确实太傻了，”她说，“你站起来朝一群拿着枪的士兵扔石头，简直是以卵击石。你本可以悄悄离开，可你却扔了石头？”

莫斯笑了起来。“是啊，你说得对，那真的很傻。”

“那为什么？”

莫斯顺手砍了一下路边的葛藤，他的表情很严肃。“我真的不知道。你为什么这么在意呢？那是在我们的农场被烧毁后不久，他们抓走了所有人。妈妈和爸爸、西蒙，沙恩被强征入伍了。这是我亲眼看到的。他们因为西蒙太小就开枪杀了他，但他们把沙恩带走了。”他又砍开了更多的葛藤。“我当时希望他们一枪崩了我，一了百了，我受够了东躲西藏和拾破烂儿。我当时救你就是想吃枪子儿。”

他耸了耸肩。“结果他们居然全都没打中。他们朝我开了那么多枪，却一枪都没打中，就像命运在我和他们之间隔了一只手。结果你也趁机逃脱了……嗯，你失血过多，需要处理一下。你饿了，我知道怎么弄到食物。所以，我多了很多事情要考虑，而不是……你懂的。”他再次耸了耸肩，“这么说也许是你救了我，对吧？”

“那还真是的，”玛丽亚开玩笑道，“你欠我一个大人情。”她放弃了这个话题，因为她知道莫斯不会再跟她多说了，但在他们继续走下去的路上，她仍然不满足。

她在淹没之城里活下来，是因为她和莫斯完全不同。当子弹横飞，军阀们开始给维和人员示范如何统治这个地方时，玛丽亚低下了头，而不是像莫斯那样站了出来。她首先考虑的是自己。但正因为如此，她才幸存下来。

与她一样被抛弃的那些人都已经死了。那些上过维和部队学校的孩子，所有那些有杏仁眼的孩子……艾米、路易斯、平·李……当局打压下来时，他们都太文明了，不知道该怎么办。玛丽亚能够幸存下来，是因为她和莫斯不一样。然后她第二次幸存下来，是因为莫斯和她不一样。

玛丽亚确信，马赫福兹医生会说莫斯挺身而出是对的，而她低头躲避是错的。然而玛丽亚坚信，如果她像莫斯一样，她的头早就被割下来插在杆子上了。

这一切似乎毫无道理可循，没有天理昭彰，没有因果报应。可能像深水基督徒所说，只能在来世中获得。

前方，莫斯举起手发出警告。

玛丽亚停住脚步，蹲下了身子。“发现什么了？”她低声问道。

“不知道。”

前方突然变成了开阔的沼泽，接着是更多的沼泽，水面上覆盖着香蒲和睡莲。玛丽亚仔细听着，试图辨别出是什么引起了莫斯的担忧。只有虫鸣声，一切似乎都正常。莫斯指了指前面。玛丽亚伸长脖子，努力想看清楚——

在沼泽里，蒲草丛中，有个巨物漂在水面上，一动不动。

等待了一段时间后，莫斯终于说：“安全。”

他们一起往前，然后分开行动，扫视着丛林和沼泽的其他部分，但他们的目光一直盯着水里漂着的那一大堆长着毛的怪物。

池塘边的土地被翻乱了，泥岸被撕开了，草地也被踩乱了。血溅在地上到处都是，因为过去了很久，都已经变黑了。

“是科伊狼吗？”莫斯小声说。

玛丽亚摇了摇头。“科伊狼太小了，对吧？”

“是的。”他矮下身子，“但它们肯定属于犬科，而不是猫科，从它们留下的爪印可以看出来。”

他嘬着牙花子，若有所思地站了起来，绕着泥泞的地面转了一圈。“嗯，”他点点头，“是狗。没错。”他抬起头来，“是军犬，肯定是猎犬。”

“你是怎么知道的？”

他向她挥手，让她过来。在他面前的地面上，留下了另一条痕迹，来自另一种捕食者。那是一只靴子的鞋印。一只结实的重型靴子，踩出来的脚印像华夫饼一样深。

厚实的鞋底可能会让你发出噪声，但也意味着你可以踩过任何东西而不用担心。比如，在淹没之城里踩过碎玻璃和生锈的铁丝，你根本不用减速。

“军队，”莫斯说，“只有他们有那种靴子，一定是的。”

“那么我们周围有正规军，他们还带着狗？”她感到一丝恐惧。士兵。在丛林里。离城镇这么近。“我觉得是联邦保卫队，你觉得呢？”

“我说不准。但他们有靴子。如果他们那么有钱，他们可能也有枪。他们肯定不只是那些用酸液和砍刀虚张声势的疯子。”

“但这里什么都没有。没有拾荒的人，也没有敌人。”

“也许他们来这儿是为了抓壮丁。”

如果是真的，他们所有人都需要赶紧逃跑。村里的每个人。如果这些士兵想要拉你入伍，他们就会把你带走，而且玛丽亚从来没有听说过有人被抓去后能活着回来。

“那边是什么东西？”莫斯问道。

玛丽亚顺着他的目光望去，看到了漂浮在沼泽中的巨大的像外星来的生物。“我可不知道，怎么看起来像只短吻鳄。”

“但短吻鳄应该不长毛吧。”

玛丽亚一刻也待不下去了，丛林让她感到毛骨悚然。“我们得回去找医生，告诉他有士兵出现，让大家知道这附近有军队。”

“一会儿再说。”

“莫斯……”

然而，那位小蜥蜴已经冲进水中，固执而疯狂。

“莫斯！”玛丽亚低声说道，“快回来！”

莫斯对她的话置之不理，越蹚越深，他推开香蒲，用砍刀戳了戳浮在水面上的东西。苍蝇轰地飞起，嗡嗡叫着。怪物身上有肮脏打结的毛发、到处都是的黑色血块，以及像盔甲一样坚韧的硬皮。

光天化日之下，居然有小龙虾和甲虫一起正在啃食暴露的已经腐烂的伤口。玛丽亚看到一种像蜈蚣一样的东西从一个伤口中爬了出来，落入水中，又像水蝮蛇一样在水中丝滑地游走了。

莫斯拿刀顶着这个庞然大物。

“该死的，”他咕哝道，“太大了。”

更准确地说是巨大。好几米的肉山，好几米的毛发，好几米坚硬的盔甲似的皮肤。它随着水波缓缓地摇晃着。它实在太大了，以至于即使莫斯用尽全力顶它，它也几乎一动不动。绿色的水中泛着苔藓般的浮萍。一块块小睡莲荡漾起伏。

水黾逃走了。

“我相信我们找到晚餐了。”莫斯宣布。

“别恶心人了。”

“它还没坏，而且有足够的肉可以享用。这比去抓小龙虾、蜥蜴和兔子好太多了，足够分给阿玛亚和新生儿吃了。”

“医生肯定不会吃这样的东西。”

“他不吃猪肉，不能说明他不会吃这个。”莫斯恼火地向水里吐了口唾沫，“反正，我们也没必要告诉他是什么肉。”

“我们都不知道这是什么东西。”

“我们只需把这肉拿给他吃就行了。我们就说是山羊肉，或者其他什么动物的肉。或者编个名字来称呼它，比如死亡斯庞斯，怎么样？马赫福兹会立刻吃光它的。他喜欢那些高深的词汇。”

玛丽亚笑了。“你试试看，他肯定知道你在搞什么鬼。”

“来吧，玛丽亚。如果我们不把它剁碎带走，科伊狼也会把它吃掉的。”

那具死尸让她感到不安。她环顾四周，除了树木、绿叶和覆盖了一切的葛藤，以及深深的长满了苔藓的池塘，什么都没有。然后在池塘中央，就是这个还在不断流血的东西。

莫斯得意地笑着看着她。

是应该将它切碎。她不能永远心存疑虑。玛丽亚走进水中，她觉得自己的恐惧愚蠢得可笑。沼泽的温暖水流从她的大腿上涌过，热如鲜血。

“你什么都吃。”她说。

“这就是我还活着的原因。”

她在蒲草、水藻和泥浆中跋涉的时候，蚊子嗡嗡嗡地围攻着她。他们一起抓住漂着的这个东西。一团苍蝇又飞了起来，形成了一股令人窒息的旋风。

莫斯跟玛丽亚对视了一下。“我数到三，然后一起拽，行吗？”

“好，我准备好了。”

“一、二、三！”

他们使出全力，吃力地拖拉，辛苦地扯着。那个东西移动得很缓慢。

“使劲儿！”

玛丽亚稳住脚步，用力拉扯。她的脚在淤泥中挣扎着，拔出来又踏下去——

那东西居然被撕开了。

失去平衡的玛丽亚和莫斯重重地跌入水中。玛丽亚浮出水面，喷出水花，觉得自己肯定将置身于一片内脏和鲜血的海洋中。然而，已经死去的生物的一半翻滚了起来，露出了一张疤痕累累、可怕的脸。

“卡利-圣母马利亚啊！”玛丽亚惊慌地尖叫着，匆忙后退。

“该死的！”莫斯得意扬扬地叫嚷道，“我早就应该看到的！我早该知道了！”

这并不是一个生物，而是两个。这两个怪物纠缠在一起。一条巨大的鳄鱼之王和另一个生物——自从停火结束、最后的维和部队离开之后，玛丽亚再也没见过的东西。那时他们都朝着码头逃跑，淹没之城重新陷入战争。

一个半兽人。只有最富有的公司、维和部队和北方的军队才能有钱培养和使用的战争生物。

“一只狗脸怪！”莫斯兴奋地大叫着，“一定是一场史诗级的对决！”他走得更近来观察，溅起了一路水花。“它们一定是同归于尽了！狗脸怪杀了鳄鱼，鳄鱼也杀了狗脸怪！”

他难以置信地摇了摇头，用手沿着怪物的腹部摸了一下。“看看这些牙齿印，鳄鱼几乎撕掉了他的肩膀。肯定是场史诗级的战斗。”

“莫斯……”

“什么？”他从检查狗脸怪伤口的工作中抬起头来。“他不会咬人的。我们把鳄鱼带走，肯定好吃，就连老马赫福兹也喜欢吃鳄鱼肉。”

莫斯说得对。那些怪物都已经死了。她真是傻瓜，才会这么担心。

在看到怪物的半张人脸的初始震惊过后，玛丽亚终于可以冷静地思考自己的反应。那只是看起来太像人了，仅此而已。一分钟前它还是一只野兽，怎么下一分钟就变成人了。

“你敢过来吗？”莫斯问。他看她的眼神就像她是一只从未翻过尸体的战争蛆虫。

“你是没有看到他的脸。”她说。

他又翻沉下去了，但刚才那一刻实在太可怕了——兽与人以一种不可言说的方式融为一体。回忆起那张面孔，她鸡皮疙瘩都起来了。

“如果你没胆量……”

“滚开，莫斯，我可不怕死人。”

尽管如此，玛丽亚还是绕过漂浮的半人形生物，径直朝鳄鱼游去，无视男孩得意扬扬的笑容。他们一起抓住这只巨大的爬行动物，开始朝岸边拖动。

他们停下来休息。莫斯用手肘撑在漂浮的尸体上，擦去眼角的汗水。“肯定是场史无前例的战斗。”他说，“淹没之城里有角斗场，用的是逃兵和其他军阀的士兵，还有豹子、科伊狼。只要是能斗的都可以，我打赌那只老怪物在角斗场肯定会表现得很好。”

“当然，莫斯。我们把这只鳄鱼剖开，然后赶紧离开这里吧。”

“像这样的角斗，人们会付钱去看。当兵的会喜欢的，殊死搏斗。史诗般的场面。”

“这些当兵的总是做各种愚蠢的事情。”

他们又开始用力拖鳄鱼，但突然间变得很吃力。玛丽亚踉跄着冲向前去。莫斯真讨厌。她知道莫斯喜欢故意逗她干活，然后又突然撒手偷懒。这就是典型的一次。

“加把劲儿，莫斯！别偷懒！”她回头看了一眼，“嘿！你在干什么？”

莫斯根本就没在帮忙。他拔出刀子，朝着漂浮的狗脸怪走了回去。

“我有个主意。”他说。

“得了吧，莫斯！我可不想在黑夜里和一大堆生肉待在这里。上次发生这种事，我们最后只能在树上睡觉，树底下围了一群科伊狼。咱们快点儿走吧。”

“我们可以卖它的牙齿。”莫斯说，“幸运的牙齿，来自真正的狗脸怪的牙齿。有多少士兵有真正的狗脸怪牙齿？他们肯定会买的。我打赌我能找到那些当兵的，他们会付给我各种花花绿绿的钱。这玩意儿肯定能带来好运气，对吧？比命运之眼或者那些神军认为可以让子弹弹开的项链要好多了。如果我们带着这些东西去莫斯兰丁，在马赫福兹换药品时，我们可以溜出去抓紧时间把它们卖给那些正在休假的士兵。”

“你这是找死。那些当兵的只会把它们从你手里直接抢走。他们会打你几枪，权当是付款了，或者直接把你抓了壮丁。”

“我会找个做美甲的女孩去帮我做交易。他们甚至都看不见我。别担心。”

莫斯走到那个漂浮的怪物跟前，用力扳动他的身体，直到他的脸从水里露出来。莫斯拿起刀子，撬开了他的嘴巴。

“该死的，这些狗脸怪牙齿真多。”

怪物的眼睛猛地睁开了。

第六章
致命胁迫

“莫斯！”玛丽亚大声喊道，但为时已晚。怪物突然从水中爆起。玛丽亚目瞪口呆地看着莫斯在空中飞过，带着泥水撞到了岸边。

苍天啊，他太快了。

玛丽亚转身刚想跑，那个半兽人就扑了过来。他眨眼就到了，她一步都没迈出去，就被抓住了。她突然感到头晕眼花，天旋地转。她意识到自己也飞起来了。半兽人将她高高抛起，就像狗抛一只老鼠一样。

沼泽的水面居然一下子变得很远。她从高处瞥见那半兽人正咬牙切齿等着她落下。紧接着她就急速撞向水面。

“呃！”

她扑通一声平拍在水面上。沼泽吞没了她。玛丽亚吓坏了，试图向水面游去。狗脸怪正在接近她。没时间了，没时间了，没时间了。她喘着气浮出水面。怪物离她有四米多远。

玛丽亚在芦苇中拼命挣扎着想要逃跑，但就像黏在糖浆里一样寸步难行。怪物一跃而下，砸在她身边，激起的沼泽泥浪再次把她掀翻。她不住地咳嗽和呕吐，试图站起来。狗脸怪凶神恶煞般地又出现了。她惊讶地看到他已经抓住了莫斯，用他巨大的拳头紧攥着莫斯的红头发。

怪物轻轻一挥就把她也抓住了。玛丽亚刚想尖叫，那半兽人就把她按到了沼泽中。玛丽亚挣扎着，但就像有座大山压在她身上一样动弹不得。

我要被淹死了。

半兽人猛地一拉，将她提出水面。空气和阳光。树叶的闪光。她试图呼吸，但怪物又把她按入水中。黏稠的热泥浆涌进她的喉咙，顺着鼻子窜了上来。她的脸被埋进了泥里。

玛丽娅用力掰着狗脸怪的拳头，想撬开它，但他的拳头就像混凝土一样纹丝不动。怪物根本不在乎她的挣扎。

噩梦般的回忆不请自来，玛丽亚记起曾见过一群士兵就像这样淹死过一只小狗。他们轮流用手按住它，让它在水里拼命挣扎。然后提起来让它呼吸，取笑它，然后再把它按下去继续往死里淹。她意识到自己就是个玩具，一个怪物用来杀着玩儿的玩具。

半兽人再次将她从水中拉出来。玛丽亚喘着气，不住地咳嗽和呕吐。莫斯还在水里挣扎。他的双手伸出水面，像芦苇一样绝望地挥动着。

她被提到了那庞大的比特犬脑袋旁边。疤痕和破碎的肉块交织在一起，动物和人类融为一体，形成了一个噩梦般的野兽。他的一只眼被灰色的疤痕盖住了，但另一只眼睛睁得大大的，黄色的，有鸡蛋那么大。怪物怒吼着，露出一排锋利的牙齿。一股鲜血和腐肉的风暴席卷她的全身。

“我不是死肉，”他咆哮道，“你才是死肉。”

玛丽亚被吓得尿了裤子，尿液顺着她的腿流了下来。她并不感到羞耻，因为除了恐惧她什么都感觉不到。她已经不再是一个人，而只是个猎物，就好像怪物已经把她剖开，五脏六腑都翻了出来一样。她一无所有。虽然她的心还在狂跳，但她已经死了，成了更大、更强动物的猎物，就像她在逃离淹没之城时看到的所有被枪打倒的平民那样。莫斯还在水里挣扎，但他也死了，只是他自己还不知道。

必须做点儿什么。

然而这就是个笑话。他们根本不是这个怪物的对手。拿着枪和砍刀的成年士兵狗脸怪，杀起他们来都像打死苍蝇一样容易。

怪物恶狠狠地盯着她。他散发出的杀气简直使她窒息。玛丽亚闭上眼睛，等待被撕得粉碎。

继续啊，来吧。

但是什么也没发生。相反，她听到莫斯从水里出来了，上气不接下气地喘着。接着，她感到自己正在往沼泽里沉。玛丽亚睁开了眼睛。

怪物盯着她……是什么让他眼里仿佛有恐惧？

那家伙单膝跪地，沉了下去。沼泽的水在他们周围涌了上来。玛丽亚又试图撬开怪物的拳头，但它仍然像老虎钳一样紧紧夹着她。那半兽人挣扎着想站起来。怪物拖着自己和玛丽亚踉踉跄跄。

莫斯咳嗽着，咳得几乎窒息，但他仍然努力想要挣脱怪物的魔掌。那怪物露出牙齿，发出一阵像巨石砸碎骨头般的咆哮声。

“别动，小子。”

莫斯吓得一动也不敢动。

怪物的呼吸是短促的。玛丽亚意识到他们周围全是血。一片红海，水里到处都是血。那是半兽人的血。

怪物瘫倒在泥泞的岸边，身体一半在水里，一半在岸上，他的胸膛像风箱一样扯动着，大口喘着粗气。他的黄色狗眼渐渐闭上，瞳孔上还有一层薄薄的膜。眼皮终于完全垂下来了。

“他快死了。”莫斯低声说。

怪物的眼睛突然瞪得老大。莫斯吓得倒吸了一口凉气，怪物抓得更紧了。“我不会死。要死的是你，不是我……”他痛苦地呼出一口气，又积蓄了点儿能量。

“我，不，会，死。”

但莫斯说得没错。至少现在玛丽亚能够呼吸了，她看到怪物的伤势非常严重。牙印，爪痕，化脓的伤口。血液从被鳄鱼深深撕裂的肩膀上喷涌而出。这些还只是她从明面上就看到的伤口。

怪物的握力又松了一点儿。玛丽亚等待着……她猛地一扭身子，成功挣脱了出来。半兽人试图再次捉住她，但他的动作变慢了。她跳出了他的攻击范围。

半兽人往后倒去，但他的眼睛仍然燃烧着掠食者的凶残。

“就这样吧。”他低声咆哮。

他把莫斯抱在怀里，离他更近了。玛丽亚不知道她是否能找到他们的大砍刀，是否能想办法刺死这头野兽。她要在他扭断莫斯脖子之前杀了他。

那把砍刀在哪里？应该是掉在沼泽里找不到了。但她自己还有刀。

如果她能把刀刺进他的眼睛……

怪物似乎察觉到了她的可怕念头，说：“你的朋友在我手上。”他的肌肉一松，把莫斯按到了水里。

“玛丽亚！”莫斯开始挣扎，但他还是无力抵抗。半兽人将他按得更低了。水波拍打着莫斯的下巴。

玛丽亚开始向前紧逼，尽量避开半兽人的攻击范围。“不要伤害他！”

“你别试探我的底线。”怪物把莫斯拉出水面，他呛咳着。

玛丽亚在岸边踱来踱去，仍然希望能找到那把砍刀。“你放开他。”

半兽人微微一笑，露出莫斯一直想搞到的尖牙。“再靠近点儿，小姑娘。”

玛丽亚试图让自己的话更合情合理。“你放开他。”

“不。”

她犹豫了。“我可以帮你。”

“不行。”怪物摇摇头，“正如你的小朋友所说，我已经奄奄一息了。”

“如果我们能给你找到药物呢？”

“根本不可能有药物。”

“我认识一个医生，在镇上，他可以治好你。我和莫斯可以把他找来。我也懂点儿医术。”

“啊哈。”怪物盯着她，“你有个医生，你会去找他，他会给我这个半兽人提供药物和治疗，救我的命，然后一切都会好起来的。”

玛丽亚急切地点头。

“一个漂亮孩子口中说出来的漂亮童话。”

玛丽亚对他的嘲讽感到愤怒。“我说的是真的！不信你问问莫斯。”

怪物发出一声无力的嗤笑。“你的医生……他会把药浪费在怪物身上吗？当已经有那么多人在乞求治疗的时候？当战争和瘟疫肆虐，你们人类迫切需要救助的时候，他会把宝贵的药物用在我这个狗脸怪身上？”

“他可不是那种人，”玛丽亚说，“他会听我的。我和莫斯，我们可以说服他过来。他会帮你的。如果你让我们走，我们会把他带回来，他可以帮你。”

“不。”

“为什么不呢？”

“我不和撒谎的人讨价还价。”

“我没有撒谎！”玛丽亚感到自己要沮丧地哭出来了，“我有一个医生。我们和他住在一起！他能治好你！我能治好你！”

怪兽只是看着她，然后她意识到他正在观察她缺失的那只手。她可以看到他的目光中的蔑视，仿佛在说："请告诉我更多你愚蠢的谎言，残废的女孩。"

必须找到办法救莫斯。她能让马赫福兹帮忙吗？她能说服他吗？马赫福兹是善良的，他照顾着每个人。但这毕竟是一个半兽人。

"我可以偷药。"玛丽亚最后说道，"我可以偷药，然后带回来给你用。"

"哦？"

怪物对此表示出兴趣，让玛丽亚感受到一丝希望。"我和莫斯可以给你弄药。你甚至不需要医生。"

"对，"莫斯说道，"我搞点儿小破坏，吸引他们的注意力，玛丽亚下手偷来药，你就能完全好起来。"他热切地点点头。

"你们俩，"那半兽人自言自语着，"一个分散注意力，一个偷东西。"他们俩赶紧不住地点着头。

怪兽哂笑一声，将莫斯按回水中。

"莫斯！"

玛丽亚向前扑去。那半兽人想抓住她的脚踝。她被绊倒了，勉强没被抓住，她心痛地看着那半兽人又在往死里淹她的朋友。池塘里泥浆翻滚着。

"放开他！"

出乎她的意料，那半兽人放开了莫斯。男孩浮上水面，边呕吐，边咳嗽，水顺着他布满雀斑的脸流淌下来。怪兽用他巨大的拳头摇晃了他一下。

“小姑娘，我们做个交易。你去找到你的药，带回来给我。如果药物有效的话，我会让你的朋友活下去。”

“但是——”

半兽人打断了她的话。“如果你带来了错误的药品，或者带来了士兵，我会拧断你朋友的脖子。如果你不能按时回来，我就会让他的肺里灌满泥浆。你明白了吗？”

“这需要时间，”玛丽亚抗议道，“这又不是我拍个巴掌那么简单的事情。”

“你没资格和我讨价还价，我的心跳就是计时器。在我的血流干之前拿来药物，才能换回你朋友的性命。如果你失败了，你就等着来收尸吧。”

玛丽亚还想再次抗议，可是那个半兽人死盯着她，她的话被堵在喉咙里，没说出来。

“跑吧，姑娘。赶紧跑吧，苍天保佑你跑得足够快。”

第七章
迷失方向

丛林撕扯着玛丽亚，藤蔓将她绊倒，带锯齿的树叶割破了她的皮肤。夜幕已经降临。在树林深处，光线很快就消失了。阴影向她扑来，玛丽亚绊了一跤，瘫倒在地。膝盖和手掌都摔破了皮，她顾不上疼痛，爬起来继续跑。

丛林里的小路蜿蜒曲折，纵横交错，鹿踩出来的路、科伊狼的狩猎路线和野猪跑的路交织在一起，令人十分困惑。黑暗使情况变得更糟。她还有多长时间，半兽人的血还有多久会流干？

玛丽亚遇到了一个岔路口。她俯下身，盯着地面，试图找到回去的路。他们是从哪条路劈开藤蔓闯进来的呢？

造化弄人，偏偏善于发现蛛丝马迹的是莫斯，而不是她。她选择了左拐的小路，全力猛冲下去，默默祈祷着命运女神、锈圣和卡利-圣母马利亚发发慈悲，让她在前方不会遇到雷区。

但是她冲进了一片开阔水域。一失足，直接跌了进去。

“糟糕！”

她费力爬出水面，浑身湿透了，又愤怒又害怕。她只好原路返回，寻找着最后的那个岔路口。她知道她需要控制住恐惧，保持警觉，在丛林中保持头脑清醒，但即使她试图说服自己不要惊慌，她还是可以感觉到心底里害怕的声音越来越大。

丛林里笼罩着一片狂野而饥饿的恐怖氛围。葛藤如同盘旋的巨蟒，从上方垂落。科伊狼从一棵树后跳到另一棵树后，一直盯着她。丛林长出了牙齿，突然变得陌生而凶险。

玛丽亚跳过腐朽多苔的倒木，差点儿再次摔倒。她以前走过这条路吗？她不记得出去的路上有这么多倒木。

她现在身在何处？

在天完全黑下来之前，她不可能赶到城里并回到莫斯那里了。她必须拿着火把才能回去。她还能找到回去的路吗？他们在来找食物的时候已经漫无目的地游荡了半天，玛丽亚当时就应该多留意一下，但她从未想过她会在黑夜中往回走——

突然，无休止的丛林被开垦过的开阔农田所打断。

玛丽亚如释重负地抽泣着。她距离打算去的地方已经很远了，原来她跑到了镇子的另一头。在这片农田上，人人都在耕作，因为这里土地较为开阔，但好在她没有迷路。玛丽亚绕过一个阴暗的池塘，抄近路穿过田地，蛇行躲避着田地里凸出来的残垣断壁。

榕树镇在前面向她招手，油灯亮起，熟悉的黄色光芒柔和而令人安心。玛丽亚放慢脚步，按压着因猛跑而刺痛的腹部。见到榕树镇，她从来没有像现在这样高兴过。她又回到了人间。柴火炉噼啪作响，炊烟袅袅。空气中弥漫着调料的香味。点燃的蜡烛旁边放着小金属反光板以增加亮度，这使得她奔跑时周围的一切都明亮了起来。

在她前方，医生简陋的家在黑暗中隐约可见。

请你一定在家里。你必须在家。千万不要外出应诊。你一定要在家。

突然一个人影从一堵断墙后面闪了出来，挡住了她的去路。

“小妮子，你往哪里跑？”

玛丽亚一个急停。更多的黑影出现在她面前，恶魔般的幽灵从黑暗中浮现。

又是娃娃兵，整整一个排。

玛丽亚转身朝镇子的方向跑去，但一只狗狂吠着从黑暗里扑了出来。她只能跳回去，寻找新的逃生路线。狗大叫着追她，将玛丽亚逼回她的追捕者身边。

更多的士兵从黑暗中走了出来。枪支闪着黑黢黢的光。子弹带像伤疤一样斜挎在他们赤裸的胸膛上。他们的脸上都刻着丑陋的三道杠。毫无疑问，他们都是联合星际部队的人，格伦·斯特恩上校的部下。其中一些人头上还系着蓝色的头巾，仿佛脸上的疤痕还说得不够清楚他们是谁。娃娃兵们越靠越近了。他们充血的眼睛，像是红色的水晶裂了，蛇一般饥渴地打量着她。玛丽亚在黑暗中试图寻找逃跑的出路，但士兵们从四面八方包围了她，形成了一个完美的包围圈。

其中一个士兵走上前去抓住了她，把她的手臂扭到背后。她感觉他在摸索她缺失的右手，然后他笑了起来。

“这还来了个残废！”他说道。

他的手指在她的残肢上摸索着。“我甚至都没办法铐她。”其他人都笑了。玛丽亚挣扎着想要逃脱，但这个士兵又把她猛推了回去。

“这是我干的吗？”他紧盯着她的残肢问，“我怎么没把另一只手也给你砍了，小妞？”

离得这么近，他脸上象征忠诚的疤痕清晰可见，苍白的疤痕在棕色的皮肤上格外显眼。横着三道，竖着三道。他是彻头彻尾的联合星际部队的人。唇钉钉穿了他的下唇，三个一排，闪闪发光。玛丽亚不确定它们是装饰，还是上校给他的新兵做的其他官方标记。

“那是我干的吗？”他再次问道，但玛丽亚还没来得及回答，他就惊讶地站直了身子。

“看她的眼睛！”他喊道，“我们抓到了一个合作者！一个漂亮的维和小妞。”玛丽亚试图再次逃跑，但他抓住她，紧紧地抱着她，把她的胳膊都快扭脱臼了。

“没那么简单。”他在她耳边一字一顿地说道。他的声音变得冰冷，充满了未知的威胁。以前，她对他来说只是个玩具，但现在她变得更不值一提。“我有针对你的特殊计划，被抛弃者。”

被抛弃者。他的话让其他士兵像过电了一样激动。维和部队，弃儿。玛丽亚知道接下来会发生什么。首先会有尖叫

声，然后会有鲜血，最后，如果幸运的话，她将会死去。

她低头思忖着，想找她的刀，但她那只完好的手被扭在背后，这样做毫无意义。士兵似乎觉察到了她的意图，找到刀，拔了出来，架到她的脖子上。

“你在这里干什么，合作者？”

玛丽亚感到一阵恶心。她的心里已经有一部分在为即将发生的事情做准备了，就像神军抓住她后做的一样。不同的军队，同样的故事。他们的所作所为最后都一样。

“一个维和部队抛弃的女孩怎么会出现在这么远的地方？”他问道，“是这个镇子的人在保护你吗？”玛丽亚没有回答。她努力挣扎着想要脱身，但这个士兵比她强壮得多。“为什么不回答？嗯？是不是说不出话来了？还是你就是嘴硬？”稍作停顿，“这个被抛弃的家伙以为自己高人一等，不屑和我们说话。”刀子抵住她的脸颊，触到她的嘴唇。“来，让我把她的舌头割掉。”

恐慌中，玛丽亚几乎要挣脱开来。

“抓紧她，伙计们！”

他们的手紧紧抓住她，按住她的双臂，控制住她的头，迫使她盯着那个高大的士兵。他肮脏的手指强行撬开她的嘴巴，玛丽亚试图咬他的手。

“哇！”士兵兴奋地喊道，“这个被抛弃的家伙还挺有种！”但他没有停手。他捏住她的脸颊直到她的嘴巴张开。刀片滑入了玛丽亚的口中，她的牙齿咬到了金属的味道。

“没想到这儿还藏着个叛徒，”士兵说道，“我还以为我们把你们都清理干净了呢。”

“放开她，索阿。”

一个声音传来，士兵转过头去。

“我只是找她问问答案，中尉。”

一个身影从黑暗中浮现。轮廓分明，脸颊凹陷，高大但骨瘦如柴，像死人一样苍白。一道粉红色的疤痕歪七扭八地划过他的鼻子。灰色的眼睛，瞳孔大张。

“你问到了什么答案？”

“她不说。”

“那我们现在还没有答案，对吗，下等兵？”

“我还没有开始动手。”

“所以你要从她的舌头开始？”

“总得从某个地方开始。”

他们停顿了一下。玛丽亚以为他们之间会发生暴力冲突，但随后那个中尉只是笑了起来。他笑了，索阿也咧嘴一笑。她不知道这些是否都只是玩笑，不知道他们是否真的会开始动手，也不知道这是否只是一个猫鼠游戏的开始，而结局仍是她血溅当场。

中尉用一个小型手摇发电 LED 灯照着她的眼睛。灯光明亮而让人痛苦。她眯起眼睛。他把灯稍微拿低了点儿，靠近她，用他那灰色的充血的眼睛仔细观察她。她猜他可能快三十岁了，是他手下士兵年纪的两倍，经验丰富。一个真正玩命的战争老狗。

“真该死。”他说。

索阿点了点头。“她是被遗弃了，对吧？”

玛丽亚挤出声音：“我是淹没之城人。”

中尉用爪子一样的手指捏住她的脸颊，将她的头左右摇晃，而他手下的人则阻止她挣扎。

“一半，”他说，“你肯定只有一半淹没之城血统。而且你年纪正合适。有个维持和平的人搞了你的妈妈，然后又把你扔下了。”他歪了歪头，“我对与维和部队合作过的人可没什么好感。”

他的目光转向村庄。“对那些窝藏合作者的地方，我也没什么好感。有人需要被上一课了。”

“放开她！”

在那个声音响起时，玛丽亚几乎立即双膝一软跪在了地上。救星来了。

马赫福兹医生闯进了士兵中间。玛丽亚看见了他熟悉的盐椒色的灰白胡须，还有他自己用葛藤纺的麻绳绑着的破损的眼镜。他矮小而瘦弱，甚至还比不上其中的一些娃娃兵。但他有着深褐色的皮肤、温和的眼神和坚定的决心。他强行穿过士兵们，无视自己身处险境，仿佛没有注意到自己正在被拿着枪、留着疤、渴望暴力的娃娃兵们包围着。

但他们注意到他了。其中一个人抓住了他。“慢点儿，医生伙计，这个叛徒不关你的事，你回去当你的医生吧。”

马赫福兹医生甚至没有放慢脚步，他转向中尉，带着绝对的权威说道：“塞尔中尉，那个女孩是我的助手，她不是叛徒，如果你想让你的士兵活下去，那么我需要她的帮助。

现在就放开她。我们在这里救死扶伤，这里必须是和平的。如果你想得到我们最好的救治，那么你也应该保证这一点。这是我的规矩，在我的地盘上，我不允许有流血事件发生。”

中尉的目光从马赫福兹医生转向玛丽亚。

“是这样吗？”他问她，“你懂医术吗？有妙方吗？维和小妞，给我介绍介绍？”

玛丽亚张了张嘴，但不知道该如何回答。她说什么都会让他问得更多。她闭上嘴，只能听天由命了，她知道她的话无足轻重，一切都取决于塞尔中尉的态度和决定。她要么能活，要么就得死。她对这位联合星际部队的中尉说什么，也无法改变任何事情。

中尉嘲笑着摆摆手，示意放她走，甚至还假装向他鞠了一个躬请她通过。

“医生小姐，嗯？好吧，把我的中士从死神手里抢回来，让我们看看你有何能耐。”

玛丽亚松了口气，这才意识到自己刚才一直在憋着气。她甩开士兵们的手，朝马赫福兹走去，但当她经过中尉身边时，他却将她猛地拉了过去。

“如果我的中士死了，”他说，“我会让索阿马上动手。他会先砍掉你剩下的左手，然后是你的脚，然后就一直砍下去，直到你的身子只能像蛆一样在地上爬。明白了吗？”

玛丽亚直视前方，等着被释放。她小心翼翼地什么都不说。中尉摇晃着她，“你明白了吗，你这个弃儿！”

玛丽亚努力保持目视前方，点了点头，“我明白了。”

“很好。”他放开了她，转向其他士兵。“你们都在看什么？”他吼道，“回到岗位上去！戈麦斯，上去！平基，上去！阿利尔、保利、斯奈普、布茨……巡逻。范、桑托斯、鲁、古蒂、耶普、蒂蒙斯、斯托克、雷吉……搜查这个镇。看看我们还能不能抓到其他被遗弃的人。也许，这儿有一窝我们不知道的老鼠。”

士兵们敬礼后立即四散开来，武器和弹药的碰撞声、靴子踏过草地的声响、酸瓶的跳动声、闪着寒光的弯刀的出鞘声此起彼伏。马赫福兹医生伸出一只手臂环抱住玛丽亚的肩膀，领着她趁乱离开。

“我需要你的帮助和视力。”他向前指了指，“这不是不可能的，但需要做很多工作。”

他领她走进他的开放手术室，玛丽亚倒吸一口凉气。鲜血在大楼下层裂开的混凝土上流淌。

难怪这些士兵会这么疯狂。四个士兵摆在她面前，鲜血如河水一般从他们身上涌出。其中两个看起来已经确定死亡；另一个的腿被撕裂，扎上了止血带，但他面色苍白，她怀疑他撑不了多久了。

只有一个年轻人还活着。他的胸膛被鲜红的纱布遮盖着，他还有意识。

肯定是经历了激烈的战斗。但他们的伤口没有一个看起来像是爆炸或者中枪造成的。其中一具尸体看起来几乎被掰成了两半，另一具的脖子被撕开并折断了。

清醒的年轻人的目光追随着玛丽亚，直到她跪在他的旁边。她小心地揭开血迹斑斑的布条，对所看到的惨状感到恐惧万分。

他的胸膛上有四道巨大的、深入肌肉的平行伤口，撕破了他的衣服，深入棕色肌肤。在血红的伤口里，可以看到他白森森的肋骨。玛丽亚将手掌放在撕裂的伤口上，不由自主地推测着造成这一击的爪子的大小。

玛丽亚顿时感到心悸。一切都有了解释。

她知道这些士兵为什么来了。她知道他们在追踪什么，她也知道，如果他们找到了那个东西，莫斯就死定了。

第八章
抗生素之争

“我们的朋友告诉我们，他们遇到了一头野猪。”马赫福兹医生说。

这简直是个愚蠢的谎言，没有野猪能搞成这样。只有一个怪物，那个半兽人可以。莫斯还被困在那个怪物那里，如果玛丽亚不能将他解救出来，他就死定了；如果她不能从这些士兵中脱身，并找到办法从马赫福兹医生那里拿到药物——

“玛丽亚！”

她从凝视士兵伤口的神游中惊醒过来。马赫福兹重复了一遍。“我正在煮手术器械，请你洗一下手，我需要你来帮忙清理和缝合。”

玛丽亚匆忙走向那开着的锅，感到束手无策。士兵们无处不在。她偷偷瞥了他们一眼，研究着她的敌人，同时把自己的手洗干净。

他们就是一群无赖。这种人曾经是她父亲嘲笑的对象，装备破旧、牙口残缺不全、面部有酸液的烧伤，但他们现在荷枪实弹，刀刃闪耀着锋利的寒光，到处都是。他们在周围逡巡，搜刮着医生的藏身之处。他们生起营火，从隔壁地下室的水池里拖出装满水的旧塑料壶，在肮脏的混凝土地上堆放从大米到死鸡等掠夺来的各种东西。看起来他们要把整个村子都洗劫一空。

一个高个子、黑皮肤的男孩用锐利的眼神指挥着三人小队搜集柴火并点燃篝火。他胳膊上有记录杀敌数量的疤痕，九个敌人被勾销，就像医生核对他的药物清单也要打钩一样。

玛丽亚开始数其他士兵身上的杀人疤痕，但很快就放弃了。太多了，他们杀的人肯定超过了两百个。即使是年纪最小的，那些只被允许携带酸液罐子和砍刀的小喽啰，也有杀人记录。而像中尉和那个肋骨都晾在外面的受伤男孩，他们每个人的杀人数目甚至超过了十几个。

“这个我们怎么处置？”一个士兵喊道。玛丽亚抬起头，望向那个发出含糊不清的声音的人。他的下颌被一刀劈开，脸上的伤疤一直延伸到眼睛。但玛丽亚更关注的是他手中的战利品，一只被牵进来的山羊。

玛丽亚一下子意识到那是医生的山羊加比。她刚想反对，却迅速闭上嘴。

塞尔中尉一直在与他的中士商议，但此刻他抬起头，如同一只像尸体一样惨白的螳螂将注意力转向了猎物。

“看起来像是今天的晚餐。”

他继续在发霉的地图上标记着区块，对受他所下达的命令影响的人或事情毫不在意。

士兵男孩把绳子套在加比的腿上，将它捆绑起来，然后突然用力推倒。这是一个漫不经心的推搡，几乎带着不耐烦。山羊重重地摔倒，发出一声闷响和惊讶的喘息，像是被丢下的一袋米一样。

塞尔中尉又开始和他的中士们说话了，他的话音和其他士兵的活动混在一起。“顺着海岸冲，向南扫荡”，他们讨论着作战计划的细节，“A-6，沿着山脊往前推；还在涨潮线以上。这条河道也许能保护它……”

玛丽亚眼睁睁地看着那个娃娃兵跪在加比身边，举起弯刀，砍进了它的脖子。加比惊恐地咩咩叫了一声，然后刀刃切了进去，山羊就没声音了。男孩开始横着切肉，鲜血溅了出来。玛丽亚别过头去。

没有其他人注意到这些，也没有人在乎。这就是他们的所作所为。抢夺别人的牲畜，夺走别人的生命。她看着士兵们，恨他们。他们在很多方面都不同，瘦的、胖的、矮的、高的，但他们又都是一样的。无论他们挂着指骨项链，还是戴着婴儿牙齿手链，又或是在胸前文上文身以期望能躲开子弹。最后，他们都遍体鳞伤，眼睛里的光也都彻底消失。

玛丽亚用煮过的水洗手，然后再用酒精漂洗，努力让自己不要想加比正在被分尸。

这就是他们的所作所为，她提醒自己，*不要去对抗你无法对抗的东西*。她需要思考，制订她自己的计划，弄到她需要的药物，然后逃回到莫斯那里。

玛丽亚竖起耳朵听塞尔在说什么，听他怎么计划。“B-6，嗨罗排，波托马克……”这些名字对玛丽亚来说都没有任何意义，她只知道外面有很多士兵，他们想要的是那个半兽人的命，而莫斯的命一文不值。如果他们在玛丽亚回去之前找到了那个半兽人，怪物就会认为是她背叛了他，莫斯就会死，她就会被困在这里，去救助那些刚才还想把她最后一只手砍掉的人。

玛丽亚洗完手，从破旧的锅里拿出煮过的钳子、手术刀和缝合针，穿过一圈围观的士兵，走向那个还活着的伤员，同时在想有什么办法能告诉医生莫斯目前的情况。

“退后。”她挤过去的时候命令道。士兵们稍微让开了一些，但并没有离开。

医生抬起头。“你们的战友需要空气，他的伤口需要远离你们身上带着的脏东西。要么你们听那个女孩的话，要么你们的朋友将无法活下来。”

“他死了，你们也活不了。”其中一个人嘟囔道。

玛丽亚无法确定这是索阿还是其他人说的，但受伤的男孩对这个威胁做出了反应。“你们都听到了，”他嘟哝着说，“退后，让医生们做他们要做的事情。”

玛丽亚跪下来，开始擦拭伤口，从撕裂的褐色肌肉中拨出细小的组织，检查是否有断裂的肋骨损伤了内脏。

男孩并没有退缩，只是他的呼吸有时会因她的深入探查而停顿。他直视前方，脸上带着一种固有的蔑视表情。她挤出布条上的血，再次擦拭伤口。

她真是个傻瓜。那个怪物当然被追捕过。那地方到处都有靴子和狗的脚印。那个生物不是无中生有的。他来自淹没之城，士兵们一直在追踪他。回想起来，这一切都合情合理。

“这看起来不像是猪干的。”她说道。

受伤的士兵男孩第一次将目光聚焦在她身上。眼中有金色的斑点，闪烁着暴力的光芒。一个被战争塑造出来的面孔，十分僵硬。“我说是猪，那就是猪。”

玛丽亚垂下了眼睛。和他争论不值得。像这样的男孩已经看过太多的流血，他们再让一个人血溅当场又有什么关系呢，激怒他们是愚蠢的行为。

“奥乔中士，你那边有问题吗？”

声音轻柔，但它却让玛丽亚起了一身鸡皮疙瘩。中尉正在看着他们。苍白的皮肤，苍白的头发，灰色空洞的眼睛。一开始她以为他看起来像一具尸体，因为他如此苍白，然后再看，又像一只昆虫，因为他身体和四肢纤细。但突然间，玛丽亚明白了他是什么：科伊狼，该死的科伊狼。他是一个捕食者，既致命又狡猾。

塞尔淡灰色的眼睛盯着她。“有什么需要我知道的吗？”

奥乔轻蔑地瞥了玛丽亚一眼。“这里什么事儿也没有，中尉。”

“有的话你告诉我。”

“我没事儿，这个弃儿知道自己的斤两。”

塞尔中尉回到他那些发霉的地图中，低声对其他士兵做着指示，玛丽亚松了一口气。她继续工作，希望尽可能地加快速度。

当她从伤口中拔出叶子和碎片时，不禁想起药品就藏在头顶上，就在医生住的窝棚的上方。士兵们还没有找到它们，至少现在还没有。医生把它们藏在涂过油的皮革包裹中，塞在挖空的书里，那只是众多书中的一本而已。但它们就在那里。那些抗生素可以使莫斯免于死在半兽人的手上，只要她能搞到那些该死的东西。

医生拿着缝合用的针和线加入了进来。即使戴着临时修理过的眼镜，他的视力也还是不好。他不得不靠近一些仔细研究伤口。

“伤情没有那么严重，”他说，“他的肋骨还在，很好地保护了他。”

玛丽亚指着其中一个伤口说：“只有这一个在流血。”

“嗯，”医生眯起眼睛，“神经血管束撕裂。我们先把这个地方烧灼一下，然后缝合伤口。”

他们的病人突然问道：“老头子，你还能看得见吗？”

玛丽亚抬头看着他，努力回忆起他的名字。奥乔。一个中士。“我可以，”她说，“而且我是给你缝合伤口的人之一。”

“该死！你这个残疾人要来做缝合？”

“闭上你的嘴，”玛丽亚说，“否则我会把你的肠子缝起来。”

医生倒吸了一口气，但病人只是傻笑。“这个弃儿还敢吓唬人。”

“不是吓唬人，我只有一根针。”

玛丽亚用她好的左手捏住针，用力将其穿透。医生的手在另一边碰到了针，将线穿过。他递回给她。两个人凑在一起，几乎可以组成一个完整的医生。他们就这样配合着再次将线缝过去。

“这里没有磺胺类药物，”医生说，“你需要保持这个伤口的干净和干燥。”

奥乔又开始茫然地望着上面。“是的，我知道。”

从给他身体验伤的情况来看，他应该能知道发生了什么。他的黑皮肤上有数十处伤口和疤痕。他的一只耳朵有一部分是残缺的，脸颊上有一个凹陷的伤疤，仿佛他曾被刺伤或被烧伤过，留下一个小圆洞，现在已经闭合了。

士兵注意到玛丽亚的目光所及之处。“神军，”他说，“狙击手干的。”他张开嘴巴，露出伤口的里面。他的粉红舌头也被撕裂了。

“直接穿过去了，从侧面打中了我的舌头，穿过我的嘴巴出来，竟然没有撞到一颗牙齿。”他露出牙齿给她看，“一颗都没有，老天保佑我。”

玛丽亚伸出截肢的手臂。“我也一样。”

“在我看来，这可并不算幸运。”

“至少还给我留了左手。”

“你是左撇子吗？”

“现在是。”

她不打算告诉他，她花了多长时间训练她的左手来完成她曾经认为轻而易举的工作。尽管如此，有时候她的思绪会一时失控，就像突然置身于一面镜子之前，总是朝着错误的方向望去。她试图用左手做她虚拟的右手无法完成的事情。

“你用得挺好的。”他承认道。

“对，这已经足够了。”

“不能再要求更多了。”他说。

玛丽亚抬起头，吃了一惊。他的声音里有一种柔软，几乎是道歉或怜悯的感觉。

“我能和你打交道吗？”她想，“你心中是否还有一些人性？”

马赫福兹医生总是絮絮叨叨地说每个人心中都有一些人性。根据玛丽亚的经验，那是医生在异想天开，但此刻，当她看着这个叫奥乔的中士时，她想知道这个久经沙场的男孩心中是否有一丝柔软的部分，她或许可以利用这一点。

她继续缝合。“为什么大家都叫你奥乔？”

他的肌肤被针刺穿时，他咕哝着。“我杀了八个敌人。用刀刺杀了他们。他们手里有枪，但我割断了他们所有人的喉咙。”他摸了摸脸上联合星际部队标志的深深烙印，那是格伦·斯特恩上校的烙印，“因此我得到了满级军衔。我就是传奇。”

围在周围的士兵们都点头。“传奇八号。”他们重复道，“传奇。”

“你是怎么做到的？”玛丽亚问。

“不关你的事，废物。”

就这样，柔软消失了。无论美好的东西曾经存在过多久，都已不再，他的声音变得坚硬而残忍，如同混凝土一样。“快把你的缝合做完，少废话。”

“我——”

“你再不闭嘴，我就亲自把你的舌头放进油锅里煎了，然后吃掉。”

寒气刺骨，迅疾无情。又一个在自己身后留下血脚印，还要让前方血流成河的冷酷杀手。

玛丽亚低下头，专心致志地工作，她突然希望自己被人遗忘，除此之外别无所求。

最后，她和医生都松了口气。“好了，”医生说，“你会恢复的。”玛丽亚的脖子和手臂因为工作而酸痛。这种合作方式很别扭，但也是唯一的办法。

奥乔仔细观察着被缝合的伤口。“缝得还挺整齐的。”他大声说道，“喂，伙计们，看看我，完全缝合好了。”

*是的，你完全缝合好了，现在赶紧滚，让我去拿药物，然后也离开这儿，*玛丽亚心想。

如果她能赶走这些士兵，她仍然可以穿过沼泽回到莫斯那里。这次即使在黑暗中，她对他的位置也相当有把握。她会带着医生去，他们会完成那个交易，莫斯就不会死了。

中尉走了过来。“中士，你感觉如何？”

“一切都好。”奥乔挣扎着坐直身体。在他黝黑的皮肤下，他显得苍白无力，但他站了起来。“随时准备出发。”

中尉急切地摇着头。“坐下，我的中士。我们不会离开这里。我们要以此为基地，建立搜索模式。我们没有必要住在沼泽里，我们有这个富庶的小镇供养我们。”他把手放在医生的肩膀上，“现在，告诉我，你的抗生素在哪儿？”

玛丽亚的心跳加快。不，那些是我的，莫斯的。

“我们没有抗生素，”医生说，“别担心，伤口很干净，非常干净，一切都消毒得很好，我们是用消毒过的水和酒精擦拭的。”

中尉猛地揪住医生。“你以为我是个愚蠢的战争蛆虫？那畜生有脏爪子，脏东西不能不用抗生素。”

玛丽亚清了清嗓子说：“我记得你说过它是头猪。”

中尉像蛇一样敏捷地抓住玛丽亚，将她转了个身。他的手臂环绕着她的喉咙，卡住了她的呼吸。医生惊呼着，但其他士兵抓住了他，将他拉了回去。

“你就是那个吹毛求疵的人吗？”中尉说，“要不要我把你带走，做奥乔的护士？如果我的中士活着，我甚至可能把你带回去，你可以留着你的左手。”她的脸颊上感受着他呼出的灼热气息，“你喜欢这个主意吗？或者我把它剁掉，挂在你的脖子上，这样你还能离它近点儿。”

玛丽亚无法呼吸。这个男人完全堵住了她的呼吸道。他把她提了起来，她的脚离开了地面。

“或者我就站在这里感受你垂死的踢打。我喜欢被漂亮女孩踢打的感觉。”

很快，玛丽亚就被勒得眼冒金星。从远处传来马赫福兹医生的乞求声：“求求你了，我们只有一点点抗生素，只在真正紧急的情况下使用，很难搞到。”

“我的士兵不是紧急情况吗？”

“我不是那个意思——”

“赶紧去拿药吧，医生。你的女孩快没气了。”

败下阵来的马赫福兹医生爬上梯子，进入掩体。当他再次下来，手里拿着药片时，塞尔中尉才把玛丽亚放到地上。

她摇摇晃晃地退开，喘着气，一手捂着喉咙。空气进进出出，感觉像火一样灼热。

士兵们抓住她，把她推回奥乔中士躺着的地方。玛丽亚跪在受伤的男孩旁边。

在她身后，她听到中尉说：“稳住，伙计们。确保周围的警戒，我们会在这里待上一阵子。”

这可不行啊！

第九章
杀戮本性

感染如入侵的军队一样在图尔的身体里肆虐。神志不清，视野模糊。黑暗已经笼罩了沼泽地。蟋蟀的鸣叫和蚊子的高频嗡嗡声充满了夜晚的天空。

图尔用他那只好眼睛瞥见了那个红发男孩。月光勾勒出他纤瘦的身影，他正撬起一块鸡蛋大小的尖石头。

图尔几乎忍不住要笑了。人类的孩子总是一样的，他们的骨头和关节只包覆着薄薄的皮肉，像稻草人一样，等着被撕开并散落在风中。

无论他在哪个大陆作战，都是这样的。这个苍白的长着雀斑的孩子像一只蚱蜢一样跳来跳去，察看着每一块石头，希望找到一个能砸碎图尔脑袋的石头，但他和其他孩子一样不堪一击。

“我知道你在打什么主意，小子。”

孩子抬头看着图尔，绿色的眼睛闪烁着像玻璃碎片一样的光，然后继续摸索着岸边的石头，努力把胳膊伸展到最长，在他能够到的最远的地方测试着每一块石头。

“那你为什么不阻止我呢？”小男孩问道。

“我很快就要阻止你了。”

“玛丽亚就要回来了。”

图尔哼了一声。“你妹妹已经离开好几个小时了，现在你在寻找武器，我想我们已经没有任何关于你妹妹会回来的幻想了。”

“她不是我妹妹。”

“你们都是人类，她是你的妹妹。”

“那你就是只狗了，是吗？”

图尔被这个嘲讽激怒了。他试图坐起来，但实在太虚弱了。他为了止血而堆积在伤口上的泥在他动弹时裂开了。他惊讶地发现它已经干了，时间过得比他想象的还要快。

他躺了下来，喘着粗气。他最好还是节省体力。

真是蠢透了，他还觉得仍然有什么能量可以节约，但那是他的本性。他被设计得过于完美了。即使是现在，他已经残破不堪，还被敌对的人类包围，他仍然追求着一线生机。即使希望已经破灭，还有他的本能在奋斗着。

男孩再次试了试图尔的握力。

“别挑战我的力气，孩子。”

“你可以放开我，我可以去给你拿药。”

图尔差点儿笑出来。“我想一个叛徒就已经足够了。”

男孩急躁起来。“你知道什么？你只是个狗脸怪。”

“我同时还是老虎、鬣狗和人类。”图尔盯着他，“你觉得谁是背信弃义的，孩子？”

“我叫莫斯，我已经告诉过你了。”

“管你叫什么，对我来说都一样。”

“你要杀了我，是吗？”

图尔皱起眉头，厌恶这个人类孩子竟然坚称是他的错。“是你妹妹背叛了我，你可别怪我。”

“她才不是那个要把我杀了的人。”谈话只不过是为了掩人耳目，男孩的手再次伸出去，在泥土中摸索着寻找武器，他希望没准儿能找到丢失的那把砍刀。图尔能理解这一点，他也在为了生存而战。

“我杀人是因为这是我的本性，就像你一样。”图尔说道。

“我是为了食物而杀生。”

图尔龇出了牙齿，“我也吃我杀死的东西。”

男孩听到这句话后吓得瞪大了眼睛。如果不是筋疲力尽、痛苦不堪，图尔肯定会笑出声来的。

第十章
科伊狼诱香

蛾子在地上的血泊上空飞舞，最后溺毙其中。玛丽亚用一块脏抹布在地上来回擦拭，然后将它拧干，把血水挤进她身边一个锈迹斑斑的铁桶里。当她弯下腰再次擦洗时，她偷偷瞥了士兵们一眼，试图了解他们的动向，然后又低下头专心工作。

索阿，这次是他。他在篝火旁边注视着她，就像一只科伊狼一样，表现出掠食者对猎物深思熟虑般的兴趣。

她不喜欢他盯着她的眼神，但当不是他的时候，也总会有其他人盯着她。史林姆、古蒂、奥乔或者其他那些面容冷酷的男孩，仿佛透过某种无言的交流，把这种密切的关注从一个人传递给另一个人。

只要他们的目光盯着她，她无论如何也无法逃脱。她擦拭着更多的血迹，努力抑制住想发疯尖叫的冲动。莫斯和那个狗脸怪被困在沼泽里，而她却被困在这里，就像落入陷阱的兔子一样。

在这种情况下，莫斯会怎么做呢？他能再疯狂一次，想办法冲出去吗？无论如何，她需要先拿到药，然后悄无声息地逃离。但是如果她逃走了，医生怎么办？

她无论如何都插翅难逃，即使他们不再如此严密地监视她。这是一个无解的陷阱。玛丽亚再次开始擦拭，将她的沮丧倾泻到工作中。

脚步声逐渐靠近。玛丽亚吓得头皮发麻，但她没有抬头。那双靴子停在她面前，站在血泊中，挡住了她的工作。是索阿。她对此非常确定。

她振作起来，抬起头。

他站在她旁边，微微一笑。“清理我们的血有问题吗？你是觉得你高人一等还是怎么回事？”

玛丽亚摇了摇头。

“你确定吗？因为我看到你刚才的表情了。”索阿蹲下身子，用手指在血迹上划了一下，然后将手指伸到她面前，“你觉得你高高在上，不屑于清理爱国者的血？”

他的手指慢慢地在她的脸颊上划过，抹上血迹。“你觉得我们不值得，是吗？”他问道，“你觉得我们只是动物？那是你们维和人员常说的话，对吧？称我们为动物，称我们为狗？”他再次将手指蘸入血中，碰触她的额头，用血淋淋的指尖抚摸着她。

玛丽亚努力不让自己表现出对那个士兵男孩的触碰感到厌恶。那正是索阿想要的，他希望她表现出厌恶的样子，希望她表现得高高在上。而如果她那样做了，她知道他就会杀了她。出于恶意而杀了她。

索阿甚至没有灵魂，他只是一条在寻找借口咬人的蛇。

“我不想打架，”玛丽亚说，“你要我清理，我就清理，我不想打架。”

“不想打架。”索阿笑了，“又是那些维和人员的说辞。”他再次将手指蘸入血中，抹在她的另一边脸颊上。他用力推了一下，几乎是给了她一记耳光。“你要不要给我来一句投降口号？维和人员的那些口号，什么‘如果以眼还眼，全世界就都瞎了’之类的屁话！”

在玛丽亚的身后，有人在窃笑，其他人则看着。他们都在等着看索阿接下来会做什么。

“嗯？”索阿问道，“你想好投降口号了吗？我等着呢。”

玛丽亚清了清嗓子，她知道他指的是什么。当她还小的时候，这些口号无处不在，绘制在城市的墙壁上。维和部队的人付钱给当地人贴上这些口号，试图表现出一些善意，让人们思考一下他们是如何陷入这个困境的，但那些图画和说辞总是被民兵和军阀的涂鸦搞得一团糟，最终维和部队的人放弃了。

玛丽亚清了清嗓子，找了一个不会惹恼索阿的口号。

“‘解甲归田’？”

“这是个问句吗？”

玛丽亚摇了摇头。“‘解甲归田’。”她重复了一遍，这次是陈述句。

索阿露出得意的笑容，狂野的眼神。“哦，对了，我记得那个，那是个不错的口号。所有维和士兵都在发放大米、玉米和大豆，只要你肯交出一支枪。我拿了一支老旧的 5.6 毫米口径步枪换了一袋我本该去种的稻谷。那把破枪撞针都生锈了，而你们这些傻瓜还是给换了东西。”

“我交易了一把 11.4 毫米口径的手枪，甚至没有子弹。”另一个人说道。

索阿问着团队：“他们的那一套还有哪些来着？我们的小妞儿记不起来了。”

“别人扇了你一耳光，你就把另一边脸也转向人家。”有人回答。

“铸剑为犁！”

“只有动物才互相撕扯！”

越来越多的口号涌出，维护和平者的美好愿望变成了一个伟大的笑话，很快每个士兵都笑得弯下了腰，一个接一个地说出口号，每个口号都是维和部队在试图平息淹没之城的暴力时使用过的。

当他们的笑声停止时，索阿凝视着玛丽亚的眼睛。“你们维和人员以为我们是愚蠢的，以为我们会任由外国人统治我们，让我们成为奴隶。但我们一直知道你们的阴谋，我们不会屈服，我们在为我们的国家而战。”索阿将手伸入装着鲜血的桶中，然后用带血的手恶狠狠地抹在她的脸上。“当我们流血时，”索阿说，“你要说谢谢。”

玛丽亚努力不让自己退缩，但这是不可能的。索阿并没有停下来，他继续涂抹着。“你喜欢吗，小妞儿？你喜欢这个吗？你嫌弃我们的血了，对吧，维和人员？你太高贵了？”

“够了，索阿。”

让玛丽亚感到惊讶的是，索阿突然停下了。她眨了眨眼，眼睛里流出了血。

奥乔中士从病床上向索阿挥手示意，让他走开。“别让那只战争蛆虫激怒你，索阿。”

“我没被激怒，我只是在教训她。”

奥乔中士的声音带着干涩的笑意，也带着权威：“我想她明白了。”

索阿看起来还想反抗，但他看向玛丽亚，一副厌恶的表情。“好吧，她现在明白了。”

“没错，列兵，她明白了。”奥乔中士示意他离开，“现在你去问问古蒂什么时候能烤好那只山羊，味道闻起来不错。”

让玛丽亚感到惊讶的是，索阿竟然退缩了。他最后猛扯了一把她的头发，放开了她，朝火堆走去。

奥乔看着他离去，然后向玛丽亚点了点头。“你把自己搞干净，然后把我们的死者也处理干净。他们需要一个葬礼。”他看着她认真地说，“别把你的想法表现在脸上，索阿一直在找借口再砍你一刀，我可不会再救你第二次了。”

玛丽亚盯着中士，试图了解他。他不是人类，但也不是疯子。他不嗜血，不像索阿和中尉那样，但这也不代表他友好。

她拎来一桶干净的水，先把自己清洗干净，然后开始处理那些死去的男孩，擦洗他们的身体，整理血迹斑斑的衣物。她调整了其中一个男孩的姿势，使他断裂的脖子不再扭曲。他不会超过十岁。那些被招募的人渣，被推到最前线当炮灰的人，他们只是火力的诱饵。他实际上还不算真正的新兵。他脸颊上只有格伦·斯特恩的标志的前三个横杠。

“半吊子，”奥乔说，“他们死得更快。”

玛丽亚瞥了一眼躺在那里的士兵说：“不像你。”

闪着金色光芒的眼睛毫不动摇地盯着她。“想要活下去就得快速学习，淹没之城把愚蠢的人当早点吃。”他挺直身子，从床上坐起来，略微皱了皱眉头。“我猜你应该知道这一点。我已经一年多没见过像你这样的被遗弃者了。上次我见到一个像你这样的女孩，中尉把她的头插在了杆子上。”

“在我治好你之后，你要对我也这么做吗？把我的头插在杆子上吗？”

奥乔耸了耸肩：“你去问中尉吧。”

“你总是听中尉的话？”

“这是规矩。我听中尉的命令，我的队员听我指挥。”他向玛丽亚正在整理的死者点了点头，“一直延续下去，直到他这样对半吊子士兵。”

“看起来在他身上这一套确实运作得挺好。”

“见鬼，我们终究都会成为炮灰。我怀疑这没什么大区别。能活到十六岁，你就是个该死的传奇。”奥乔停了一下，然后说：“如果中尉决定要解决你，我只能保证会速战速决。”他朝正在火堆旁切烤羊肉的索阿那边点点头，“我不会让索阿折磨你的。”

“你就是通过承诺杀人家的时候会给个痛快的方式交朋友的吗？”

奥乔满是伤疤的脸上突然露出了一丝笑容。“该死，你这个被抛弃的家伙还挺固执的。”

“我不是被抛弃的，我是淹没之城的人。”

他笑了。“这并不意味着你不固执。”

他的笑容几乎让他看起来像个人类，就像如果他的肱二头肌上没有那十几个记录杀人战绩的疤痕，他本可以是任何人一样。

火堆那边传来一声巨响。玛丽亚被声音吓了一跳。她转身看到锅倒在一边，大米散落在混凝土上。其中一名士兵，一个耳朵被割掉的瘦弱男孩，正在吮吸着他的手。索阿正在对他大声喊叫。

“端好它，范！锅是热的，对吧？”他在那个小男孩的脑袋上打了一巴掌。

范猛地后退，手去抓刀柄。“你再碰我一次，我就把你剖开。”

“让我看看你敢不敢，战争蛆虫。”

“都给我闭嘴！”

奥乔坐得笔直，让玛丽亚觉得他居然可以这么严肃，他的声音里充满了命令的语气。“范！你捡起那些米饭，先给我们每个人盛一份，然后你自己吃那些掉在地上的。索阿，出去拿些干净水来。我可不希望看到你们在这支部队里打架。

我们可不是神军。”他挥了挥手示意，“赶紧的，动起来。”

“有问题吗，中士？”

塞尔中尉的声音从他们坐着的上方飘了下来，充满威胁的意味。所有人都僵住了。“有什么需要我知道的事吗？

“没有，先生，”奥乔回答道，“只是锅翻了，对吧，伙计们？”

他们都说：“是的，先生。”接着，范开始舀起米饭，放在棕榈叶上，递给其他士兵。他们走上前来，拿了米饭和山羊肉，然后回到各自的岗位。其他人都吃上饭菜后，范才蹲下来，舀起最后一点儿米饭给自己。

玛丽亚看着一切都被清理干净，试图找出其中的不同寻常之处。她感到不对劲。她一直试图弄清楚，然后她恍然大悟……他们是在害怕。

他们都盯着那沙沙作响的黑色丛林，不时向他们死去的战友投去紧张的目光，每一个人都感到害怕。他们的四个战友在几秒钟内就被撕成了碎片。尽管他们自诩勇敢，并威胁要使用暴力，但与他们在丛林中要追捕的怪物相比，这些士兵就像小狗一样微不足道，而他们自己也很清楚这一点。

玛丽亚急切地希望能有办法让那个半兽人去对付他们。她继续清理，想象着那个半兽人在他们中间肆虐。希望丛林的牙齿能把他们吞噬。

牙齿。玛丽亚停了下来，她再次观察紧张的士兵们。丛林有牙齿，而且这使他们害怕。玛丽亚开始微笑。

我会让你们见识见识牙齿的厉害！

她挺直身子，拧干了抹布。

“你要去哪儿？”奥乔问，“你这里还没干完呢。”

“你需要更好的药，我给你拿点儿东西。”

“你不是说你已经倾其所有了吗？”

“如果你对我表现得像个正常人，而不是把我当作动物对待，你也会得到更好的照顾。”

“这是维和者的说法。”奥乔说着，几乎露出了微笑，然后示意她离开。

在楼上的小屋里，玛丽亚看到中尉坐在马赫福兹医生简易的桌子旁，正在研究医生的一本旧书，而医生则静静地回答着他的问题，声音沉稳。

当她爬过推拉门时，中尉抬起头。“你想干什么，姑娘？”

“我需要给你的中士换绷带。我记得我们还有一些其他的药物。”她说道。

“其他的药物？”中尉问道，“医生，你对我们隐瞒了什么吗？”

马赫福兹医生显得很惊讶，但他掩饰得很好。“玛丽亚管理着我们的药品。”他扶了扶眼镜，“我的视力不好。”他向她点了点头，“你去吧。”

玛丽亚看着中尉说：“你是要我去取药还是不要？”

他挥手让她继续。“别说是我挡住了你。”

玛丽亚走到一个阴暗的角落蹲下。她开始从下层书架上拿下那些半发霉的书。她不愿意暴露医生藏药品的地点，但她怀疑士兵们最终还是会找到这里，否则他们也会把刀架在她或医生的脖子上威胁他们来找到这个地方。

在第一排书的后面，还藏着更多的书。玛丽亚把这些书抽出来打开，露出了医生藏着的药品。她从一本中间被掏空的书里藏着的药盒中取出几包水泡状的药片，而中尉则在目不转睛地观察着。

“你跟我说你只有几颗。”中尉说。

医生轻轻地叹了口气。“这就是我们拥有的全部了。它们特别难搞到手，我们能用来交易的物品也很有限。黑市上那些有药品的人根本看不上我们提供的东西。”

玛丽亚无视中尉饥渴的目光，检查着药品。因为她只是在孩童时学过一些简单的字，所以她并不能读懂药品标签上的大部分文字，但说明图示是由维和人员为淹没之城中的文盲制作的，所以你大致可以知道应该服用多少以及用途。

她想要全部拿走，但她不可能携带那么多东西。她的手指从气泡状的药品包装上划过。这些都是黑市药物，包括被囤积起来的旧药，以及医生冒着巨大风险花大价钱从莫斯兰丁的走私者那里购买的新药。

她抓了一把，应该足够了。完成这一步之后，她打开另一本书，找到了她想要的那个瓶子。瓶子是一个绿色小玻璃瓶，里面装着一种浑浊的液体，闪闪发光。

这是科伊狼诱香。

她握着这个瓶子，感觉像拿着一颗手榴弹。在玛丽亚第一次用这种香水进行毁灭性实验，杀光了亚历杭德罗的山羊后，马赫福兹医生明确告诉她，未来在使用他的药物之前必须先征得他的同意。他没有直接指责过她，但他收起了那瓶香水，他的意思已经很明确了。

现在，玛丽亚举起瓶子，向医生展示。“我要用这个，行吗？”

你明白吗？她想说。你准备好了吗？

医生看着她，惊呆了。

有一瞬间，玛丽亚害怕他会阻止她，但事实上，他陷入了困境。如果他告诉中尉瓶子里是什么，就无法预料他们将受到何种惩罚。

“你确定吗，玛丽亚？那个药性很强。”

“中尉说要我照顾他的士兵。”

“这可不是简单的药物。”

“这就是我们现有的最好的药了。”

塞尔中尉在她和医生之间来回看着，不明白在他眼皮子底下进行的对话是什么意思。

“那是什么？”他问。

“是给你的孩子用的药物。”玛丽亚说。她的眼睛看向马赫福兹医生，挑衅地示意他不要出卖她。

“让我看看。”

玛丽亚走到中尉面前，她的心怦怦跳。她给他看了绿色的玻璃瓶子。他把它举到灯光下：“里面是什么？”

“抗菌药物，我们自己制造的，因为其他药物很难买到。”她说。但中尉并没有真正关注这瓶药。他的目光转向她手中的其他药物包装。

“那些是什么？”

“你想要最好的，对吧？维和人员给的药，顶级品质，只过期一年而已。”

中尉拿走了她手中的药。他把包装物在手中翻来覆去地看，研究着上面的外文，然后带着微笑递还给她。“很好。”

“是的，”玛丽亚说，“最好的。”

第十一章
冲破警戒线

奥乔中士静静躺着，眼睁睁地看着燃烧的火焰，试图不去想他肋骨上的疼痛。那位女医生下来后，给了他一些镇痛药，让他感觉有些迷糊。虽然不如淹没之城中能找到的麻醉剂好，但起码有点儿帮助。

士兵们已经换过班了，他的队员们都吃饱了。他躺在病床上仔细观察着他们，考虑着他们的战斗准备情况。

其中一些人仍然因为上次与半兽人的战斗而紧张不安，但更多的人已经平静下来。索阿还是和以往一样疯狂。范在开玩笑，这意味着他还是在害怕。古蒂安睡如婴儿，他总是很放松。有几个人开始传递着酒瓶轮流喝酒。如果他们离前线更近，奥乔可能会制止他们，但士兵不能一直待命，而且至少现在他们已经离开了淹没之城的核心地带。

奥乔看着他们传递着酒瓶，听着他们低声闲谈和互相羞辱。半兽人确实伤害了他们，但奥乔觉得他们的遭遇也让他们更加坚强了。如果再来一场战斗，他们已经准备好了。这次他们知道会有什么样的情况发生了。

他仰面躺着，试图让自己好受一点儿，他知道因为肋骨的伤，他根本睡不着。他希望医生女孩能多给他一些粉色的药片，但他又不想看起来像是在软弱地乞求从这点儿痛苦中解脱。

篝火的火焰越来越低，酒瓶又传了起来。这是一瓶新的酒？范在镇上搜出来不止一瓶酒，他在找到隐藏的储藏品方面很在行。

索阿又开始抱怨了。“那是什么臭味？”他问道，“是斯林姆放屁了吗？”

奥乔闻了闻。索阿说得对，空气中有一股奇怪而令人恶心的血腥气味和麝香味。奥乔再次嗅了嗅，感到困惑，似乎这股气味是从躺在他旁边的尸体上散发出来的。

是那个半兽人的所作所为导致了这种气味吗？他从未听说过与半兽人有关的气味，只知道他们快速、强壮且难以杀死。但无论这个味道是什么，都很让人恶心。

奥乔转过头，不忍心再去看他已经阵亡的队友，对他们的死，他感到痛心。琼斯、巴格鲍尔和阿连德，他们都死了，而且臭气熏天。

奥乔之前从未想过他们会被一个半兽人撕成碎片，这真是出乎意料。被子弹击中头部，当然可以理解。双手被砍掉，然后被丢进运河中，也许还可以接受。被图兰连占领他们所有地盘时留下的地雷炸成碎片，当然也没问题。很久以前，他就已经接受了所有可能的死法。

然而他从没想过一个半兽人以难以置信的速度对他发动

了一次血腥的攻击，然后他就飞着撞到了一棵树上。难怪那些拥有破船的富家子弟总是雇用半兽人，这些浑蛋真是太致命了。

奥乔漫不经心地用手抚摸着绷带和缝线。幸运的是，他们遇到了那位医生和他的学徒。与那些淹没之城的屠夫相比，这两个人做得好太多了。那些所谓的医生连如何扎止血带都不知道。

奥乔用手指摸索着缝线，整齐而完美的线圈将被撕裂的肉缝合在一起。他的目光转向那位医生女孩，她正在斯托克的监督下忙着洗锅。她就是那个人。医生知道该怎么做，但得由她负责实施。像这样的技能在他这个排里会很有用武之地，即使她是个被遗弃的人。

奥乔看着她在周围来回忙活着。尽管缺了只手，但她做得相当不错。而且，她长得也不错。突出的颧骨、深褐色的皮肤，有一双与维和人员一样的眼睛。对奥乔而言，就算她的脸被浓酸烧掉了，他仍然会对她感兴趣，因为很少有人能像机器缝布料一样娴熟地缝合皮肤。

奥乔在心里记下要向中尉推荐她，也许可以让她正式加入。不过他得阻止索阿接近她，索阿对维和人员有着特殊的仇恨。让他远离那个女孩将是一项一刻也不能松懈的麻烦事。

即使现在，索阿也不消停，他向那个女孩挥挥手。“过来，被遗弃的人，给我把靴子擦亮。”索阿笑嘻嘻地举起靴子说道，“好好擦亮，小妞儿。开始干活儿吧，来亲吻我的靴子。”

奥乔静观其变，没有插手，好奇索阿会滥用他的权威到什么地步。这个士兵就是这样不肯善罢甘休，就是这样不守纪律。

被遗弃的人停下手中洗碗的活儿，挺直了身子，问道："你想让我擦亮你的靴子吗？"

奥乔皱起了眉头，努力让自己坐得更高一点儿，以减轻自己肋部的疼痛。医生女孩的身上有些什么东西好像不太寻常，这让他头皮发麻。而且那种奇怪的腐臭味越来越浓烈，无处不在。显然这个味道不仅仅来自他已经阵亡的士兵。

到底是什么东西？

医生女孩已经朝索阿走去。"你是想让我现在就给你擦靴子吗？"她问道，"是这样吗？"

她整个人的肢体语言都很不对劲。她站得太直了，而且目光太过咄咄逼人。

奥乔挺起身子，抵抗着肋骨的疼痛。医生女孩不再恐惧。她以前害怕索阿，现在她不害怕了。她原本是一只受惊的小蛆虫，颤抖着乞求放过她，但现在她大步走向索阿，面带微笑。

血与锈，奥乔想。你在干什么，女孩？

奥乔曾经见过一个戴着耳钉的女孩拿着刀追赶一名士兵，当医生女孩走向索阿时，她看起来就像那个女孩。

但这个被抛弃的人只是带着她整晚都带着的那瓶抗生素。没有刀，没有什么危险。然而她看起来好像真的想和索阿纠缠一番。

那么，武器在哪里？

“索阿！”奥乔大喊。

听到奥乔的喊声，被抛弃的人瞥了他一眼。她的脸上闪过什么东西，脚步踉踉跄跄。她犹豫了一下。

内疚？害怕？

这种想法很奇怪。看起来她感觉很糟糕，好像是在为某事向他道歉。然后她的表情再次坚定，径直走向索阿。

索阿毫无防备地走进了陷阱，他只看到了一个被截肢的弃儿，就这样直接走进了她的陷阱，即便奥乔开始大喊着提醒他。

医生女孩挥动着手臂，一道闪亮的液体喷洒在索阿身上，从头到脚。索阿退缩了。

“这是什么？”

奥乔有一瞬间确信她洒的是浓酸。她以某种方式弄到了浓酸，想要把索阿的脸烧掉以报复他的骚扰，但索阿没有尖叫和抓自己的眼睛。相反，这名士兵只是站在那里，脸上滴着液体，看上去非常恶心。

“这是什么东西？”

一股恶臭的气味从湿透的士兵身上弥漫开来，向奥乔扑面而来。

原来气味就是从那个湿透的士兵身上散发出来的。

索阿惊讶地盯着那位医生女孩。“这味道真恶心！”他朝她迈出一步，怒视着，“过来，蛆！给我清理干净！”

但那位女孩边摇头边往后退。索阿又往前迈了一步，朝她追去。

“我说——”

一声尖叫撕破了黑夜，从警戒线的另一头传来。枪声连绵不断，然后变得更加密集。更多的尖叫声，伴随着令奥乔的血液都能冷却的可怕嘶吼声。

他意识到，那个半兽人正在向他们靠近。突然间，枪声和尖叫声戛然而止。基洛和里格斯刚才在那里，现在却什么声音也没有了。

奥乔试图站起来，但匆忙之中却摔倒了。他身体里的麻药似乎比他想象的要多。他的头因止痛药而感到眩晕。他笨拙地挥动着手指挥着他的队伍。“去那边！”他向他的战士们挥手。“狗队！支援他们！不要把你们的兄弟撇在那里！去帮助他们！”

更多的尖叫声和枪声响起，现在是从北方传来的。

“天啊，”奥乔想，“它回来了，狗脸怪会把我们全部干掉。”

他四处寻找他的步枪，突然间感到脆弱而孤立。他的武器到底在哪里？他该死的武器在哪里？

索阿正解下自己的步枪，对着那位医生女孩大喊。他很生气，但至少他没有受伤。

“索阿！”奥乔下令，“去那边！”但索阿没有听到，或者说奥乔的声音不够大。不管怎样，索阿只关心对那个被遗弃的家伙进行报复。女孩正在向后退，但奇怪的是，她并没有惊慌。尽管其他人都在大喊着抓起他们的枪支，周围到处都是尖叫声和枪声，但女孩看起来丝毫不感到惊讶。

而且她一点儿都不害怕。

阿里尔的小队朝着交火的地方冲去。“打爆它们！”他大喊道。更多的枪声在黑夜中响起，枪口喷着火舌。

奥乔费力地站起身来，肋骨灼痛，头晕目眩。他的步枪到底在哪里？从眼角的余光中，奥乔看到什么东西在动。一个比火光更快的影子越过了警戒线。

“冲进来了——！”

一团灰色的毛发和尖牙从黑暗中爆发出来。索阿摇摇晃晃地摔倒了，一只野兽扑向他的背部。另一只瞬间掠过，直接来到了屋子中央。

科伊狼？

索阿的血不断流出，更多嗥叫着的怪物一拥而上。他尖叫着挣扎，试图摆脱这些野兽。

为什么科伊狼要袭击整个排的士兵？

医生女孩从索阿身边闪过，消失在黑暗中，与此同时，越来越多的科伊狼出现，扑向索阿。

为什么不是她？

她个子较小，科伊狼本应该攻击她，她是更容易被捕杀的目标，科伊狼总是袭击容易得手的猎物。而现在这种情况毫无道理，就像某种奇怪的药物导致的噩梦一样荒唐。

“把它弄下去！”索阿高声尖叫着，“把它弄下去！”

雷耶斯举起霰弹枪，试图找到一个确定的瞄准点，但这些科伊狼都在疯狂地转着圈，而且射击会误伤索阿。

“开枪！”索阿大声喊叫着，“开枪！开枪！”

他听起来像一只野兽。雷耶斯再次瞄准，更多的科伊狼涌了上来，雷耶斯手忙脚乱。士兵开枪射击，其中一只野兽的头被击中后朝后仰去，鲜血四溅。科伊狼在周围咆哮着，撕裂着营地，它们把死去的士兵的尸体拖进黑暗中，追杀着那些试图集结的活着的士兵。

中尉跳下梯子，大声呼喊指定集结点，医生随后也下来了。警戒线之外，丛林中充斥着掠食者的阴影。

有人扣动了扳机，连发射击。

“留着子弹，你们这帮蛆虫！”中尉喊道。

情况失去了控制。越来越多的士兵在尖叫声中倒下，被科伊狼撕咬着。奥乔瞥见医生带着医疗包消失在建筑物远侧的黑暗中。

“我们现在没医生了！”

但没有人能抽身去追他。奥乔开始蹒跚地追赶那个人，肋骨剧痛。他跪倒在地上。他努力站起来，又一次看见那个女孩，她蹲在黑暗的边缘，看着他。

她为什么还在那里？难道他现在出现幻觉了吗？

奥乔再次寻找枪支，终于看见它靠在墙上，就在琼斯的尸体另一边。他开始爬向枪支，但一只科伊狼跳到琼斯的尸体上，挡住了奥乔的去路。奥乔僵住了。另一只科伊狼加入其中。它们都龇着牙，对着奥乔咆哮。

他应该怎么办？直视它们的眼睛？别看？退后？不退后？他记不起来了。

他的危险很快就消失了，因为这两只科伊狼用牙齿紧紧咬住琼斯的腿，把他的尸体拖入了黑暗之中。

为什么它们没追我？我就在那里啊。所有的线索都像拼图一样拼在了一起，答案浮现出来。因为她没有像对待半个排的士兵那样，把那东西也泼在我身上。是她策划了这一切。

索阿仍在尖叫着："快把它弄掉！快把它弄掉！"但是现在有三只科伊狼踩在他身上，每只都咬得不可开交，然后索阿滚到了火堆里，他的惨叫声已不是人能发出的动静。科伊狼从他的背上跳开，成为燃烧的三支犬形火把，嗥叫着，疯狂地乱跳。

索阿支撑着身体站了起来，成了一个人形火炬。

奥乔大声喊道："把他拉下来！让他打滚儿！"

但是索阿已经听不见了。他踉跄着四处乱闯，撞到了梯子，然后梯子也起火了，火焰冲天而起，吞噬着塑料布和纸张，突然间，大楼的一半已被火焰吞噬。

奥乔放弃了拿他的步枪，开始试图爬离熊熊的火焰。他感觉胸口仿佛被刀子刺了一样。他的手臂和腿变得沉重而笨拙。

突然，那个抛弃他的人出现了，抓住他，把他扶了起来。奥乔目瞪口呆地盯着她。"你这是？"

她把他的胳膊搭在自己的肩膀上。"我花了那么长时间给你缝合伤口，可不是为了看你送命。你能靠在我身上吗？"

奥乔感觉到他身上有什么东西在她将他从火焰中拽开的

过程中撕裂了。“你设局害我们。”

她没有回答，只是把他拽进黑暗中。在他们身后，火焰升腾而起。热浪滚滚。奥乔希望自己有把枪，或者有把刀可以刺她，总之，他需要一些武器，但是疼痛让他无法承受，他太虚弱了，而她并没有停下来让他喘口气。“我要杀了你。”他喘着气说，试图掐住她的喉咙。

“闭嘴，我正在救你这只蛆虫！”她用残肢戳着他的伤口。他痛苦地喘着气弯下腰，感觉自己像个婴儿一样虚弱。

“你为什么这样做？”

“因为我太愚蠢，想不到更好的办法。”他们走到一棵树下，她把他推到树上，“如果你爬上去，就能活下来。”

奥乔想回头，去找他的兄弟们，但她阻止了他无力的抵抗，把他托了起来。“你帮不了他们。”她小声地说道。她把他顶到更高的地方，“我只是因为你表现得还有点儿人味儿才这样做的。因果报应，战士。现在赶紧爬！”

“我做不到！”

“你要么爬上去，要么成为科伊狼的美餐。”她把他往上推了推，“快爬上去，你这个蛆虫！”

火势蔓延到整个建筑物，一切都在燃烧。弹药开始爆炸，砰砰作响。可能他的步枪也着火了。奥乔感觉到伤口被撕裂，女孩把他往上推得更高。疼痛差点儿让他昏过去，但他还是爬上去了。

终于，他爬到了一个树杈上，喘息着，哭泣着。他的身侧，一切已被火焰吞噬，但他爬上去了。爬上去就安全了。

他活了。

他向下看去，期待着女孩跟在他后面爬上来，还想着能不能找机会来惩罚她，为她对他们的所作所为报仇，但女孩不见了。被丛林吞噬了。像她召唤的科伊狼一样，成了幽灵。

奥乔叹了口气，把脸贴在粗糙的树皮上，看着建筑物被烈火吞噬，感受到撕裂的伤口上下左右的刀割感。整个身体都感觉很沉重。也许那个医生女孩给他用的药物比他想象的要好一点儿。

更多的枪声在夜空中响起。士兵们开枪了，这才是他们最擅长的。科伊狼们嗥叫着，但现在部队已经摸清了它们的底细，开始收拾残局。他们按照联合星际部队的方式，数十倍地杀了回去。

奥乔意识到鲜血正在他的身体侧面流淌。他笨拙地摸索着自己的肋骨。真是遗憾，本来可以留下一个整齐的伤疤，但问题是，漂亮的玩具缝线总是在现实生活中被摧毁。

建筑物上的火更旺了，熊熊燃烧着。更多的弹药爆炸。在他的恍惚中，这看上去居然是完美的。奥乔凝视着黑暗，想知道女孩去了哪里。

你最好逃到天涯海角。如果我们追上你，那么中尉想要的可就不是你幸存的左手那么简单了。

士兵们全副武装地展开攻击，子弹密集射出。更多的科伊狼发出惨叫声，倒在血泊中。

奥乔的脸贴在树皮上，感觉非常舒适。他不确定是药物的作用还是失血过多让他昏昏欲睡。当失去意识的黑暗深渊将他吞没时，他几乎笑了出来。

这个女孩确实给了他们一个惨痛的教训，而他们甚至都没有意识到。他对此表示尊重。奥乔的眼睛渐渐闭上了。

你最好逃跑，女孩。拼命逃跑，永远不要回来。下次可就没有科伊狼来救你了。

第十二章
沼泽的宽恕

人类总是假装拥有一种他们并不具备的坚韧。也许，以他们脆弱的行事方式来说，他们中的有些人还算是坚强的。像淹没之城这样的地方，会使孩子们变得更坚强，因为弱者很早就死去了。但无论是在淹没之城的运河还是加尔各答的稻田，都无关紧要——孩子们永远都是一样的。他们因乱跑而迷路，或者野蛮搏斗。他们总在周围，就像老鼠一样，总是出现在被炸毁的建筑物角落里，或者扑倒在灌溉渠的泥泞中。苍蝇在他们的鼻子、嘴巴和眼睛间爬行。一个老鼠在这里，一个老鼠在那里。但是无论怎样残忍地将它们踩死，你从来都体会不到最微小的胜利感。

太阳在天空中移动，图尔梦见老鼠这儿那儿地四处奔跑。三思啊，玛丽亚，这不是你想要重蹈的覆辙。

三思啊，玛丽亚，这不是你想要重蹈的覆辙。

我快死了。

在图尔年轻的时候，他的教官告诉他，如果他和他的队伍作战勇猛而光荣牺牲，他们将坐上飞向太阳的战车。图尔会死去，他会来到肉林和蜜池，他会找到他的队伍，他们会赤手来猎杀老虎。

他们会一起打猎。

很快就见面了。

他记得教官用电棍击打他的鼻子时，他的全身都罩着电火花。教官对他们步步紧逼，打得他们蜷缩成一团。他所有的兄弟姐妹都被电棍打得尿失禁，互相踩踏着，想要逃离这些人。

教官。那些手持电棍的严厉男人和女人。他们都是来自金赛克军事解决方案有限公司的最佳人选。金赛克公司知道如何建立服从性，那就是用他们的生肉去迎接冰冷的电流来教训他们。火花四溅。

他是只孬狗！

图尔记得自己颤抖着乞求按照命令行事，乞求着参加战斗和杀戮。在被告知行动时就发动攻击。

他学会了服从。

然后，他们的将军来了。那位仁慈而可敬的人，从金赛克救走了他们。是将军带领他们一群人走出了地狱。他们一起爬出地狱，在太阳的战车下重获新生。怀着无尽的感激，他们将忠诚永远地奉献给了卡洛亚将军。

从地狱中被解救出来，图尔注定要终身战斗，或者说他能活多久就得战斗多久。他将战斗，但也将体验归属于比自己更强大事物的乐趣和安全感。他属于军队和他的连队。

他是只乖狗狗。

太阳正在下沉。

图尔注意到有一个男孩如同秃鹫一般蹲在他旁边，像看着腐肉一般观察着他。

图尔曾见过他的许多战友被秃鹫啄食，被瘦狗咬噬，被乌鸦撕扯。他们航行到遥远的海岸，然后死去。当他们在印度与虎卫军交战时，秃鹫就在雾气迷茫的蓝天中盘旋，甚至在军队登陆之前，它们就已经预见到了杀戮，知道胡格利河口的开阔沼泽水域总能提供食物。但那并没有阻止卡洛亚将军。

图尔和他的同伴们奉命冲锋，他们自己战死，也屠戮了对方。

而现在，在这里，一只秃鹫蹲伏着，等待着。

不，不是秃鹫……是一个男孩。

是那只小老鼠。

图尔盯着那只红头发的瘦弱生物，想知道他为什么不逃走。图尔抓住了这只老鼠孩子的尾巴，因为……图尔搜索着他的记忆，但有些模糊了。这只老鼠是个囚犯，囚犯总有其用处。有时候将军要求活捉敌军，希望他们完整无缺，而不是被剖开……

图尔想不起来为什么要留住这个男孩，他决定不再理会。他正在死去，有个伴儿陪在旁边也不是坏事。他自己就曾看着许多兄弟姐妹从痛苦进入安宁，聆听着他们的叙述。带着一个人记得你逝去的经历一同走向死亡是件好事。

男孩试图逃跑，但图尔仍有足够的力量阻止他，至少暂时如此。

“不，”他吼道，“你得留在我身边。”

“你为什么不让我走？”

“让你走？你在乞求吗？”图尔忍不住厌恶地咆哮道，“你以为拉戈斯的第一爪在我们单挑时给了我仁慈？你以为他把刀子架在我的脖子上时，我乞求了吗？你以为他会让我离开？”图尔哼了一声，“你以为我的将军主动让我自由离开？你以为卡洛亚会让任何人离开？”图尔盯着男孩，很难不鄙视他这样的软弱，“永不乞求仁慈。接受你的失败。乞求是狗和人类的行为。”

“这就是你现在做的事情吗？你承认自己失败了？”

“你认为我失败了吗？”图尔露出了他的牙齿，“我久经沙场，但我从未被打败过。我焚烧了城市，摧毁了军队，天空因为我和我的战友而坠落着哭泣的火焰。如果你认为我死了，被打败了，那你就是一无所知。”

他平躺下来，这番对话让他感到疲惫不堪。他从未如此虚弱过。

死亡并不等于失败，图尔对自己说。我们都会死，我们每个人都会死。像里普、布雷德、菲尔和其他所有人一样，我们都会死。那又怎样，即使你是最后一个，你天生就是被设计成要被毁灭的。

然而，他内心的一部分仍然抗拒着这个想法。只有他一个人获得了自由，只有他一个人幸存了下来。他这只恶狗背叛了他的主人。图尔几乎笑了出来，他现在躺在泥里，流血不止，他想知道卡洛亚会怎么看待他。他强忍住了一声哼笑。卡洛亚根本不会在乎。将军们从来不在乎。他们派遣自己的狗群去屠戮，然后道貌岸然地享受荣耀。

图尔凝望着太阳，回想起他焚烧的城市和他所吞食的敌人的心脏。他记得他和他的队伍在枪林弹雨中奔跑在街道上，高举刀剑和机枪。他记得难民在他面前像洪水般奔逃，绝望中彼此跌撞。他和他的队伍嘲笑着他们狂躁的恐惧，当攻下加尔各答时，他们在屋顶上欢呼着胜利。

他们做了很多不可能的事情。他们从三万英尺的高空跳出大型气球飞艇，箭一般降落在敌后，并确保了尼日尔的海岸安全。他屠杀了拉各斯的鬣狗人，并亲自吃掉了第一爪的心脏。

当卡洛亚将军的水翼快艇抵达沙滩，吐出一支支军队时，图尔站在那里迎接他们，站在齐腰深的水里，在血腥的浪花中笑着。无论他走到哪里，他都征服了一切，将军也奖赏了他和他的队伍。

他做了许多不可能的事情，闯过了九死一生。然而，他现在躺在这里，就像他之前的兄弟姐妹一样，垂死于泥泞之中，苍蝇围着他的伤口嗡嗡叫，他没有足够的兴趣或精力去拍打它们。显然，不管一个强化人选择什么道路，最终都会走到这一步。

“我从未被击败过。”接着，又一个愤世嫉俗的念头浮现出来，“但是，我到底赢得了什么呢？”

他曾奋战在一千个战场上，高举卡洛亚的旗帜，但他赢得了什么？

“求求你了。”

图尔把目光投向那个男孩。他几乎无法透过发烧导致的模糊视野睁开眼睛。

“你弄疼我了。”

图尔的目光顺着他的手臂，注视着他的拳头。他对所看到的一幕感到困惑。

有一只小老鼠的尾巴被夹住了。

“放开我，”男孩低声说道，“我可以去给你拿药。”

药。啊对了，就是那个。老鼠不重要，药才是关键。但是现在已经太晚了，为了得到药物，女孩耽搁得太久。他只剩下最后一点账单要付，最后一个承诺要履行了。

图尔缓慢地转动着头，他的整个身体因感染而僵硬，颈部肌肉像焦糖一样凝结在一起。当他低下头喝泥水时，苍蝇从他的身上飞起，形成一片云团。他舔了几口水，然后再次躺下，喘着气，他的舌头在嘴里变得肿大。丛林里的炎热让他感觉就像一只巨大的手按在他身上。

“你妹妹已经离开你了。”他嘶哑地说道。

“她会来的，”男孩坚称，“只需要再等一会儿。”

图尔几乎笑了出来。他想知道人类是如何继续相互信任的。多么靠不住的物种。他们总是说一套做一套。这就是为什么他们这样的种族被创造出来，强化人总是信守承诺。

“时候到了。”他说道。慢慢地，图尔把那个男孩从岸上拖入沼泽。他用自己的大手抓着男孩的头。

“再等一会儿！”

“不。那个女孩已经背弃了你。你们这种人一直都是垃圾。在应该挺身而出时却选择了逃跑，仅为了些残羹剩饭就互相残杀。你们这种人……”痛苦让他痉挛，喘息不已，“比科伊狼还糟糕，比锈蚀还低劣。”

“她就要来了！”那个男孩坚称，但他的声音已经变得歇斯底里。

“她到医生那里再回来要多久？”图尔问道，“半天？两天？”他把男孩拉得更近了。

“你为什么不放了我？”那个男孩开始挣扎，他像蚊子一样微弱的力量对抗着食人魔般的力量。“有什么区别呢？你已经死了。这不是我的错，我不是没有给你机会。”

图尔不再理他，男孩开始沉入沼泽。他身体的力量已经流失得差不多了，如同流水冲出了破碎的大坝，但他仍有足够的力量。他要向那个女孩复仇，让她为她的背叛付出代价。让她明白当第五团被背叛时，所有的一切都将化为乌有。将军和教官们在图尔耳边低语，催促他继续下去。

男孩开始挣扎和哭泣。他是一个瘦骨嶙峋、伤痕累累、有雀斑和红发的小东西。又一个长大后会变成怪物的普通人。

“求求你了，”男孩低声说道，“放了我吧。”

又来乞求了，人类总是乞求仁慈。他们总是对别人施以最恶劣的行径，最后又乞求宽恕。

“求求你了。”

可悲。

第十三章
幸运“蜥蜴”

“莫斯？”

玛丽亚小心地潜入了沼泽。她花了一整夜，又用了半个白天的时间才找到回来的路。首先她要与医生会合，还要不被塞尔中尉派出的众多巡逻士兵发现，然后再回到这片被长满苔藓的树木和平静的绿色池塘隔绝的地方。

蚊子在她耳边嗡嗡作响，除此之外没有其他动静。什么都没有。

“莫斯？”

“你看到他了吗？”医生问道。

是这个地方吗？玛丽亚认为是，但很难确定——

那儿，鳄鱼在那儿。

“就是这里！”她冲向那只已死去的爬行动物。

“等等！”医生喊道，但玛丽亚不顾一切地往前冲去。

“莫斯！”

她急速停下脚步，扫视着沼泽。耗费的时间太长了，逃出来花的时间太长了，找到正确的路花的时间太长了。她强忍住泪水。

“莫斯呢？”

他们花了太长的时间，几乎无法避开中尉部队的追捕，因为他们就在野外扎营，到处寻找她和医生，一心想要报复。而现在，这里什么都没有了。

那个半兽人在哪里？至少他应该在这儿的。

“玛丽亚……”

她听到医生犹豫的声音，转身看向他注视的方向。一个小小的身影漂浮在水中，手臂展开，红发在水中像扇子一样散开着，静静地漂浮在翠绿的池水中。

“老天爷啊，请你保佑，卡利–圣母马利亚请发发慈悲吧。哦，老天爷啊，不要！”

玛丽亚蹚水飞奔到莫斯的身旁，拼命地将他拉起来。肯定有办法让沉入水中的人起死回生。她还能救他。医生医术精湛。

然而，即使头脑中充满了美好的期待，她也知道那些只是一些可笑的无用祈祷，那样的愿望也许永远不会得到回应。

莫斯的头露出水面，突然间，他向她脸上喷出一股泥浆。

玛丽亚惊叫一声，退后了一步，试图搞明白死者为什么会喷水，她母亲关于死者复活的战争故事曾让她起了一身鸡皮疙瘩。但突然间，莫斯笑了起来，他还站了起来，她终于明白他并没有死。

可恶的咬人的小蜥蜴在笑。

玛丽亚扑向他，抓住他，而莫斯的皮肤带着温暖的生气，他还在笑。玛丽亚松了口气，然后猛揍了他一拳。

“哎呀！”

“你这个蛆虫！我要杀了你！”她把他又推进水里，“你骗我？”

莫斯笑着试图挣脱她的控制。泪水模糊了玛丽亚的视线。她笑着哭着，又爱他又恨他，她一直压抑着的恐惧全部涌了出来。

“你这个蛆虫！”她拥抱着他，“别再对我这样！我不能失去你。我不能失去你。”她说这些话时是真心的。她已经失去了太多人，她再也承受不起失去亲人了。她旧有生活的每一部分都被剥夺了，唯一留下来的，只有莫斯了。

莫斯是无敌的。命运之眼保佑着他，士兵们看不到他，子弹没有击中他，食物总是能被他找到。莫斯是个幸存者，他必须活下去。玛丽亚意识到她害怕了，她愿意为救莫斯做任何事情。

“该死，玛丽亚，”莫斯说，“我现在相信如果当时我被子弹击中的话，你真的会想念我。”他还在笑。突然他试图甩开她，继而他开始打她，最后竟然用尽全身力气猛击她。

“你迟到了！”他边打边喊。然后他开始哭泣，抽噎着。

“你迟到了。”

第十四章
命运赌注

玛丽亚用了很长时间才让莫斯平静下来，并从他那里知道了整个故事的来龙去脉。半兽人躺在不远处的一个洞穴里，蜷缩在榕树垂下来的气根之间，像是童话故事中的一种死掉的巨怪。

莫斯蹲在沼泽岸边，凝视着那个怪物的尸体。他将红色头发从布满雀斑的脸上撩开。

“他放过了我，”他说，“我不知道为什么。”

“也许他死得太快了。”玛丽亚猜测。

“不，是他放过我了。然后他爬到那边蜷缩起来。他本来可以轻而易举地杀了我。他还有足够的力气将我压下去，确保我再也浮不上来。”他耸了耸肩，“但他没有那么做。”

医生在怪物周围踱步，凝视着他。即便死了，这个怪物依然威风不减。玛丽亚以前就见过他，但是看到医生站在那庞然大物旁边，她才真切地感受到他的可怕。那个半兽人曾经无比强大。她想起了那三名死在马赫福兹医生住处的士兵和那个受伤的中士，不禁好奇地想，如果这样一个怪物康复了，会做出什么样的事情？

医生笨拙地踩着淤泥回到了他们身边。

“他还没死。”他阴沉着脸说道。

“什么？”

尽管她与巨大的尸体相隔数米远，玛丽亚还是发现自己不禁往后退着。

“半兽人还在呼吸，这些生物非常难以被彻底杀死。”

莫斯瞪大了眼睛。“那我们赶紧走吧。”

“是的，我认为这是最好的选择。”医生爬出沼泽，拧干滴着咸水的裤子，“士兵们会找我们的。在他们找到这个地方之前，我希望我们能更加深入沼泽。”

莫斯不等医生说完就已经跑进了丛林，跳过树根，穿过松软的苔藓，深入沼泽之中。很快，他就会成为一道出现在苔藓覆盖的树木和墙壁爬满藤蔓的倒塌建筑物之间的影子，然后他就会完全消失。他很擅长做这样的事情。

医生拍了拍玛丽亚的肩膀说：“走吧，我们该走了。”

“去哪儿？”玛丽亚问。

马赫福兹医生边走边耸了耸肩：“我们会深入丛林。这里到处都是建筑物。我们会找一个新地方，等着士兵离开。他们最终会放弃，然后我们就能再回来。”

回来？玛丽亚突然停住了脚步，她朝榕树镇望去。回来？她只想离开这里。“那之后我们该怎么办？”她问道。

“我们会重建。”

玛丽亚脸上的表情一定暴露了她的心思，因为马赫福兹医生微笑着说："事情没那么糟糕。"

"但是你知道那些士兵肯定会回来的。如果不是联合星际部队，就是神军，如果不是他们，就是其他人。然后我们只能再次逃跑。"

"这场战争不会永远持续下去。"

玛丽亚情不自禁地盯着马赫福兹。"你是认真的吗？"但从他的表情中，她能看出他是认真的。他真的认为情况会变好，就像他生活在某种梦境中一样，就像他看不到周围正在发生的事情一样。

马赫福兹就像她母亲那样，坚称对待士兵们可以以理服人，可以用她所收集的艺术品和古董贿赂他们，即使维和部队离开，军阀再度掌控局面，她们也能保住性命。

当军队涌入城市时，她紧紧抱着玛丽亚，坚称玛丽亚的父亲会回来接她们。然而，当他没有回来时，她又坚持认为她们一定能通过贿赂，搞到某艘破船的船票，即使实际上当时港口已经没有一艘船了。

现实就在她眼前，但她就是看不见，她一直在假装。

"快点儿，蠕虫！"

莫斯站在一根低矮的树枝上，回过头来，小小的影子在高大的树木和纠缠的藤蔓中显得微不足道。

"我们该走了，玛丽亚。"

医生站在那里等待，以一种成人认为自己掌控着一切的态度等待着她。莫斯挥手催促她赶紧走，但玛丽亚没有动。

奔跑。

以前她一直在奔跑，就像被科伊狼追逐的兔子，总是在寻找新的安全藏身之处。但每一次，士兵们都会找到她，迫使她再次逃离。医生错了，没有任何地方可以隐藏，只要她靠近淹没之城，她就永远不会安全。

她回头看着那个垂死的半兽人。在榕树根的阴影中，那个生物只是一个与更浓的阴影混合在一起的黑色凸起物，只是科伊狼的美餐，只是另一个有人某天会找到并想知道他的故事的骷髅。

莫斯小跑着回到她身边，拉了她的胳膊一把。“走吧，玛丽亚。那些士兵不会就这么睡觉去了，他们对你的所作所为可不会善罢甘休。”

她没有动弹。“之前是半兽人让你走的？”

“是的，那又怎样？快点儿，好吗？我们时间不多了。”他回头看着那个动作迟缓的怪物，“我不会再敲他的牙齿了，如果你在想这个的话。无论怎样，就算他百分之百地死了，我也不会再碰他了。”

“无论如何，你也卖不出去的，你那个主意很蠢。”她说。

马赫福兹医生也碰了碰她的肩膀。“如果我们深入沼泽，士兵们就不会跟进来了。他们的狗也追踪不到，我们就安全了。然后像往常一样，等他们走了，我们再出去。但是现在我们必须走。”

安全？

这个词让玛丽亚忍不住想笑。她明白了，奔跑并不能让她安全。她意识到，从来都没有过安全，以后也永远不会安全。她像她的父亲一样愚蠢，她的父亲曾认为维和部队永远不可能被打败；她像她的母亲一样愚蠢，她的母亲曾认为那位外国士兵是真心爱她，而不仅仅是爱她珍贵的古董；她像马赫福兹医生一样愚蠢，马赫福兹医生认为这个世界上有善良存在。

“我答应过要给那个半兽人医治的。”她说。

“那只是因为他本来要害死我，”莫斯说，“现在他已经不可能再害我了。我们走吧，别磨叽了。”

但是玛丽亚的脑海中正在思考一个新的想法，她感受到了一种新希望的脉搏。对她来说，这个计划可能比这种一味地逃亡更有利。“我说过我会帮助他，我们达成了交易。”

“那不是真正的交易！”

“难道他真的淹死了你吗？”

“那又怎样？”

“我们能救他吗？”她问医生，“有没有办法治愈他？”

“治愈半兽人？”马赫福兹医生惊讶地看着她，“别冲动，玛丽亚，那个东西很危险，你还不如引狼入室呢。”

“我已经带进来过了，”她说，“而且是一整群。”她转过身，走回沼泽的水塘，朝着那个怪物走去。

巨大榕树的蜘蛛状气根四处垂挂，她分开它们，轻松地钻进了半兽人选择的临终之所，这些气根刷在她的脸上，宛如羽毛般亲吻着她的脸颊。

“这可不是给一只流浪狗缝合伤口那么简单！”医生叫道，“你根本不知道自己在做什么！”

你知道吗？

如果不是她的话，他们早就被困在医生的窝棚里，等着被索阿割断喉咙。马赫福兹对医疗很有见解，但对淹没之城一无所知。他无法看到眼前的真相。

玛丽亚不需要一个空谈和平的人，她需要一些能够发动战争的东西。

她爬到了那个巨兽的旁边。她犹豫着，伸出手掌，轻触他的皮肤。苍蝇嗡嗡飞起，然后又落了回来。怪兽的皮肤在她的手下灼烧着。稀疏而粗糙的毛发，巨石般的肌肉和炽热的血液。

那生物身上散发出的热量令人惊叹，高烧肆虐其中，将他的生命燃烧殆尽。她的手随着怪兽肺部的起伏而上下波动，节奏轻浅。起伏非常微弱，但确实存在，就像将灭的炉火在他的身体里怒吼。

玛丽亚拿出了她从医生住所偷来的药片，皱着眉头仔细研究着。

用哪一种呢？

西罗马克斯？芝甘？埃尤里罗桑？这些药品上的字，她不认识；这些品牌，她从未使用过；这个病人，她从来也不了解。

她看向医生，寻求他的指导，但他摇了摇头。“这些是我们最后的药物。现在房子都烧毁了，我们没有其他东西了。离开这里，玛丽亚。士兵们不可能永远找不到这个地方。当他们找到我们时，他们会让我们为你对他们所做的一切付出代价。现在我们无法与他们讨价还价了。他们不会再在乎我们掌握医学知识了。”

“如果你想走，你可以走，”玛丽亚说，“只是请告诉我怎么给他用药。”

“这不是几颗药片能解决的问题！而是需要手术。”医生说，“他几乎没有生存的机会。”

“但是他很顽强，对吧？他是半兽人，他们把这些半兽人造得很顽强。”

“他们只是为了杀戮而造的。”

没错。

马赫福兹似乎看穿了她的心思。“这不是什么童话故事，美女不可能驯服野兽，玛丽亚。即使你拯救了他，他也不会听你的命令。半兽人终身只有一个主人。你还不如去试着驯服一只野生黑豹。他什么也不是，他只是一个杀人机器。”

“但他没有杀死莫斯。”

马赫福兹医生无奈地举起双手。“也许他明天就会把他撕成碎片！你无法了解他的心思，也无法控制他。这个生物就是战争的化身。如果你与他打交道，你就会将战争带进你的家中，给你自己带来暴力伤害。”

“暴力？”玛丽亚抬起她手上的残肢，“你是指像这样的吗？”她怒视着医生，“你有没有想过，如果我们有枪支和这样的怪物，那些士兵就会有所忌惮，不敢再追杀我们了？你有没有想过，如果我们有这个东西站在我们这一边，我们就能永远离开这里？”

马赫福兹摇了摇头。“那个怪物正是引来士兵追杀我们的元凶。如果你想和他在一起，我们所有人都会浴血而亡。拜托了，玛丽亚，我们已经因为他失去了家园。你真的想用这样的方式失去你的生命吗？”

难道这就是她正在做的事情吗？

马赫福兹继续劝说她：“暴力只会滋生更多的暴力，玛丽亚。”

玛丽亚凝视着受伤的怪物——牙印、鲜血、散发着恶臭的腐烂伤口。他口中散发着腐肉的气息。难道她疯了吗？也许这个半兽人就像科伊狼一样，本性凶残，即使你从小就抚养他。

但如果他是另一回事呢？他没有杀死莫斯，即便他原本可以。在同样的情况下，那些娃娃兵会在一秒钟之内就干掉莫斯，但半兽人却放过了他，仅这一点就一定能说明什么。

玛丽亚把耳朵贴在那生物身上，听着他缓慢的心跳声。差不多过了一分钟，她才听到巨大、沉重的心跳。那颗心一定比她的头还要大，无比巨大，无比紧急。

她想起了索阿，当时他在她边上若隐若现：一个年轻人身上却长着科伊狼一样的眼睛。她想起中尉，当医生跳上楼去找药反应不够迅速时，他不耐烦地堵住了她的呼吸。种种致命的场景她都经历了，而她却无能为力。

半兽人的心跳声再次在她的耳边响起。

声音无比巨大。

她开始检查伤口。在你身体健康的时候，你是什么样子的？你还有多少战斗力？

医生似乎终于明白她根本没有在听。他朝她走来，穿过垂挂着的榕树气根。

“玛丽亚，你再考虑一下。这不是你应该选择的道路，你被所发生的一切搞糊涂了。”他爬上了岸。

“你需要想清楚。”

医生靠近的某种方式让玛丽亚警觉起来。马赫福兹来得太快，或者他身上有猎食者的气息。事后玛丽亚也无法解释是什么让她警觉起来的，但她刚好在医生扑向药品时抽出了刀。

她挥刀在医生面前劈砍着空气，他吓得往后一跳。玛丽亚向后蹭着，将自己靠在那个垂死的半兽人身上。她用右手的残肢抱紧药品，将刀举在自己和医生之间。

“退后，否则我发誓我会砍伤你。”

医生惊讶地瞪大了眼睛，恐惧扭曲了他的表情。

“玛丽亚……”

她感到自己心里作呕，像是吃进了泥土，又像是吃了蛆。她能听到父亲在嘲笑她——没有文化，从里到外，你还是淹没之城的人。但她没有退缩。“别过来。”她警告道。

莫斯目瞪口呆。“该死的，玛丽亚，我一直以为我是那个疯子。”

玛丽亚想说她很抱歉，她要道歉，要弥补过错，但刀已经横在他们中间，医生看着她，像是在看一个没有道德的娃娃兵，或是一个没有道德的怪物。

她有一种心痛的感觉，意识到即使放下刀并道歉，她也无法回头了。她和马赫福兹医生站在对立面上。她的拔刀相向已经改变了一切。

医生的语气缓和了下来。“好了，”他安抚地说，“好了，我们不要冲动。”

他慢慢地坐下，张开双手，摆出不想再打了的姿态。他一瞬间就变老了，年迈、疲惫、心碎、崩溃。玛丽亚感到心疼，她就这样回报了曾经救过她的人。没有其他人为她这个被维和部队遗弃的人伸出过一根手指，是马赫福兹为她挺身而出。她想哭，但她的声音里没有颤抖。

“不管怎样，你最好告诉我怎么做是对的，我无论如何都会给他用药。”

“那些药不是给你想给的人的，玛丽亚。将来会有人需要那些药。好人、无辜的人。你仍然可以用这些药做正确的事情。”医生恳求道，“你不必这样做。”

玛丽亚把装在漂亮气泡包装里的药片晃得咔咔作响。“我得用多少药？”

马赫福兹的声音变得严厉起来。“如果你这样做，我就不再对你负责了。我尽我所能地照顾你，但你这样做太过分了。”

突然，玛丽亚感觉自己好像从一个淹没之城塔楼上的窗户迈了出去，向着运河坠落，像个自由落体，没有什么能接住她。只有一个猛烈的撞击，迅速地向她靠近。

她内心中的一部分希望她能够收回这一切，为那把刀、为那些药物、为一切事情道歉，因为她长久以来依赖的信任纽带正在被解开。

你是加注还是退出？

玛丽亚从垂死的半兽人身上看向医生。她错了吗？她是愚蠢的吗？天哪，根本无法判断。

然而，她再次看着医生失望的表情，她意识到这已经无关紧要了。其实就在她举起刀子的那一刻，她已经做出了选择。老马赫福兹从来没有伤害过任何人，但她却在他们之间插了一把刀。已经无法挽回了。就像她父亲说的那样，她是淹没之城的人，骨子里就是那种特性。她与医生之间的所有信任都已经被切断了，切割得又深又广。

“这药用多少片？”

马赫福兹医生移开了视线。“四片，先从四片开始。那个东西的体重，蓝白色的药片你要用四片。”

玛丽亚手忙脚乱地找着药物，拿出药片。她得将它们研磨成粉末，用水给昏迷不醒的生物灌下去。她不知道是否还来得及，也不知道这一切是否会有效果。

“四片，你是说四片？”

医生点了点头，失望的神情沉重得挥之不去。“然后每天再多加一点儿，直到全部用完。每一片都要用上。”

你要下注了？她想。你真的要下注了吗？

是的。无论她是否喜欢，她下注了。她已经下了注，押上了所有。

第十五章
丛林搜索

奥乔靠在医生窝棚下一面布满煤烟的墙上，小心地探查着自己重新缝合的伤口。那个半兽人将他的肋骨撕裂得很厉害，他正在恢复中。新的针脚凌乱而粗疏，但缝合得还算牢固，绝对不会崩开。虽然针脚很痛，但与背部的灼痛相比，简直微不足道。

奥乔搞砸了，受到了二十鞭子的责罚。塞尔在那些沉默的士兵面前走来走去，说道："不允许有任何人完不成任务！没有借口！不管你是吃药了还是喝醉了，或者你的腿被炸掉了，又或者你认为自己就是上校本人，你都要坚持完成军人的职责！"然后他就对奥乔动了手。

范走过来，蹲下身子。"中士，你的伤口好些了吗？"

"比我的背要好。"

范微微一笑。他是个瘦小的战争蛆虫，两只耳朵没了，两颗门牙也没了。根据奥乔对范与科伊狼作战表现的记忆，他一直表现得很稳定，足够稳定，或许他应该得个嘉奖。奥乔决定把他升为列兵，给他一个真正证明自己的机会。

“你表现得很好。”范说道。

“我以前遭受过比这更严厉的处罚。”

“大家都知道那不是你的错。我们发现你时，你都已经不能说话了。”

奥乔哼了一声：“别担心，战争蛆虫。中尉说得对，我们必须遵守纪律。没有纪律，我们什么都得不到。不管你是谁，都没有特权。”

“是啊，你当时被麻醉了，都流口水了。”范犹豫了一下，然后说，“中尉让你到顶楼上去。”

“他说为什么了吗？”

范避开他的目光说：“没有。”

奥乔仰望着被烧毁的建筑。塔楼上，塞尔下令建造了一个观察平台。混凝土和铁都被烟熏火烧了，老医生的房子也完全被烧毁了，但塞尔仍然想站在上面。

奥乔本能地想要离开整个该死的建筑物，因为那些科伊狼在这儿给他们带来了噩梦，但塞尔冷冷地看了他一眼，说如果他们表现出畏惧，那么镇上所有平民就会像那个被抛弃的女孩那样玩弄他们。

仅仅因为奥乔纵容了自己和一个被抛弃的人在一起，并不意味着这些平民会开始发出包庇玛丽亚的信息。

仅仅因为奥乔曾对一个被抛弃的人心慈手软，并不意味着这些娃娃兵会开始发出对平民心慈手软的信息。

所以他们集合了一群村民并让他们开始工作。这些蛆虫工作速度快得吓人，因为娃娃兵正拿着枪对着他们的孩子。

现在塞尔整天盘腿坐在塔顶上，凝视着丛林，接收着侦察队的报告，他们一点点地搜寻着丛林，试图找到有关狗脸怪、医生和那个报复了他们的人的踪迹。

“你需要帮忙吗？”范问道。

“不需要。”这是一次考验。中尉喜欢考验，确保部下忠诚，确保他们拥有“永远忠诚”的精神。无论多么痛，爬的时候奥乔都不能哭。他咕哝了一声，努力站了起来。“我自己来。”

他缓慢地爬上一级一级的梯子，感觉到缝合线在牵拉，感受到背部的灼痛感。他希望往上爬没有给他造成什么新的伤害，但这并不重要。为了活下去，重要的是要向中尉表明他仍然忠心耿耿，并且愿意为这个人做任何事情，尤其是在受到鞭刑之后。

终于，奥乔登上了塔顶，喘着粗气、满身大汗。

塞尔从地图上抬起头，奥乔努力站直，肃立在那里。塞尔隔着很近的距离审视着他。“中士，你的伤口如何？”

奥乔目不转睛地望着前方说：“没事，长官。”

“你的背怎么样了？”

“很疼，长官。”

“我对你手下留情了。”

“是的，长官。谢谢您，长官。”

“你还记得我们是怎么认识的吗，中士？”

奥乔咽了口口水，强迫自己将回忆深埋。“是您救了我。”

“没错。我在你身上看到了特别之处，所以救了你。我本可以选择其他人，但我选择了你。我给了你生命作为礼物。”塞尔冷酷的眼睛眯了起来，“而现在你却给了我这个……”

他慢慢地说下去，一副厌恶的样子。“斯特恩上校绝不会容忍那样的失败。他会把你的头插在杆子上。如果我是他，你已经是不忠诚的反面典型了。”

“是，长官。”

远处，神军的999号远程炮声隆隆作响。

塞尔中尉说：“我让你成为我的副手，因为你从未让我失望过。你是一名出色的士兵。我们都知道你曾负过伤，并被那个被抛弃的人毒害过。这是你依然站在这里的唯一原因。但是，不要再让我失望了，中士。不会有第二次机会了，即使是对你来说也是如此。”

“不会有第二次了，长官。”

“很好。”中尉向他招手，“现在过来，是时候制订计划了，我们有决策要做。”

奥乔犹豫了一下，试图判断自己是否真的被释放了，但塞尔抬起头来，不耐烦地看着他。“中士，我可没时间等你，是时候开始工作了。”

奥乔走过去蹲了下来。“我听说斯特恩上校想让我们回前线。”

“没错，上校正面临敌人新型火炮的严峻压力。”

“我们什么时候开拔？”

塞尔的眼神像针尖一样刺过来。他微微一笑：“我们不会回去的。”

“长官？”

“我们不回去了。我们就待在这里。”他望着丛林说道，“那个医生和他的女孩还没回来，我得见到他们才能离开。”

“他们像兔子一样跑了。只要我们在这里，他们就不会回来，甚至可能根本回不来了，丛林已经把他们吞噬了。”

“那我们就得给他们的行为找到一个理由。”

“您想处决他们吗？”

塞尔摇了摇头：“不，我想知道他们为什么带走了所有的药品。大多数平民都会带上食物或武器逃跑，他们却带走了药品。”

“药品很有价值。他是个医生，那个女孩也可以算半个赤脚医生，尽管有残疾。如果是我，我也会带走药品。”

中尉缓缓点头，然后说道：“你有没有注意到，那个女孩回来的时候在跑？跑得气喘吁吁，惊慌失措。”

“每个人遇到我们时都会惊慌失措。”

“但她在看到我们之前就在跑，之后我们才把她吓了一跳。”

奥乔突然明白了。“您觉得她是在躲避什么？”

中尉点了点头。“可能是什么很大的东西，你不觉得吗？什么能吓到像她这样的战争蛆虫？一个已经见过很多鲜血、很多痛苦的人。”他凝视着下面的绿色丛林，“我觉得她在那里看到了非常可怕的东西。”

“您觉得那只狗脸怪咬到她了？”奥乔无法掩饰自己的

怀疑，“这听起来太荒唐了。”

“我们在一起多久了，中士？”

“好多年了。”像他一辈子那么久。

“我有没有带你走过错路？有没有在不值得的任务上浪费精力？有没有错过对敌人发起攻击的时机，导致没有满载战利品而归？”

“没有，长官。”

“我认为在这个小镇上仍然有几个值得搞清楚的问题。”

“但上校要我们回去。如果我们不回去，他不会手软的。”

塞尔没有说什么。

奥乔再次问道：“您真的认为那个狗脸怪还活着吗？”

“我要看到它的尸体。”

“有什么区别吗？上校并不在乎。”

“事实上，他在乎。那个狗脸怪在那个坑里居然活了几个月。”

“是的，史诗般的战斗。但如果我们不回前线，我们都会死，斯特恩会处决我们所有人。”

“斯特恩只处决失败的士兵。战斗正在进行的时候，什么也没干地待在这里是一回事，但现在完全是另一回事，需要做不同的考量。”中尉摇了摇头，“而上校只奖励结果。现在神军拥有那些999，联合星际部队将无法再坚持下去。那些人会签订更多的火炮交易合同、更多的拾荒合同，形势就会对我们越发不利。我们将无法获得弹药和武器，然后被迫撤退。999正在改变一切。再过一年，我们可能会像图兰连一样彻底失败。”

“那和狗脸怪有什么关系？”

“你对强化人了解多少……半兽人？你了解多少？”

奥乔揉了揉肋骨，想着那只狗脸怪是怎么追上他的。“我只知道我不想再和他打一次了。”

塞尔听后笑了起来。“你有没有想过为什么狗脸怪还没征服世界？他们比我们更厉害、更快、更壮，很多还更聪明。他们是完美的战术家，从一开始就为战争而生。”

“哦，您是说他们是战争蛆虫。”奥乔开玩笑说。

塞尔笑了。“确实有相似之处。烈火的考验使人刚强。但我要告诉你，那个半兽人其实早就应该死了。”

“我从未想到他会打败那些黑豹。”

“不。”塞尔不耐烦地摇了摇头，“不是那个意思。大多数半兽人被困后，如果只是被迫为了生存而战，都坚持不了多久。他们会苦苦思念他们的主人，然后死去。这是一种自毁机制。这样他们就无法被策反，也不会背叛富有的主人，更不会自立门户。”

“对所有将军来说，最大的噩梦就是出现了一支背叛他的强化人军队。他们比普通人类更快、更强壮、更聪明。如果他们还是独立的呢？”他摇了摇头，“那将是灾难性的。因此，当他们与自己的人失去联系，或失去主人时，他们就会死去。”

奥乔费了一些时间来琢磨。“但那个半兽人没有死。”

“没错，中士，那个半兽人没有死。他等待着时机。他苦熬了几个月，然后逃脱了，撕开了我们的防线和身体。只有他一个逃跑了，他仍然活着，正在逃跑。”

“那你觉得我们能对付他吗？如果我们找到他，他会撕开我们的喉咙。实际上他已经这样做过了。”

中尉耸了耸肩。“我们只能说他可能对我们有用。”

“如果他还活着的话。”

“他就在外面。”塞尔凝视着丛林，“他就在外面，而那个被遗弃的小妮子知道他在哪里。如果我们找到那个女孩，我们就能找到那个半兽人。”他看向奥乔，“我有个任务给你，中士，是时候让你一雪前耻了。”

第十六章
异类逃亡

针扎的刺痛。一个惊喜。

微小的疼痛。

这意味着剧痛正在逐渐消退。

图尔保持静止，针头顺着肌肉组织找到了它进入的路径。他监测着液体温暖地扩散到他的肌肉中，一次深入的注射。1 毫升……3 毫升……5 毫升……10 毫升……20 毫升，大量的液体。从他的身体吸收它的方式来看，这是一种抗生素，因为身体没有像排斥毒素那样排斥它。

针头拔了出来。

“好了，现在检查一下绷带吧。”

一个男人的声音，是个成人。在淹没之城里，长时间的战争使很多年轻人在成年之前就死去了。听上去是个医生。这是两件奇怪的事情。图尔无法回忆起上次遇到真正的医务人员是什么时候了。

“这些足够干净吗？”

一个女孩的声音，伴随着血腥和生育的气息。过了青春期的、人类的、女性的声音。

男人的声音有些恼怒地回答道："这就是为什么我们要把它们煮沸。"

灵巧的手指在图尔的胸口擦来擦去，给他剥去臭气熏天的绷带，剥去感染和铁锈的气味，剥去血块和恶臭。

再次传来那个男人的声音，语气平淡而又指导性过强，还充满了不满，几乎是厌恶："没错，拔出那些蛆虫，你不会想让它们变成苍蝇的。"

图尔任由他们在自己身上操作着，静静地听着。周围没有其他呼吸声，没有争斗或脚步声。只有两个人，而且离得足够近，他可以轻易将他们断为两截。图尔松了口气，他占据了战术优势。这些脆弱而愚蠢的人毫不知情地被他盯上了。他占据了上风。

"如果他正在恢复，"女孩问道，"为什么还不醒呢？"

"也许他永远不会醒了，玛丽亚。我知道你希望将这个怪物变为你想要的样子，但那只是幻想。考虑到他的伤势，药物居然能起作用，你应该感到惊讶。他受到了很严重的伤害。"

伤害，确实如此。他所受到的侮辱几乎是无穷无尽的。但现在他正在恢复，很快他将痊愈，很快他就会像以前那样捕猎了。

手指重新包扎着他的肋骨，然后移动到他撕裂的肩膀上的绷带上。纤细的手指抚弄着被鳄鱼咬伤的地方。

"它已经愈合了。"女孩惊讶地说道。

男人凑近了些，他的呼吸中带有淡淡的烟草香味。“别把半兽人看作人类。它们是恶魔，专为战争设计。它们的血液中富含超强凝血剂，细胞被设计成像葛藤一样能快速复制。如果你用刀刺伤这样的生物，伤口会在几分钟内自行闭合。严重刺伤仅需几天就能愈合。肉被撕裂到骨头，韧带被撕裂，骨头断裂，对这样的生物来说，都无关紧要。”那个男人上身往后摇晃了一下，“医学知识的所有奇迹，却被我们用来制造怪物。”

图尔几乎可以听到那个男人摇头的声音。

“你为什么在乎这个？”女孩问道。

“因为我是一个老傻瓜，幻想我们的科学能够用于治疗，而不是战争。比如，拯救你的手，而不是设计更强大的杀人机器。想象一下，淹没之城的每个人都有手有脚，不再害怕持刀的士兵，那才是真正的医学进步。然而相反，我们却制造出了怪物，继续着战争。”

女孩沉默了。图尔无法从她的呼吸中确定她是尴尬，是认同，还是在思考。最后她问道：“他会醒来吗，还是不会？”

“他还活着，正在康复，”那个男人没好气地说道，“他也许会醒过来，也许不会。你应该庆幸他比这个地球上的任何人都愈合得快。”

比你想象得更快，伙计。

事实上，就在男人和女孩说话的时候，图尔的生命力正在逐渐恢复，世界像一朵绽开的花一样在他周围展开：嗅觉、触感、味觉、听觉。世界开始在他的脑海中被描绘出来。

海水是咸的，水面在荡漾。大海低语，将咸湿的触手推入沼泽。水黾在如镜的沼泽池塘上滑行。阳光洒在他的皮肤上。葛藤沙沙作响。桦树叶在风中颤动。还有鸟叫声：乌鸦和喜鹊、松鸦和凤头鹦鹉。在远处，传来科伊狼的嗥叫声和野猪的尖叫声。

越来越多的信息涌入。二十米远处，一条蟒蛇在芦苇中游动，它几乎还是个婴儿，不超过两米长。头顶上，一只松鼠在攀爬一棵树的树干——从气味、周围覆盖着的树叶和树根摩擦发出的沙沙声来判断，那是一棵榕树。

作战沙盘在图尔的脑海中构建起来。通过树叶沙沙声中的缝隙，他感知到丛林中的小路。从水面的涟漪中，他了解到那些死水池的形状。通过残留的科伊狼和鹿的气味，他可以猜测葛藤中的缺口通往何方。他计划着进出路线：如果他被围困，敌人可能的进攻路径；如果他被迫撤退，他的最佳逃跑路线。一幅作战地图，在他的脑中完全构建起来了。

如果需要的话，他可以闭着眼睛战斗。微风吹拂着榕树垂下的枝蔓，伴随着一股烧木头的气味。图尔的鼻子动了一下，有肉在煮着。有蛇，莫斯，山羊。不止一个火堆，这意味着附近有一个村庄，有很多人家。

男人和女孩又揭开了一块绷带。图尔身上腐烂肉体的气味很浓，他渴望舔舐伤口并把唾液中的愈合酶涂抹上去。他被本能催促去寻找他的同伴，让他们的舌头舔他身上鲜血淋漓的伤口。

叶子被踩碎了，有人从森林里走来。图尔听着脚步声，积累友军或敌军的数据。沉闷的凉鞋声，隐秘的。另一个丛林居民，比女孩要小。越来越近。悄悄逼近。没有金属、火药、枪油或酸液的气味，所以不是悄悄逼近，只是小心翼翼。

“我们周围都是士兵，”新来的人走近并蹲下说道，“我用各种葛藤和荆棘盖住了小道，看起来没有什么东西能来到这里，但是最终，那些士兵会锁定这个区域，到那时，我们就会成为活靶子。你们知道我们还得在这里待多久吗？”

一个男孩。他的声音和气味让人感到熟悉。图尔试图回忆起来，但他的记忆被发烧引起的噩梦覆盖了。他关于这个男孩的记忆是什么呢？关于这种气味的呢？

“有多少士兵？”女孩的声音问道。

“四十个？五十个？或者更多？”男孩停了下来，“他们称之为排，但这里的士兵比神军的整个排还要多。”

女孩嗤笑道：“是啊，我老爸过去常说这里的人根本不懂得怎么组织军队。你看见那个中尉了吗？”

“看见了。你引来科伊狼追那些士兵，他们很生气。我在那里的时候，他们把图瓦逼到墙角，不停地问他问题。就连塞利玛阿姨也盯着我，问我你去哪里了，问我知道些什么。我还以为她要把我交给他们呢。”

“明白了。”

“别说了，玛丽亚，”医生说，“你的行为正在让别人付出代价。现在，无辜的人正在为你的鲁莽行为付出代价。是你捅了那个马蜂窝，现在除了你，每个人都被蜇伤了。”

“你的意思是因为我救了你？”女孩不耐烦地回答道。

那个男人没有回答，但图尔能闻到两人之间的紧张气氛。男孩打破了僵局。

“我告诉别人我没看见你，也没看见医生。说你可能溜走了，因为你是被抛弃的人，没有忠诚心，但即便如此，他们也只是勉强才放过了我。你的科伊狼引诱大法引起了很大的轰动。”他停顿了一下，“士兵们也在找那只狗脸怪，虽然他们没有明说，但他们问其他人有没有在丛林中看见过什么大型猛兽，野猪、黑豹、科伊狼之类的。要是我说我在这里发现了一只巨大的死鳄鱼，他们肯定会很感兴趣。”

当然。

现在他的所有记忆都回来了。图尔记得这个男孩的气味，也记得女孩的气味。他脑海中的碎片开始拼接在一起。那个被遗弃的女孩，那个被称为莫斯的男孩，还有一位有药物的医生。

这些年轻人并没有撒谎，他们真的有药物和一位有经验的医生。而现在，附近鳄鱼腐烂的恶臭也有了解释。又一个拼图落位。图尔的最后一个对手，那只巨大的爬行动物，现在已经死去并膨胀了，从臭味和蝇虫疯狂的嗡嗡声来判断，已经过去六天了。它已经死了，而图尔还活着。

难以置信。

“那么，我们还要再等多久？”莫斯问道。

接着，出现了一段充满了不确定性的停顿。

“别指望我，玛丽亚，”那个男人说，“你选择了这条路。

别指望别人从你的鲁莽冲动中拯救你。”

“也许再多等几天。”玛丽亚最终说道。

男孩缓缓地喘了口气。“不知道我们能不能躲那么久。”

“我们只需要再多一点儿时间，”玛丽亚说，“他应该很快就会醒过来的。”

医生不耐烦地插话道：“你不能确定他还会不会醒过来，玛丽亚。至少对莫斯你要有点儿良心，你要说实话。”

“我还以为你不会说出你的想法。”

“现实点儿吧，就算是这样的怪物也会死亡。他们虽然强大，但并非不朽。即使他的肉体愈合了，也许他的心智已被高烧烧焦了。你并不了解他所承受的所有伤害，把莫斯卷入你的计划是很危险的。也许是时候你去追求另一条道路了，一条不涉及战争和杀戮幻想的道路。”

“不，”玛丽亚坚持道，“我已经有了一个计划。如果我们要溜走，我们就要彻底离开这个地方。我们要一路逃到海景波士顿去。”

“说起你不理解的事情，你总是充满了武断的确定性，”医生说，“即使那个半兽人恢复了战斗力，你们还要穿越数百千米军阀及其军队盘踞的地方。然后呢？你们还得越过边境。曼哈顿奥尔良或海景波士顿没有一个人希望这场战争泛滥到北方，他们会用不止一个半兽人来保护他们的边境。如果你认为联合星际部队或神军很危险，那么就是你对真正装备精良的军队一无所知。”

“当士兵们试图砍下我们的头的时候，我们只能像群鸡一样东躲西藏吗？当他们一个个击倒我们时，我们只能祈求命运和上帝吗？”女孩的声音充满了愤怒，“如果有什么能帮我们摆脱困境，那就是这个半兽人。我不知道你怎么看，但只要他恢复好了，我就走。我不想再逃跑和躲藏。这个怪物就是我离开这里的船票。”

图尔强忍住一声咆哮，终于理解了他周围的情形。他通过气味、触觉和听觉了解了自己所处的物理环境，现在他也理解了人类的社会环境。

女孩试图把他束缚在她身边，让他成为她忠诚的战斗犬。

你认为你能做到卡洛亚将军都做不到的事情吗？你认为你可以拥有我吗？

第十七章
死亡仪式

从半兽人那里传来了低沉的嚎叫声。

“我不是你的狗。”

玛丽亚吃惊地转过身。怪物正在坐起来。他慢慢地站了起来，在榕树下的空间里赫然形成了一个高大的影子。医生一边慌忙后退，一边用身体像盾牌一样保护着莫斯。

怪物咆哮道：“你不给我生肉作为奖励，你不给我后脑勺抓痒，你也不能拥有我！”

腐肉和死亡的气息弥漫在玛丽亚周围。她仰望着半兽人，抵制住逃跑的冲动。她本能地知道，如果她逃跑，野兽会扑向她，将她吞掉。

老天爷啊，我当时在想什么？

她忘记了他是个什么怪物。他支配着周围的一切。他那只完好的眼睛从一张兽性面孔的废墟里打量着她，那是一只狗的黄眼睛，巨大而恶毒。他的嘴唇向后缩着，露出一排排锋利的牙齿。

玛丽亚咽了口口水。*不要逃跑。不要让他以为你是猎物。*

哦，老天啊，我真是愚蠢透顶。

当一个死去的怪物躺在那里一动不动时，你认为你可以和他讨价还价是一回事；而当他所有的肌肉和牙齿正激荡着原始的杀戮饥渴时，你面对他，又是另外一回事。

“玛丽亚？”背后传来一声低语。是莫斯。

玛丽亚试图回应他，却说不出话来。她又试了一次，“我没事。”她嘶哑地说道。

“不，”半兽人咆哮道，“你什么也不是。”

玛丽亚以为怪物要把她撕成碎片，但随后他站直身子，转身离去，仿佛对她的存在完全不屑一顾。

玛丽亚松了一口气，她没意识到自己刚才一直在屏着呼吸。这个怪物向水边摇摇晃晃地走去，起初很僵硬，然后加快了脚步，尽管还是一瘸一拐的。玛丽亚不禁对这个受伤的怪物感到敬畏，现在他几乎完全康复了。应该没有任何东西能够承受如此多的虐待，然而这个半兽人却坚强地站了起来。

他走到水边，蹲了下来。低下头，接触那腥臭的水面。

“那是咸的。”玛丽亚喊道，但怪物还是喝了。

玛丽亚期望他像狗一样舔水喝，但他却像人一样吸水喝。喝完后，他瞥了她一眼，闪过一丝傲慢的微笑。“我们这种人比你们更能容忍杂质，”他说道，“在所有方面，我们都比你们强。”半兽人开始挺直身体，但随后就跪倒在地。在他稳住自己的时候，眼睛惊讶地瞪得很大。他低声咆哮，然后努力站起身来。他虽然庞大，但终归仍很虚弱。

他那一瞬间的脆弱感让玛丽亚很高兴。那个半兽人并非无法阻止。他是很强大，但也有弱点。

怪物一瘸一拐地在沼泽池边踱步。

“这是怎么回事？”莫斯小声问道，但玛丽亚已经猜到他在做什么了。那只鳄鱼的尸体仍然躺在水中，膨胀而撕裂着。半兽人缓缓地走进芦苇丛，抓住了尸体，费力地将尸体拖上岸，嘟哝着，吼叫着。

随着一声低吼，半兽人撕开了鳄鱼的肚子。他把头伸入鳄鱼的内脏，开始进食，对腐肉的恶臭毫不在意。

半兽人抬头望了望他们，露出了牙齿。“我的猎物，”他咆哮着，然后一只胳膊深深地伸入鳄鱼的身体，扯出了心脏，“这是我的。”他咬下一块红色的肌肉，吞了下去。

“该死的，太恶心了。”莫斯说道。

玛丽亚的胃也恶心得翻腾不已。看着这个几乎像人一样的东西像野兽一样进食，这太不自然了，玛丽亚心中充满了恐惧。

她说服他们拯救的到底是个什么东西？

半兽人继续进食，撕咬着，并大口吞咽着。但那里还有些别的东西……怪物蹲在他的猎物身上，胜利地享用着敌人的心脏……

“仪式。”医生低声说道。

怪物抬头看着他，嘴角溢出血迹。怪物的黄色狗眼盯着他。“医生，我们靠胜利得以滋养。生命之血，源自敌人跳动的心脏。我们的敌人使我们更坚强。敌人越多，我们得到的养分就越多，我们也就越强大。”

“而你们永不停止战斗。”玛丽亚轻声说道。

怪物笑了，嘴里露出一排尖利的牙齿，满是血腥的幽默。“征服能让你自给自足，小姑娘。”他把最后一块鳄鱼心脏吞下，“我们欢迎敌人，正如我们欢迎生命一样。”

那个半兽人似乎还想要说什么，但他突然僵住了。他竖起了耳朵，嗅着空气，鼻孔大张。耳朵展开了，然后又迅速贴在他那庞大的斗牛犬头骨旁边。

“我叫图尔。”他说道，“看来你们的敌人也找到了一些可以滋养的东西。”

第十八章
焚烧榕树镇

“什么敌人？”玛丽亚问道。

“我闻到很浓的烟味。木头的味道，塑料的味道。”图尔的鼻孔翕张着，“还有血肉的味道。一个城镇正在死去。”

“他们在焚烧榕树镇？”医生求证道。

图尔静默了下来，他的耳朵动了动，似乎在听玛丽亚感知不到的事物。“人们正在奔逃——”

枪声在丛林中回荡，尽管距离遥远，她甚至也能听到。天空中满是惊飞的乌鸦和喜鹊。一群群麻雀在头顶盘旋。更多的枪声。玛丽亚与莫斯和医生交换着担忧的眼神。

那个半兽人还在听着和嗅着风带来的信息。“我们共同的敌人似乎已经厌倦了他们的失败。”

“所以他们接下来会攻击这个镇子吗？”

医生拿起医疗工具，扔进医疗包里。“我们必须去帮助他们。快点儿！他们需要我们。”

玛丽亚收拾起所剩无几的最后一点儿物资，递给医生，她注意到自己的手在颤抖。她记得其他村庄遭到了士兵的肆意掠夺和焚烧，记得自己在烧焦的房屋中摸索前行，只有骨瘦如柴的野狗和科伊狼的眼睛在阴影中闪烁。

“医生，”她问道，“我们应该逃跑才对，不是吗？”

图尔发出一阵低沉的笑声。“这个女孩很聪明。与其走进龙卷风中，还不如逃跑，没准儿能活下来。”

医生瞪了玛丽亚一眼，她躲开了他的目光。“你造成了这一切，”他说，“暴力滋养暴力。我一遍又一遍地告诉过你，但你从未听进去过。你引来了科伊狼去攻击士兵，现在士兵们正在焚烧榕树镇。以牙还牙，直到整个世界毁灭。”

烟雾开始从他们头顶吹过。就连玛丽亚都能闻到燃烧中的世界带来的刺鼻气味。

“你为什么生我的气？我可不是那个在烧镇子的人！”

马赫福兹医生合上包，抬头看着玛丽亚：“你跟不跟我去？”

“回镇子上？”玛丽亚盯着医生，“你是疯了吗？我们没有枪，他们会杀了我们。”

“我们不是去打仗，我们是去帮助尽可能多的人。”

“我不去任何地方。”

“你知道我为你争取得有多么艰难吗，玛丽亚？我多少次劝说邻居们不要赶你走，我支持你，为你担保。”

他们身旁的半兽人低声咆哮：“有人来了。你们应该逃离，否则就去死吧。现在做出选择，在你们没得选之前。”

玛丽亚转向半兽人。“你愿意和我们一起来吗？”她问道，“你会帮助我们去帮助他们吗？”

图尔笑了。“这不是我的战争。”

马赫福兹怒视着那个生物。“是你把士兵引到这里，却不承担任何责任？”

图尔冷笑着露出牙齿。“这场战争不是我发起的，是你们人类自相残杀的结果，我没有选择。我不承担任何责任。”他嗅了嗅空气，然后向沼泽挥了挥手，“如果你希望逃脱敌人的追捕，我愿意帮助你，感谢你给我的药物。”图尔挺直身体，高大而威严地屹立在他们面前，“但我不会为了一个无法获胜的战斗而自寻死路，也不会为了人类而自杀。”

他们的对话被奔跑的脚步声打断了。

除了图尔，大家都紧张起来。玛丽亚想象着士兵们会冲进沼泽，来复枪喷着火，但来的根本不是士兵，而是一个女孩……

是阿玛亚。

她突然停住，目瞪口呆地凝视着。震惊中，她的眼睛睁得大大的。“你！”她喘着气看到了玛丽亚，然后她看到了那个半兽人。

“阿玛亚，”马赫福兹医生说道，“发生了什么？发生了什么事？你的孩子们在哪里？萨尔瓦托雷的外孙子在哪里？”

“你！”她再次说道，“他们想抓的是你！”她眯起眼睛，“这都是你的错，被抛弃者。他们在找你！我们收留了你，而你却让士兵们找到我们！”

“阿玛亚——”医生再次试图说话。

但阿玛亚已经转身朝着她来时的方向跑去。

“她要去告诉他们！”玛丽亚说道，“她要把我们出卖给士兵。”

她跳起来追赶阿玛亚。如果能在阿玛亚回到村子之前将她制服，防止她向其他村民传播消息，也许就能——

一只手抓住了玛丽亚的衣服，将她一把拉了过去。她被甩得转了个圈，摔进了泥浆中。马赫福兹医生站在她面前。

“玛丽亚，别这样。”

玛丽亚挣扎着站了起来。“她要回去找士兵！如果她告密，我们都会死。一旦他们闻到我们的气味，知道我们的方向，我们就跑不了了。”她再次朝小路跑去，但医生抓住了她。

“这仍然不能证明你想对阿玛亚干什么。”他嘟囔着。

玛丽亚挣扎着想挣脱，但医生的力气出人意料地大。

“她会害死我们的！”玛丽亚的手摸向她的刀。它在哪里？

医生一定感觉到了她的动作，因为他抓住了她的手。“你总是这么解决问题！这就是你吗？”他质问道，“就像外面那些士兵一样？总是想杀人？”

玛丽亚拼命四处张望，仍在努力挣脱。她瞥见了莫斯。“抓住她！”她说，“不要让阿玛亚回到城里！”

莫斯犹豫地看着医生和玛丽亚。

玛丽亚怒视着他。“除非你抓住她，否则我们就完了。”

“待在这里，莫斯，”医生咕哝道，“你要做出正确的选择。”

莫斯望着阿玛亚消失的方向，然后又看向玛丽亚，最后他摇了摇头。“她的块头比我大，在她回到镇上之前，我不认为我能抓住她。”

玛丽亚扭动着身体，挣扎着，最后倒向一侧，把医生也带倒在地。医生的手松开了，她挣脱了，艰难地爬起来，怒视着莫斯：“你这个胆小鬼。”

莫斯低下了头，但他没有去追赶阿玛亚。医生慢慢站了起来，喘着气。图尔好奇地看着他们，甚至觉得有些好笑。

玛丽亚朝镇子那边看去，浓烟弥漫着，士兵们一定在烧毁一切。不仅仅是镇子，很可能还有庄稼。他们要实行焦土政策。更多的烟雾向她卷来。玛丽亚咒骂着。她本希望有更多的时间准备北上的旅程，但是由于阿玛亚出卖了他们，现在是时候逃跑了。不管准备好与否，现在是时候逃跑了。

玛丽亚转向图尔：“你能走路吗？”

她从眼角瞥见马赫福兹医生失望地移开目光，因为她对留在这里自杀没有兴趣。不过，这是马赫福兹的问题。

图尔的黄色狗眼注视着她。“没有选择。我们要么跑路，要么战斗。而如果我们战斗，可能会死。”

这几乎概括了一切。那么她为什么还在拖延呢？

他们没有足够的食物，没有枪，没有砍刀，什么都没有。

“好吧，”她说，“好吧。”她想尖叫，对自己简陋的计划如此迅速地崩溃感到沮丧。她的父亲总是说作战计划失败了。这是可以预料的。一个将军必须适应环境——这就是优秀士兵与糟糕士兵的区别。所以，她需要适应。

“我们必须摆脱追踪，”她说，“我们要进入沼泽，走水路。”她指了指，“莫斯可以带我们走一条路，他熟悉这些沼泽地。我们还是可以甩掉他们的。”

半兽人点了点头表示同意。他一瘸一拐地走到一棵树旁，抓住一根树枝。伴随着噼啪的爆裂声，他将树枝折断，做成了一支拐杖来支撑自己。

“该死的，”莫斯嘟囔道，“你虚弱的时候还能这么干？”

半兽人露出了牙齿，倚在这个临时拐杖上。

“来吧，孩子，带我们走条秘密的路。”

他们跳进了水中，但片刻之后，玛丽亚意识到医生不在他们身边。

玛丽亚转身问道：“医生呢？”

医生悲伤地看着她。

“你不会是认真的吧？”玛丽亚说，“你想留在这里吗？让阿玛亚带兵来抓你？”她示意医生跟上，“他们对你的仇恨和对我的一样深。”

医生只是默默地看着她，这让她感到不安。

“我曾经一度以为能够拯救你，”他说，“以为你能做一些好事，停止……”他摇了摇头，“改变这个地方的病态。”他看着玛丽亚，“我教你治病救人，而不是战斗，可你却一次又一次地转向暴力。”

“你认为我把科伊狼引到他们身边是错误的吗？”玛丽亚说，“你希望你还在那里和士兵们在一起吗？他们也要杀你，你知道的。他们活该，是他们先动手的。”

“而你却没有做任何事来结束这一切。”

玛丽亚怒视着医生：“如果我有枪，我一定会的。”

那个半兽人低声笑了起来，像是在咕噜着。他赞同地拍了拍玛丽亚的背：“战争能充分满足自己的需求，你不觉得吗，医生？”

马赫福兹厌恶地看着半兽人。“我不应该让她治愈你。”

“幸好，我并不依赖和平主义者的善意。”半兽人露出他的尖牙，像是一把把锋利的刀子，闪闪发亮。

医生开始反驳，但是那个半兽人打断了他的话。“医生，留着你的羞耻感吧，留给那个女孩。如果我在乎人类对我的认可，我早就死了。”他转身走向沼泽，“时间在流逝，至少我不打算待在这里，等着你的背叛者带回士兵和他们的枪。”

“医生？”莫斯问道。

马赫福兹摇了摇头。“我不能把这些人交给士兵。跟我走，或者跟半兽人走。那些人需要我们的帮助。”

烟雾更加浓烈，灰色的雾气中弥漫着燃烧的气息。

玛丽亚的眼睛开始湿润。她看着医生，希望他不要像他说过的那样疯狂，并且意识到她对劝他走无能为力。

“走吧，莫斯，我们赶紧离开这里吧。”她转过身迈开腿走了。在她身后，她听到莫斯说了些什么，然后他就追上来，在她身后溅起水花。

“玛丽亚，你确定要这么做吗？”

“我们就算回去了也做不了什么。”

“他们收留了我们。”

玛丽亚看着莫斯说："我们首先要保护自己，如果不这样，我们就会死。"

"是的，可我救你的时候不一样。"

"现在我在救你，对吧？我们不会回去的。"

莫斯无言以对。不久他们追上了那个半兽人。

"医生选择不与你们同行吗？"图尔问。

玛丽亚摇了摇头说："他很蠢。"

"他有自己的信念，这使他的处境变得很危险。"半兽人说道。

"我也有信念，"玛丽亚说，"就是为了保住我的脑袋不被枪打掉。"

"我相信你这个信念很值得坚守。"

玛丽亚无法确定那个半兽人是否在嘲笑她。他们继续穿过沼泽地。

突然，半兽人说："看来你的莫斯兄弟也已经找到了自己的信念。"

"什么意思？"

"看一看就知道了。"

玛丽亚转身向后看。莫斯已经消失了，消失在越来越浓的烟雾中。

第十九章
逃生联盟

玛丽亚和莫斯，莫斯和玛丽亚。

她一直擅长保护他们免遭伤害，而他则一直擅长让他们活下去。她利用从父亲那里学到的关于军阀的一切，使他们远离子弹的威胁。

莫斯知道如何在石头下挖蚂蚁卵，如何捉小龙虾，如何抓青蛙。实际上，他们并没有什么共同之处，但他们是一个团队，一个紧密的小团队。正因为他们紧密团结，所以他们幸存了下来。

当人们在自由军前面的田野上奔跑时，她一把抓住了莫斯，将他的身子压低，子弹从头顶飞过，母亲、父亲、孩子和祖母都倒在杂草中。

所有的枪都在敌人手中，她没有逃跑，而是装聋作哑和装死，她的脸紧贴着一个流着血的死了的女人，并将女人的血涂在她和莫斯身上，然后他们就像死人一样躺着，直到敌人从他们身边走过去。

他们像石头一样躺着，耳中血液随剧烈的心跳激荡着，眼睛大睁，直直地盯着太阳，如同真正的死者，而士兵们则跨过他们，用刀杀死那些只是受了伤的人。

她做到了。当他还不知道躺下躲藏时，她救了那个小蜥蜴。

然后，在她毫无防备的情况下，神军抓住了她，他们砍掉了她的一只手，正打算砍掉另一只手。当他们都在笑的时候，莫斯悄悄爬到他们的营地并开始扔石头——扔石头对抗子弹，多么疯狂的事情啊。士兵们都跑过来，抓起武器。她朝相反的方向跑去，鲜血从她的残肢中流淌出来，但她还活着，奔跑着，她本应被砍得只剩下残肢，像神军喜欢对所有非信徒的处置方式一样，最后被挂在树上。

然后他们找到了医生，他给她的残肢进行了处理，一切都解决了。除了莫斯是一个理想主义者。

玛丽亚凝视着越来越浓的烟雾。“莫斯！”

她无法看清十米外的东西。他在哪里？

“放弃吧。”她开始穿越这片沼泽。

“如果你跟着他，你会死的。”那个半兽人说。

玛丽亚这才意识到怪物一直在密切关注着她。“刚才你知道他在逃跑？”她质问道。

“我以为他刚才只是有些别的想法。”图尔的耳朵动了一下，“他现在才明确地改变了他的路线。”

“那你知道他在哪里吗？”玛丽亚问道，“你能追踪他吗？”

图尔听了一会儿，说：“离我们也许几百米的距离。他移动得相当快。”

玛丽亚转身再次大声喊道：“莫斯！”

没有回应。玛丽亚皱了皱眉。“他在沼泽里如鱼得水，我们必须在他做傻事之前抓住他。”

“他已经做了傻事。”图尔说，“因此他将会死去。如果你去找他，你也会死。现在有巡逻队正在向我们靠近，成群结队的士兵正在行军。”

“但你速度很快，”玛丽亚说，“你去追他呀。”

“你让我想起了卡洛亚将军，你是个缩小版，总是对你的部队要求得太多。你以为我走起路来容易吗？更别提跑了。”他举起自己做的临时拐杖，“你以为我拄着这个只是为了好玩儿吗？”

玛丽亚骂着莫斯。他们本应该跟着这只古老的战争怪物，他将带他们彻底离开淹没之城。不只是苟活在沼泽里，而是一直走到北方，到那些像海景波士顿这样没有被战火吞噬的地方。有了这个半兽人，这是可能的。他可以感知到巡逻队的位置，帮他们穿越火线。现在莫斯却要掉头回镇上？

玛丽亚望向半兽人。“你能辨别士兵们在哪里，对吧？你能知道哪里有巡逻队？”

图尔慢慢点了点头：“我可以。”

“那帮我去找莫斯。”

图尔哼了一声：“我没那么想死，我可不想手无寸铁和毫无支援地走进敌人的阵地。”

“是我救了你。”

“我很感激。”

“为什么你不肯帮忙？”

“我刚刚重获新生，为什么要我把生命白白扔掉？”

玛丽亚真想对着这个残忍的怪物尖声大叫。“因为救你的人是我！没有我，你早就死了。马赫福兹和莫斯会任由你流血而死。我用医生的所有药物让你重新站了起来，走了起来。”

“所以你认为我欠你的人情。”

“没错！你欠我很多，而且你心知肚明。”

图尔慢慢蹲下身子，四目相对。“也许我确实欠你，也许我的道义感甚至要求我以某种方式报答你。”

“但请听我说，姑娘。如果你现在跟我走，你有机会离开这个地方并活下去。我会带你走，我可以帮你逃离这里。”他站直了身子，“或者你也可以回去，试着把你的朋友从他自己的愚蠢行为中拯救回来。”

“你能追踪他，对吗？”

半兽人的嘴唇上扬，露出牙齿，恶狠狠地说：“你现在还以为我是你的狗？”

“不！”

老天啊，与那个怪物打交道是不可能的。与娃娃兵们打交道，可能也比和他更明智。那半兽人有时像个人，有时又变得冷酷无情，她觉得他要把她撕碎了。

“你能帮帮我吗？求你了！”

“如果我帮忙，你会不会认为我欠你的人情债就算还清了？”

“帮我找到莫斯。”

“他对你来说意味着什么？”

“他是我的朋友。”

“朋友很容易找。”

“没有人会像他那样。”

“你愿意为了救他而去死吗？”

“老天啊！”玛丽亚把目光移开，感到不知所措，“如果他死了，我也就死了。我没有其他可以失去的东西了。”

那个半兽人看着她，满是伤痕，身形巨大。他没有动。

“算了，”玛丽亚转身朝沼泽地走去，“你爱怎么样就怎么样吧，我必须把他救回来。如果他死了，我也就死了。这就是现实。”

“团队，”那个半兽人说，“他是你族群中的人。”

半兽人说话的方式让玛丽亚觉得这不仅仅是在谈论狗或科伊狼一起奔跑时所说的那个族群。它是一种绝对和彻底的东西。

“对，”她说，“族群。”

第二十章
命运降临的村落

浓烟弥漫在他们周围。玛丽亚从她的背心上剪下一条布，在沼泽中浸湿，绑在鼻子和嘴巴上，同时奋力克制住咳嗽。

那个半兽人似乎一点儿都不受影响。尽管玛丽亚的眼睛被烟雾熏得直流泪，她拼命忍着不打喷嚏和咳嗽，但那个半兽人却像鬼魅一样轻松地穿过树林、池塘和葛藤。有时他会举起手，她就停下来，然后他会嗅一下空气。

有三次，他示意她离开小路，走入丛林纠缠的藤蔓中。然后他们躺在泥泞的地上，听着蛇在灌木丛中蜿蜒爬行的声音。正当玛丽亚对躲藏的虚假警报感到厌烦时，她听到了脚步声，就在他们头顶上。

有两次是村子里的人。她动了叫出声的念头，但是她想起了阿玛亚，她知道村民和士兵一样是敌人。

他们躺在烟雾和藤蔓下，目睹难民们从烟雾中走出来，哭泣着，抱紧自己。老人萨尔瓦托雷，但没看见他的孩子。艾米·宋。找过她很多麻烦的亚历杭德罗急匆匆地带着两个年轻的孩子走过，玛丽亚不认识他们，也不认为他们是他自己的孩子。很多人。老人，年轻人，孩子。和她见过的其他难民非常相似。

镇上的居民一直憎恶战争蛆虫，但现在他们只不过是更多同类中的一员，流离失所、四处逃亡，希望能找到一些慰藉和安宁。尽管玛丽亚对他们怀有极大的敌意，但她发现自己还是希望他们好运，希望他们能够平安度过这一切，得到命运的眷顾，找到一条能轻松活下去的路。

人们带着稻米、袋装土豆和任何能够携带的东西逃离，但那些东西微不足道得令人心碎。她看着他们从雾中出现，然后又在雾中消失，对他们的未来充满了疑问。

他们还有机会重新安定下来吗？还是他们都会像她一样，被抛弃而四处流浪，再也没有希望找到庇护？另一个村庄会收留他们吗？还是会把他们打跑？

图尔轻轻拍了拍她的肩膀，他们爬出躲藏的地方，隐入越来越浓的烟雾之中。

图尔第三次示意玛丽亚离开小路时，没有让她躲起来，而是突然停下来闻了闻，然后转身引导她原路返回。她想问他在做什么，但她从他的绝对沉默中得到了提示。

自从他们朝村庄出发以来，他一直没有开口，即使此刻在引导她离开小路，穿过缠绕的葛藤，然后进入她从未想到的另一条路，这个半兽人也什么话都没说。

“为什么？”她低声问道。

半兽人急切地示意她保持沉默。他用手比画了一个拿着步枪的动作，然后举起手，指向他们来时的方向。他做了一个下蹲的动作，然后伸出六个手指，意味深长地看着她。

六个士兵，坐在小路上，埋伏着。如果没有图尔，她可能就直接走进了陷阱。

他们沿着一条新的小路小心地走着。玛丽亚的焦虑感增加了。沉默令人恐惧。

突然，图尔抓住她，把她推倒，还用手捂住她的嘴巴。她试图挣脱，但接着枪声响起，她听到人们的哭泣声和尖叫声、士兵们的笑声和喊叫声，然后是更多的枪声。而在这一切发生的时候，图尔躺在她身旁，用手捂住她的嘴巴，以免她大声喊出来暴露他们的位置。

他们距离那里不超过十五米。如此近。她听到有人在烟雾中呻吟、抽泣。她听到脚步声。有一阵急促的争斗声，然后有人惨叫。抽泣声停止了。

“这帮笨蛋平民。”有人说。另一个人笑了。那些士兵就在她身边，离她不过几米远。渐渐地，他们的声音远了。另一个人发出疼痛的呼喊。

图尔示意站起身，然后他们悄悄地穿过烟雾，玛丽亚祈祷着自己不要咳嗽，以免暴露位置。他们通过了伏击点，图尔示意她继续前进，催促她走得再快点儿。她紧跟着这个一瘸一拐的怪物。

她走得太快了，在意识到发生了什么之前，差点儿踩到了尸体。到处都是尸体。很多很多人都死了。玛丽亚突然停下脚步，几乎要哭出声来。她被一大片尸体所包围。她颤抖着轻轻地呼出一口气，然后又深吸一口气，努力保持冷静。

只是些死人而已，你见过很多了。继续前进吧。

她开始小心翼翼地跨过尸体，努力不要踩到他们，努力不去看他们的脸，看他们的血，看他们那被撕裂和残缺的样子，努力不去看躺在那里的博比·克罗斯。

但是，即使她试图忽视这一片死亡的景象，她内心的一部分仍在看着那些伤口，并试图在脑海中修复它们。她作为医生所接受的训练撕扯着她的良心，告诉她如何修复那些无法修复的东西。马赫福兹医生以他那平静的声音教导她，首先应该稳定病人的情况，确保呼吸和血液循环系统没有受到损伤。然后止住伤口出血，再进行固定和缝合……

她真的把厄运带给了他们吗？都是她的错吗？这是军队为了那次科伊狼袭击事件的报复行为吗？

玛丽亚开始呕吐，突然间，一切都涌了出来。医生是对的，你所做的一切只会让情况变得更糟。一件事情接着另一件事情，直到整个村庄都死了——

图尔用手捂住她的嘴巴。“安静！”他吼道。任凭她挣扎，他也没有放开她。他把她的脸埋在他的怀里，即使她尖叫，也听不到声音，然后她的哭声奔涌而出，他也用他庞大的身体压住了声音。

“把它锁起来，”半兽人低声说，“以后你再感受吧，而不是现在。现在你是一名战士，现在你要为你的族群尽职尽责。如果你崩溃了，你的莫斯会死，你也会和他一起死去。以后再感受，而不是现在。”

玛丽亚擦了擦满是泪水和鼻涕的脸，点了点头。他们继续前进。

烟雾渐渐散去。他们来到了烧焦的田地边，周围到处是闪烁的火焰。乌鸦啄食着那里烧焦的残骸。穿过田地，她看到了士兵们。塞尔中尉和他的队伍，站在一群跪着的人周围。在那群人的中心，在武器掩护下的是——

命运。

第二十一章
他救过我

奥乔用手擦去脸上的黑灰。他的手下都狼狈不堪。焚烧的时间比中尉希望的要长。由于有些庄稼是湿的，所以让村民们把他们的作物连根拔起，然后用他的手下收集的燃料和木材点燃，这一切都比计划的时间要长。但塞尔想要这里成为一片焦土，奥乔必须确保完成任务。

一开始，村民们还抵抗。就像中尉预料的那样，有些人试图逃到沼泽地，之后奥乔就听到了枪声和惨叫声，一个机枪班用重型武器将他们撕成了碎片。之后，就没那么多逃跑的人了。奥乔下令一个酸液班将掉队的人围起来，而他自己蹒跚着跟在后面。

他的肋骨上的夹板让他感到十分疼痛，但他不打算让任何人知道。今天，他一点儿脆弱都没有展示出来。中尉给了他第二次机会。等他们完成这次行动，他想要重新获得塞尔的好感，牢牢地站稳脚跟。奥乔此刻没有被止痛药麻醉，他已经准备好参加战斗了。而到今天结束的时候，塞尔、士兵们、平民，所有人，都会知道这一点。

奥乔咬紧牙关忍受着疼痛，坚持继续前进，命令一半的巡逻队队员进入废弃建筑，全力找出仍在废墟中隐藏的人。剩下的人则把镇民们组织起来，动手焚烧他们自己的城镇。他正在给一个班指派任务时，医生回到了镇上。

起初，奥乔无法相信自己的眼睛。虽然半数镇民都在密谋逃离，趁机溜过中尉军队的安全网或扎进丛林里，但这位医生却带着他该死的医疗包从丛林中走了出来。

“嗯，我真是见鬼了。”范边看着医生走过来边说道，“中尉说得对，我们给自己找到了一位真正的医生，一个真正的人道主义者。”

奥乔看着他，吐了口痰。这个医生真是个傻瓜。奥乔早就见识过了，他们来到榕树镇第一晚时，医生就敢顶撞中尉，那时奥乔就怀疑他是个傻瓜。现在他又做起了傻事。医生像救世主一样，在黑漆漆的地面上大步走来，好像要拯救所有人。

突然，丛林中传来一阵枪声。嗒嗒嗒嗒嗒。

医生转身，倒下了。

“该死的！”奥乔挥了挥手，“让胡派停止射击，好吗？”

一名喽啰被派了出去，他在漆黑不平的地面上奔跑着返回丛林。奥乔缓慢地穿过田野，朝医生走去。医生倒在灰烬和泥土中，面朝下，但他试图坐起身来。奥乔走到他身边时，他发出了呻吟声。

“喂，医生，慢着。”奥乔跪在医生旁边。他看见了血。塞尔会发火的。

又有一颗子弹从头顶飞过。

“该死的！让那个浑蛋别再开枪了，否则我就把枪塞进他屁股里！”

“明白了，中士。”

范飞快地跑出去。不一会儿，枪声停止了，胡派从树林中走了出来。他的皮肤被那个被遗弃的女孩和科伊狼搞得满是烧伤和疤痕。他来到医生身边站定。

奥乔皱了皱眉。“中尉想要活的。”

胡派低头看着医生。“他看起来不怎么好。”

“因为你从背后击中了他！”奥乔向普克和斯托克挥了挥手，“把他带回指挥部。”

奥乔转过身，发现树林中有动静。“该死，胡派！你管好你的区域了吗？”

那是个从丛林中窥视的镇民小喽啰。“把那个人给我抓住，看看他知不知道那个半兽人的事。”他在胡派准备走时抓住了他，“如果你把他带回来的时候像医生一样受了伤，我就亲自朝你的头上开一枪。”

胡派布满血丝的眼睛充满敌意地注视着奥乔，他行了个礼就离开了。奥乔心里疑惑，其他军队的长官是否也经常遇到难以驾驭军队的问题？胡派肯定会被纪律处分，因为他竟敢对医生动手。也许奥乔应该把他降为下士，把他的步枪交给至少知道该向谁射击的人。

奥乔低头看着医生。老人喘息着，鲜血从嘴角流出来，染红了他椒盐色的胡须。他的眼睛已经开始变得无神。

普克和斯托克抓住医生的肩膀，准备把他拖走，但奥乔示意他们停下。“别费事了，他已经不行了。”奥乔叹了口气，看着那位老人。

“你在想什么，老人家？”

也许他想要救谁，但是他的那个医生女孩根本不在周围。也许是其他人。奥乔扫视了一下村子。这一切都没有道理。

医生再次喘息起来，口中又流出更多的血，看起来他胸口中了好几枪。令人惊讶的是他居然还能呼吸，但是嘴唇上的鲜血和血沫让奥乔觉得他活不了多久了。

奥乔蹲在这个垂死的人旁边。“嘿，”他说，“你还记得我吗？”医生的手举了起来，奥乔握住了它。“对，你给我治疗过。”他低头看着医生满是血迹的衬衫。“对此我很抱歉，这些娃娃兵没有一个有纪律性可言。有一半的时间，他们甚至都不知道一把枪应该对准哪边。”

医生并没有看着他。奥乔无法确定医生是否听到了自己的话，或者他已经去了他的安息之处。这是一个愚蠢的死法。胡派的队伍只是无缘无故地朝医生开枪。他们本应将人们赶回镇里，让这些人去干活儿，而胡派擅自做的简直就是一次处决。胡派对那个女孩让他受伤感到愤怒，并认为医生应该得到报应。

没有一点儿纪律性可言。

医生的呼吸变缓了。停止了。他的手松垂下来，奥乔任由它落下。“对不起，老先生。”奥乔挺直了身子，“把那个小喽啰捉出来，确保在我问问题之前胡派没有把他打死。”

他大步穿过泥泞的田野，将死去的医生留在身后，还在生胡派的气。

塞尔嘴上说对部队纪律极其重视，但一天到晚，这些娃娃兵还是像对所有纪律都置若罔闻的科伊狼。

玛丽亚从树丛中观望着。有一群士兵站在烧焦的田野上，然后其中一个站直了身子，她认出了他。

那是奥乔，她曾经救过的那位中士。她的手握成了拳头，然后她看到中士和他的人一直围着的是什么，她倒抽了一口凉气。

马赫福兹医生。她认出了他穿着的绿裤子和脏兮兮的黄蓝相间的衬衫。奔跑和躲藏的时候穿这种衣服太傻了，但他就喜欢颜色鲜艳的东西。现在他倒在泥地里。太愚蠢了，太愚蠢了！

士兵们向她的方向慢跑过来。图尔把她拉进更深的丛林中。有那么一瞬间，她以为自己被发现了，但随后士兵们跳进了一百米外的树丛中。枪声回荡，随后是喊叫声。片刻之后，他们带着一个人再次出现——

莫斯。

玛丽亚踉跄着向前冲去，但图尔抓住了她。他把头靠近她，说："你打不过他们。"

玛丽亚难过地看着莫斯被拖过田野。远处，小镇正在燃烧，建筑物像巨大的火炬一样燃烧着。一座屋顶轰然垮塌，火光冲天，娃娃兵们欢呼起来。

远处某个地方，玛丽亚听到一个女孩的尖叫声，但玛丽亚只关心莫斯，那个瘦瘦的红头发男孩，他在年长一些的娃娃兵中间显得很小。玛丽亚试图甩开图尔的手。“他们要砍掉他的手，”她低声说道，“他们对我就是这么做的。”

图尔抓得更紧了。“你救不了他。”

“他救了我！这是我欠他的。”

“我正在救你，”图尔说，“这是我欠你的。”

“一定有办法救他。”

“为什么？因为你希望吗？因为你向命运女神或者拾荒之神献祭了吗？因为你向基督徒忏悔并喝了他们的圣水，所以危难时刻神就会来救你吗？”图尔摇了摇头，“一旦你开始穿越那些田地，你就会被发现。我们左右两侧还有火力小组，他们仍在搜索树林，他们也在观察着这些田地。”他指着开阔的土地说道，“那里只是一个杀戮场。”

玛丽亚用一种嘲讽的眼神看着他。“你难道不关心任何人吗？”

图尔发出低沉的怒吼。让玛丽亚惊讶的是，他突然放开了她。“你想证明你对那个男孩的爱？去吧，那就证明吧。”他用力推了她一把，“冲过去，进攻，拿起你的小刀并发起进攻。展示你的爱和勇气，姑娘。”

玛丽亚怒视着那个半兽人，憎恨着他。“我才不是半兽人呢。”她说道。

“我也不是你的狗。”

玛丽亚转头看向村庄。士兵们站在莫斯身边，其中一个是……

塞尔。

他拿着一把手枪。玛丽亚看着那个男人围着莫斯走来走去，然后靠近他。她眯起眼睛，试图看清楚，又不愿意看，因为她害怕，但又无法移开目光。塞尔把手枪放到了莫斯的嘴里。

图尔的耳朵竖起来，捕捉着风声。

“他想知道我们在哪里，”半兽人说道，“他们在威胁他。他们很快就会知道答案，然后他们会来追捕我们。”

半兽人的手重重地放在玛丽亚的肩膀上，他低沉的声音竟变得柔和起来。“走吧，”他说，“最好不要看这些事情。”

玛丽亚想挣开他的手继续看。但是她无法挣脱。她听到半兽人的低声怒吼。她很惊讶他没有直接抓住她拖走。相反，他等着她。

“他们要杀了他。”她心痛不已。

当她需要帮助的时候，莫斯曾经帮助过她。他向娃娃兵扔了石头，那是个不同寻常的举动。他做了勇敢而愚蠢的事情，救了她。而现在，她却蹲在葛藤之间，无法移动身体，既害怕又懦弱。

“他们要杀了他。”她再次轻声说。

“这是他们的本性，”图尔说，“走吧，留在这儿只会让你的噩梦变得更糟糕。”

第二十二章
幽灵的烙印

塞尔把手枪塞进囚犯的嘴里。“你死定了，蜥蜴。”那个孩子试图开口说话，但他的舌头无法绕过9毫米口径枪管来发出声音。那个苍白、瘦弱的孩子一直在哭泣和哀求。

奥乔站在一旁，注视着丛林，等待着子弹射出。

那个孩子继续哭哭啼啼地哀求，奥乔试图不去听。他早就习惯了，如果将蛆虫当成人对待，只会撕裂自己的内心。当你需要坚强时，它会让你心烦意乱，让你变得软弱。

然而，那个孩子仍在哀号，尿了一裤子。

赶快结束吧，奥乔想着。

但塞尔喜欢看着这些蛆虫挣扎。

这是奥乔不喜欢中尉的另一个原因。他是个疯子。他是那种长大后发现战场才是他们最适合生存的地方的浑蛋。塞尔很享受折磨他人。

塞尔继续盘问囚犯，让他相信自己还有机会。就像用肉引诱一条狗，一次又一次地将肉越拿越高，但就是够不到。这条可怜的狗还得用两条后腿站起来，跳着转圈，舌头伸得老长。

塞尔许诺给别人自由。他蛊惑他们背叛亲人，交出储备的食物。他很擅长吊足别人的胃口。但这让奥乔感到恶心，他试图远离这些事。不过，他并不是总能成功。如果中尉认为你是这个游戏中的薄弱环节，那你离倒霉就不远了。有时候你只能眼睁睁地看着某个战争蛆虫苦苦哀求。

“她逃跑了！她走了。她和那个半兽人一起走了。他们朝外面去了。她要离开这里，向北方去。”

奥乔完全了解目前的状况。这位医生女孩似乎是那种很有计划的人。这是毫无疑问的，别忘了她把这个排搞得像下了地狱一样。

“你在替她掩护。”塞尔说道。

“不！我发誓！她告诉我不要回到这里，告诉我不要这么做。她说医生很愚蠢，说我也是。”他吐了口血，他声音中的绝望让奥乔看向他。那个可怜的战争小蛆虫看起来像已经失去了她，没有了希望。

塞尔捕捉到了奥乔的目光。“你认为如何？”

奥乔靠在墙上，努力不表现出他的肋骨有多痛。他真希望胡派没有开枪打医生。要是能够招进来一个真正会用药的人该有多好啊。现在，奥乔的生存几乎完全取决于命运；如果他感染上了病菌，那他就完蛋了。

“我觉得他说的是真的，”奥乔说，“医生肯定疯了，我能看得出他是独自一人回来的。人道主义者，对吧？就是什么好事都做得出来的人。”

“这个人也是？而且抛弃了那个女孩？”塞尔看了一眼他们的囚犯。

奥乔耸耸肩。“医生看到科伊狼的时候也很惊讶。那个女孩可是彻头彻尾的淹没之城的人，不管她是不是被遗弃的，都无所谓。她有战争本能。”

“那个蛆虫确实聪明。”

“是的。但那个医生？”奥乔耸耸肩。

田野里的尸体说明了一切。那个老人没有求生本能。他像是在战场上奋力行军，背上背着一个大大的红十字标志，身后还跟着一队维和人员。愚蠢。他们并不是在打那种仗。奥乔想知道那个医生是不是真的疯了。有时候平民会做出引颈就义这种蠢事，甚至在本来能够逃得无影无踪的情况下也会回来送命。

但那个弃儿肯定不是这种人。那个女孩身上有一种东西，她从里到外都是淹没之城的人。就在她引导那些科伊狼把他们扑倒在地的时候，他从她的眼中看到了它。杀人的本能。

奥乔再次扫视了被焚毁的村庄。一只狗在烟雾中找寻，围绕着一具尸体打转。奥乔想知道它是回来找主人，还是在找晚餐。

“是时候搞明白那个弃儿是否和那个半兽人一起向北走了。”他吐了口唾沫，“要是我，我会这样做的。”

“是的。”中尉低头直盯着他们的俘虏，“就是这样吗？她只是把你丢在那里等死，对吗？她向北逃走，抛弃了你这个讨厌的家伙？”

那个小孩看起来又要哭了。奥乔希望中尉能赶紧把事情做完。他向外凝视着丛林。

“我们怎么找到他们的踪迹？”奥乔问，“外面有那么多平民，在那里四处奔跑，踩踏着一切线索。”他摇了摇头，“丛林里需要搜索的地方太多了。”

“你认为我们错过了机会？”

奥乔瞥了塞尔一眼，试图判断他是想要一个诚实的回答，还是想要诱使自己显示出弱点，说明他对这个事并不完全投入。但中尉只是呆呆地盯着外面的丛林。

最后，奥乔说：“我看不出我们如何找到他们的踪迹。如果那个女孩给那只狗脸怪做了医治，那意味着他现在是可以移动的。我们之前能接近他只是纯粹的运气，而且他把我们撕得粉碎。”奥乔摸了摸自己的肋骨，“我们当时可是四个人，而且那时他已经躺在地上快死了。”

“他现在还伤着呢，”中尉说道，“他可不是用魔法做的。”

“没错，但听起来比上次我们与他交手时好多了。”

塞尔中尉哼了一声。“也许你是对的，中士。”他转身走向村庄，向奥乔挥手示意，“处理掉这个蛆虫。”

奥乔俯视着那个孩子。他的脸上哭得满是鼻涕，眼睛也是红红的。

“对不起，蛆虫。”奥乔向他的战友们挥手。特维克和古蒂抓住了那个蛆虫，并拿起了一把砍刀。好兵。他们明白最好不要浪费一颗子弹。

“把他的脖子放在什么木头上，”特维克说，“我可不想弄锩了刀刃。”

古蒂让那孩子躺在一根木头上，然后那孩子似乎突然醒悟过来，就像终于意识到发生了什么。他开始挣扎和尖叫，而特维克和古蒂试图控制住他。一个瘦小的家伙，他确实很顽强。

突然间，那个男孩停止了挣扎。他的胸膛起伏着，浑身是汗，但他失去了战斗的意志。他抬头看着奥乔，古蒂和特维克跪在他的背上。奥乔有一种不安的感觉，仿佛那个蜥蜴人对他施加了某种深水咒，但那个孩子其实什么也没说。

奥乔转身离开，朝着熊熊燃烧的城镇走去。

对不起，虫子。你出现在了对的时机，但你出现在了错误的地方。

这一直是同样的问题。有时候你会幸运地被征募而不是被杀死。你拿着一把弯刀和一瓶浓酸，东拼西杀，竭力向大家证明把你留下来是值得的。你尽可能地多杀人，身上沾满尽可能多的鲜血，这样塞尔就不会把你杀了，也不会把你的尸体扔在沟里。但有时候你却会直接被砍掉脑袋。

在奥乔身后，他听到那个孩子又开始挣扎了。

“该死！古蒂，你能不能抓住他？”

“我抓着呢！这个小虫子还挺有劲儿。”

“我是蛆虫中的强者。”

奥乔转身回头，一瘸一拐地走到这个小蛆虫面前，蹲下身子，示意自己的手下停止对男孩劈砍的动作。

“你想活下去吗？”他问。

这个孩子不知道该怎么回答。当他被推倒在木头上时，他的脸因为哭泣和恐惧而通红肿胀。奥乔等待着，然后戳了戳他。

“说话，虫子，你想活下去吗？”

这个孩子犹豫地点了点头。

“你觉得你有当士兵的品质吗？想为联合星际部队战斗吗？报名参军？为爱国的事业而战？”

这个孩子发出一种含糊的声音，身体依然被特维克和古蒂压制着。

奥乔咧嘴笑了起来，从这个孩子的后脑勺往上打了他一巴掌。“很好。”他瞥了一眼特维克，“去给我弄点儿烙铁来。”

“你要给他烙印吗？”

“当然。我们都是浴火重生的，对吧？”他盯着这个战争虫子的眼睛，“我们都是这样的。”

一分钟后，特维克拿着一根从燃烧的建筑物中取出来的发红冒烟的钢筋回来了。他用冒烟的布包裹着钢筋一端，用一只手拿着。

奥乔接过了钢筋。即使用布包裹着，他手中的钢筋还是很烫。他蹲下身子，靠近这个颤抖的小男孩。非常烫。烫得令人满意。

“你叫什么名字？”

“莫斯。”

奥乔摇了摇头。“不再是了，我们得给你取个新名字，你不再是莫斯了。”他观察着村庄和毁灭的景象，寻找着一个适合士兵的名字的灵感。

这个地方让他想起了他自己家的那个小镇，那是很久以前的事了。他惊讶于这个地方居然能坚持到现在。你不能生活在战争附近而不被它吞噬。他的家人也曾认为战争只会限于淹没之城范围内，那里都是些傻瓜，但战争就像海水一样，它不断上升，直到有一天潮水涌来，淹过了你的脖子。

风向变了，烟雾滚滚而来。这个孩子的名字是什么？烟雾吗？

奥乔在这片焦黑的地方四处查看，考虑着。树木被火焰吞噬，有些已经被烧毁了一半，被火焰扭曲成了可怕的形状。石头冒着热气。奥乔觉得闻到了烤肉的味道。可能是猪肉，也可能是人肉，不过这都一样。

他一边观察着那个孩子，一边考虑着名字。过去的你已经死了，奥乔想。但是现在你又活了。

从死亡中复活。仍然有一个使命。没错。挺好的。

奥乔再次拍了孩子的后脑勺一巴掌。“你的名字叫幽灵。”

他蹲下身子拿着钢筋。“这会有点儿疼，小伙子，你最好别哭。你要是哭了，特维克就会在这儿剁了你的脑袋。我们联合星际部队的兵都很坚强，对吧？我们永不退缩，从不投降。你是幽灵，你永远是联合星际部队的战士了。永远。”

他盯着那个啜泣的战争蛆虫的脸，苍白而忧郁，惊恐的眼睛瞪得很大。“你不会感谢我的，蛆虫，但这总比你死了要好。”然后他将钢筋按在小战争蛆虫的脸上，留下了三条横线。

钢筋上升起烤猪肉的味道。那个男孩颤抖着，挣扎着，但他坚持住了，忍受着疼痛，就像他们所有人以前那样。

奥乔站直身子，这个娃娃兵喘着粗气，但他既没有哭也没有求饶。

他拍了拍孩子的背。“干得好，士兵。”他朝特维克和古蒂挥了挥手，“去，让我们的兄弟喝个大醉吧。”

“你打算变得心慈手软了吗，中士？”

奥乔吓呆了。中尉声音轻柔，但其中蕴含着一种警告。他的动作就像沼泽里的水蝮蛇一样，朝你逼近，然后你被咬伤、中毒，濒临死亡。

奥乔转过身。士兵们找到了一堆古董家具，砍碎并点起一堆篝火，除了那些站岗对付可能回来寻仇的平民的人，其他人都喝得烂醉如泥。一名士兵把一个老女人的头插在一根棍子上，拿着跑来跑去，还学着她死前所说的话：“但我甚至不喜欢这些弃儿！”大家都笑了起来。

此刻，塞尔站在他身边。“你开始变得心慈手软了吗？”

奥乔喝了一口他瓶子里的酒。这是一个曾经装着……什么的瓶子？他仔细看了标签。如果没看错的话，塑料上褪色的图片说这应该是某种清洁剂。图片上有个女人，脚下的地板闪亮得像太阳一样。奥乔又喝了一口。

古蒂在老太太的杂物店后面找到了藏起来的酒。老太太在联合星际部队出现后就把所有的酒藏起来了，但范有一个天生的酒鼻子。奥乔一边喝着酒，一边考虑着自己该如何回答。

“心慈手软？”他问道，然后把瓶子递给掌控他世界的那个男人。

塞尔嗤笑了一声。“心慈手软？”他模仿他说，“你知道我在说什么。”他往上扬了一下瓶子，指向部队的方向，“你把那个战争蛆虫招进来了？”

奥乔顺着塞尔的手势看向篝火，新招进来的家伙被士兵们包围着。在他们的指挥下，幽灵正在篝火旁从一个传来传去的瓶子中喝酒。他显得很害怕，眼睛像兔子的眼睛一样，四处寻找着逃脱的路。他脸颊上奥乔给烙的那些半条杠伤疤又红肿又显眼。

“他很坚强，”奥乔说，“而且很忠诚。”

“你是怎么知道的？”

“他跟着医生下过地狱。”

“那不是忠诚，那只是愚蠢而已。”

“有区别吗？”奥乔面无表情地说道，这让塞尔又喝了一口他的酒，“我想，如果他傻到去追随那个疯狂的医生，他也许就能足够聪明到追随一个救了他这条蛆虫命的人。”

他又喝了一大口烈性酒。真难喝！这酒远不及回收站关闭后劳森-卡尔森号船上走私进来的东西好，但这就是自酿酒。如果他喝得够多的话，可能会让他失明。他的爸爸过去常说，喝了自制的烈酒，眼睛可能会失明。

“当那小家伙转身咬你一口的时候，你打算怎么办？”塞尔问，“也许他还会朝你脑后射出一颗子弹。”

奥乔摇了摇头。“他不会的。”

“你赌得很大，中士。”

“不，我愿意把一百万元押在那小子身上。”奥乔审视着新兵，“我们是他唯一的依靠。”

当你在不断上涨的大海里独自挣扎时，你会抓住任何漂过的木筏。

“他很坚强，”奥乔说，“而且很忠诚。”

第二十三章
寂静的尸骨

懦夫，懦夫，懦夫，懦夫……这个词在玛丽亚的脑海中不断回荡，随着她离开村庄的每一步，这个对自己的指责声越来越响亮。

我试过告诉他们了。我试图拯救他们这帮蠢货。如果他们能听我说的提前撤走，他们应该已经安全了。

马赫福兹医生总是谈起以前孩子们长大的地方，那里不用担心枪击，也不用担心士兵来了该怎么办。那是他二十岁以前住的地方。莫斯应该出生在那里，他天生缺乏那些要在淹没之城生存下去所必需的本能。他对人太好了。他只是个不知道怎么活下去的可怜的农场来的孩子。

是啊，他真蠢，居然回去救你。

玛丽亚讨厌这个念头，但无法阻止它在脑海中浮现。当应该往相反的方向逃跑时，莫斯却冲了上去。尽管那是世界上最愚蠢的事情，他还是扔了石头，引得敌人朝他开枪。

你为什么不为他做同样的事呢？你欠他一条命。如果在那个村子里的人是你，他会采取行动的。

这就是他会回去找医生，找所有的镇民，以及他丧命的原因。

懦夫。

这个词在她脑海中反复回荡，她在丛林中像丢了魂一样地走着，身旁跟随着一位沉默、蹒跚的半兽人。

懦夫。

随着夜幕降临，这个念头深深扎根在她的心中。当她挤进树枝之间准备休息时，它在她的肚子里翻腾。而在清晨，它与她一同醒来，紧贴着她的背脊；她带着噩梦所赐的饥饿和疲惫，从树上爬下来的时候，它又骑在她的肩膀上。

她是个懦夫。

黎明的嫩黄色曙光被密密匝匝的树叶筛滤成朦胧的光束，越发映照出潮湿的林中晨雾。玛丽亚环顾四周的绿意，感到难过，她知道她将长久受到这想法的折磨直到死去。她永远无法摆脱这样的自责。她在面临危险时落荒而逃，而不是帮助她剩下的唯一家人。

她就像她的父亲一样。

当维和人员最终放弃了他们长达十五年使淹没之城文明化的尝试时，那个男人毫不犹豫地弃她们而去。他和其他士兵一起冲向军队的运输车，而军阀们随即重新涌入城市。

玛丽亚记得那些枪声和爆炸声。她记得她和母亲为了到达码头而疯狂奔跑，确信维和部队会为她们留下位置。她记得想要逃走的人们跳入波托马克港的海水中，而最后的维和军队运输船和公司贸易船却在她们未能登船的情况下起航了。

她记得那些巨大的白帆在风中舒展，船体被水翼托举着，在风力的推动下渐行渐远。

玛丽亚和她的母亲站在码头上，挥舞着双手，乞求那些船只返回，乞求她的父亲能注意到她们没有上船，却被身后绝望的人群挤落海中；他们所有人都在为同样的事情乞求着。

她的父亲抛弃了她，现在她也做了同样的事情。莫斯和医生为了她冒了一切风险，而她却为了自保扬长而去，因为这比付出一切轻巧得多。

这就是为什么有些人会送命。如果你像他们一样行事，你早就百死无生了。

她已经看够了人们因为各种各样的原因而死。在维和部队撤退之后，她无数次尝试逃离淹没之城。她见过有些人挺身而出，试图坚守残存的法条。有些人还在天真地相信入侵的军阀也有道德底线。有些人甚至尝试拯救其他人。但他们都死了，像她的母亲一样死状凄惨，即使是现在的玛丽亚也在逃避着，不敢面对那段支离破碎的回忆。只有她幸存了下来，而其他所有被遗弃的人都被神军、联合星际部队和自由军屠戮殆尽。

能够一直幸存也会带来困扰：所有曾被你抛在身后的亡者最终还会回来纠缠你。黎明时她站在凉爽的丛林中，感觉好像他们都与她在一起。同学、老师、店主、老奶奶、家人、她的母亲。现在，还有马赫福兹医生和莫斯。

除了她，没有人能看到她撇下的那些已死之人，但他们就在那里，凝视着她。或者也许那只是她自己在看着自己，而她不喜欢自己所见到的那个自己。她明白她永远无法摆脱对自己谴责的目光。

"我要回去。"玛丽亚突然说。

半兽人在听到她的声音时转过身来。在晨光中，他的样子比她昨天看到的更加奇怪和陌生。他正在嚼着一些看起来像蛇的东西，但在她还没看清楚之前就把它们咽了下去。在这短暂的瞬间，她感觉自己看到的是一个非自然的造物，糅合了来自老虎、鬣狗、野犬和人类的 DNA。

"现在已经太迟了。"半兽人说，"就算还有幸存者，他们也不会因为你回去而感激你。你真正在意的那些人都已经死了。"

"那我更要回去安葬他们。"

图尔注视着她。"如果你转身回去，你面临的危险会大大增加。"

"为什么你总是在害怕？难道你不想战斗吗？那些人也伤害了你，不是吗？你为什么没有战斗的勇气？我还以为你是那种'浴血奋战''摧枯拉朽'的杀戮机器呢。"

图尔咆哮了一声。玛丽亚以为他马上要攻击她，但他只是说："我不会加入赢不了的战斗。不要把这与懦弱混淆。"

"如果你没得选，必须去战斗会怎么样？如果它就是找上门来了怎么办？"

图尔注视着她。"现在是这样的情况吗？我没有选择吗？这场战斗是命中注定要发生的吗？"他指向北方，"我们前方还有打不完的仗，至少那些还对我们实现目标有点儿价值。但返回你的村庄是毫无意义的。”

玛丽亚怒视着图尔，回应他讥讽的话：“好吧，你愿意就去做吧，我要回去。”

她转身沿着丛林小路开始往回走。她知道图尔是对的，他们已经死了，甚至回去打扰他们都是愚蠢的。医生已经死了，莫斯也不在了，回去并不能解决任何问题，但她无法停下来。

在一切都结束之后回去并不能洗清她懦夫的身份，但这是她唯一能做出的补救。她想摆脱这种对自己的厌恶，这种厌恶正压在她的内心里。也许如果她回去了，鬼魂就不会那么缠着她了。也许她能安然入睡，而不再为自己感到羞耻。

图尔喊着她的名字，但她置之不理。

头顶的天空明亮而湛蓝，但是榕树镇却一片焦黑。

玛丽亚蹲在丛林边缘，仔细观察着下方的废墟，试图寻找潜在的危险。汗水从她的下巴上滴落下来，蚊子在她耳边嗡嗡作响，但她继续观察着。

没有任何动静。

无声的田野一直延伸到被烧焦的还冒着烟的废墟上。黑色的灰烬覆盖着地面，堆积在庄稼被烧毁的犁沟里。即使过了一天，烟雾仍在袅袅升起，像灰色的蛇从地面盘旋而上，标志着泥土下的树根在冒着烟。几棵果树的树干深处燃烧着火焰，饱经折磨的碳化了的黑色枝条像烧焦的手指一样抓向天空，这就是榕树镇的果园仅剩的所有东西。

玛丽亚的求生本能告诉她不要露面。

离开，赶紧离开。

但她仍然蹲伏着，盯着广阔的空地。

她讨厌这些暴露在外的田野。当她行走在其中时，她会像信号弹一样显眼。她一直在寻找更好的掩护，试图找出一条不那么引人注目的潜入路线，但已经没有任何能提供遮蔽的东西了。

你个懦夫。

她观察了半个小时，看着乌鸦和秃鹫在城镇上空盘旋，没有其他生命的迹象，然后决定不再瞻前顾后。无论莫斯发生了什么事情，她都需要知道，而她能找到答案的唯一方法就是进镇子里去。

她开始穿越田野，留心任何伏击的迹象。灰烬在她的脚下沙沙作响，像树叶一样。昆虫在湿热的空气中吱吱地叫着，但没有什么东西敢挑战她。

在穿过田野的半路上，她找到了马赫福兹医生。

他面朝下趴在一片混合了灰烬和烧了一半的麦子残骸的黑色泥浆中。泥浆粘在玛丽亚的脚和腿上，把它们都染黑了。她蹲下身子，将他翻了过来。他的眼镜片碎了。她这才意识到那些泥浆是他的血与泥土和灰烬混合在一起形成的。天哪，你把自己弄成什么样子了。她用手擦拭着那些沾满泥的破碎镜片。

他竟然径直走向了那些士兵，好像他自己也是神军的一员，脖子上也挂着一个可以保护他刀枪不入的护身符似的。

“你怎么这么傻？”她问道，然后为自己说出的这句话而感到内疚。或许他确实很愚蠢，但他一直很善良。他似乎应该得到一些尊重，或者别的什么，至少不该是这种不体面的死法：一切戛然而止，脸朝下埋在浸透鲜血的灰烬里。

玛丽亚试图重新给他戴上眼镜，但很难让它适合医生的面容，而且这样做毫无意义。她蹲在那里，握着眼镜，感觉自己无法动弹。

他曾经善良而富有同情心，当其他人都对她避之不及的时候，是他收留了她。现在他和那些唾弃她、称她为弃儿的人一样，都死了。

她现在该怎么办？她应该祈祷，还是应该做些别的什么？

每个人对于自己的葬礼要如何举行，都有不同的计划。但医生并不是深水基督教徒，也不是拾荒之神的信徒。他有一小块祷告毯，有时会在一天的不同时间坐在上面祈祷。有时他会读一本玛丽亚看不懂的书，他说上面写的是阿拉伯文，但她不确定阿拉伯人会为他们的亡者做些什么。

也许是火吧。她父亲说有些地方会实行火葬。也许她也应该那样做。她抓住医生的大臂开始拖他，一边用力，一边喘着粗气。他的尸体出奇地沉重，像个铅袋，被动地抵抗着她的每一次拉扯。

玛丽亚坚持着，将他拖过泥泞和灰烬。她喘着气，出了一身汗，用尽全力去拉。他的衬衫在她的拉拽下被撕裂开来。她失去了平衡，重重地摔在灰烬上，精疲力竭、沮丧不已。

她一定是疯了。镇上已经没有什么可以烧的东西了。联合星际部队已经烧毁了一切。她不可能搞出一个火葬堆的。

玛丽亚坐在田野中央，满头大汗，注视着那个死者。

连死都不让我们好好去死。

她想哭。她甚至没能让马赫福兹医生以他设想的方式去往来世。她不知道自己坐了多久，看着医生的尸体。几分钟。几个小时。

一个影子笼罩了过来。

玛丽亚吃惊地倒吸了一口气。那个半兽人站在她面前。

“死人总是死沉死沉的。”

半兽人抱起了医生。尽管他布满尸斑的身体已经僵硬，但图尔还是轻松地把他扛在了肩上。

第二十四章
逃向北方

图尔听着那个女孩的喊声，她在村子里寻找莫斯，与此同时，他开始用被人扔掉的铁锹挖个墓穴。他听到她一遍又一遍地呼唤着莫斯的名字，不禁想要制止她，责备她打破了保持安静的原则。她因为悲伤而变得愚蠢。

让她哀悼吧，他告诉自己。士兵们已经离开了。

然而，这还是让他感到恼火。她缺乏纪律性。如果他们要一起向北进发，她将成为一个累赘。

那就把她留下吧。

但他没有这样做，图尔对此感到诧异。是时候离开了，早就该离开了。他能感觉到越来越多的眼线正向这里赶来。他希望在天黑前远离村庄。然而，玛丽亚仍在寻找，呼唤着莫斯的名字，她翻转烧焦的尸体，探查被烧毁的建筑物，而图尔仍和她一起留在村庄里。

最终，玛丽亚跌跌撞撞地回来了，图尔正在将医生放入墓穴里。

“也许他们埋葬了莫斯。”她说。

图尔摇了摇头。“不，这些人才不会在这样的细枝末节上浪费精力。”

女孩看起来有一瞬间快要哭出来了，但随后她控制住自己，帮助他把土盖在医生的身上，填满了墓穴。图尔找了一些散落在黑炭般废墟中的大块混凝土，慢慢把它们堆在坟墓上，用记忆中自己应该可以搬动的重量，测试着他现有的力量。

他把最后一块碎石放好了位置。

“这样能阻挡住科伊狼吗？”玛丽亚问，看着混凝土和石头的堆积物。

“这比任何人给过我的都要多得多。”图尔尖刻地说。当看到她因为听到他的话而畏缩时，他几乎笑了出来。

人类对逝去的人非常看重。当他的同胞死在遥远的战场上时，却没有人会关心，去收殓或安葬他们。如果你幸运的话，你能在现场听到他们的故事；如果运气不好，你就在战斗结束后讲述他们的故事。但你不会像现在这样流连不去。

人类总是流连不去，这使他们变得脆弱。

女孩站起身，凝视着那个碎石堆。她的脸上沾满了泥土、血迹和灰烬。她只是战争废墟中的另一块碎片，就像图尔曾经参与过的所有战争中的其他孩子一样。

如果她出生在另一个地方，另一个时代，他猜她可能是那种只关心男朋友、派对和时髦服装的女孩。也许，她会住在波士顿的高楼大厦里。然而与此相反，现在她浑身都有伤疤，她的胳膊是一截残肢，她的眼睛像黑曜石一样冷硬，她的微笑迟疑不决，仿佛预感到她即将面临的苦难就在不远的未来等待着她。

稍远处，一只狗在灰烬中寻找战利品。它开始啃咬一只死山羊，最终成功地扯出了山羊的肠子。另一只野狗走近，露出牙齿咆哮。第一只野狗带着它的战利品迅速逃走了。

女孩注视着。

“那狗是雷吉的，”她说，“那山羊也是他的。”

图尔心里疑惑，女孩是不是要发疯了。有时候人类会这样，他们看到太多东西，心智就会失常。他们失去了生存的意志。他们蜷缩起来，向疯狂投降。

图尔认为他对女孩无能为力，但他不愿把好肉留给野狗。他把女孩留在墓地旁站着，自己走向山羊。

新来的狗低下头，露出牙齿，当图尔靠近时狂吠起来。

图尔的嘴也咧开了。

哦？你想挑战我，兄弟？

他咆哮着，狗吓得夹着尾巴逃走了。图尔几乎忍不住对这只可悲的杂种狗笑出声来。他将山羊捡起来，感到越来越满足。他正在恢复，而且他应该吃点儿好的。很快，他将重新回到自己的巅峰状态。

当初靠近淹没之城是个错误，他误以为自己在那混乱中会有立足之地。

但现在他正在康复，很快他将离开这里。

玛丽亚目睹了图尔驱赶那只狗。半兽人的咆哮在废墟中回荡，充满了血腥和挑战的气息。

那只狗夹着尾巴逃走了，害怕地回头看着它是否还被追赶。在半兽人的背后，玛丽亚瞥见了另外一些东西：一个人在废墟中匆匆穿过，躲藏起来。

玛丽亚的第一反应是希望那是莫斯，接着她担心那是返回的士兵，然后她意识到两者都不是。

一个女人小心地接近开阔地，很快就停了下来，目不转睛地盯着他们。阿玛亚。她的衣服破烂不堪，几乎赤裸着身子，身上都是血痕，玛丽亚无法辨别这是被殴打还是被丛林里的枝叶划伤造成的。女人在看到玛丽亚和图尔时愣住了。

“阿玛亚？”玛丽亚轻声说道。

阿玛亚的表情充满了恐惧。在玛丽亚看来，她像一只被打过的狗。阿玛亚惊恐的眼睛瞥向图尔，然后又回到玛丽亚身上。

“是你，”她低声说道，“这都是你干的。”

玛丽亚朝这个女人走了一步，想要帮她，向她道歉，或者为她做点什么。“发生了什么？”

“这都是你干的。”阿玛亚再次重复道。然后，她带着仇恨说：“这都是你干的！”

玛丽亚再往前迈了一步，但当她靠近时，女人的脸上充满了恐惧，然后逃走了。

玛丽亚盯着那个衣衫褴褛的女人蹒跚而去。她应该去追她吗？阿玛亚一个人根本没有机会活下去。她是否欠阿玛亚什么东西，因为阿玛亚失去了一切？

“你没办法帮她。”图尔说，看着那个女人消失在丛林的绿色中。

“她一个人活不下来的。”玛丽亚说。

“是的。但还有几个村民逃出来了。更多像她一样的人。他们正在回来。”

“要不是我激怒了士兵，这一切就不会发生。”

图尔哼了一声。“别高估自己的重要性。”

“但这是真的。如果不是我让那些科伊狼去对付他们，娃娃兵们也许就不会这么做！”

图尔咆哮道：“士兵们的掠夺和焚烧已经持续了好几代。也许他们烧毁了城镇是因为你，也许只是因为他们不喜欢这里的威士忌。士兵因为无数理由杀人、强奸和掠夺。我唯一确定的是，无论是你还是我都没有烧毁这座城镇。”图尔低下身子，让玛丽亚的目光与自己的对视。“不要试图把别人所做的事情归咎于你自己。”

玛丽亚知道马赫福兹医生对图尔说的一切都会持不同意见。她几乎可以看到医生正在对那个怪物的话摇头不已。

图尔似乎对任何事情都不负责任，就好像他所做的一切都没有意义。马赫福兹医生会说每个行为都与其他行为相互联系，这就是为什么淹没之城会变成现在这个样子。

淹没之城并不总是破败不堪的，是人们将它摧毁了。他们首先称其中一些人为叛徒，并说他们不属于这里。还说这些人是好人，那些人是邪恶的，而且这种说法一直延续下去，因为人们总是做出反击，很快这个地方就变成了一个喧嚣的地狱，因为没有人对自己的行为负责，也没有人考虑自己的行为会如何引起他人的反应。玛丽亚想要和这个半兽人争论，但他突然停在那里不动了。他竖着耳朵，嗅着空气。

“该走了，”他说，“我闻到更多村民回来了。”

“我还是找不到莫斯。”玛丽亚反对道。

“不，你找不到他了。”半兽人停顿了一下，注视着她，似乎在对自己的话深思熟虑。“村庄的另一头有足迹，不仅有士兵的靴子，还有赤脚，还有凉鞋，各种尺码都有，也就是说他们带走了俘虏。”

玛丽亚突然感到一股希望的涌动。“所以你认为他们带走了莫斯？你知道他们去哪儿了吗？”

“他正好处于一个理想的年龄。足够大，能拿起枪并且很快学会熟练使用；足够年轻，好让他们进行训练和洗脑。”

玛丽亚恍然大悟。“你认为他被抓壮丁了？你认为他已经成了士兵？”

“在适当的刺激下，任何人都可以变成杀手。”

“像你这样的杀手？”玛丽亚问道，但图尔似乎并没有感到被冒犯，他只是点了点头。“非常像我。我被创造出来的目的是成为杀人机器，但我也接受了很好的训练。”

“但是莫斯不是当兵的料，”她说，“他不是那样的人。他很好，他很善良，他……”

他喜欢无脑的笑话，他喜欢捕蛇和抓鸟蛋，他总是乐意进入丛林探险，他一辈子都读不懂书，他害怕在夜晚待在室

内睡觉，当你因为被抛弃而感到难过时，他会过来陪着你。当神军抓住你的头发，砍掉你的一只手时，他会站出来救你。

“他不是那种人。”

“但他很快就会是了，这些军队在改造年轻人方面经验丰富。他们会让他与战友打成一片，并将他塑造成他们需要的样子。

“他不会那样！”

图尔耸耸肩。“那么他们会杀了他，然后找到另一个能被塑造的人。”

这个半兽人以令人愤怒的冷漠口吻说着。玛丽亚真想打他那张巨大的狗脸。“我们必须去救他。”

图尔只是看着她。她几乎能看到他脸上的微笑，他当她是在说笑话。她坚持道：“我们不能就这样放任他们带走他。我们必须去找他。”

“你会失败的。”

“如果你帮我，就不会失败。”

半兽人的嘴唇翻起，露出牙齿。“你把我想得太好了，姑娘。我欠你的债早已经还清了。”

“那你还在这里做什么？为什么回到这里？为什么还在帮我？”她问道。

图尔低声咆哮道：“每一笔人情债我算得很清楚。如果你希望我帮助你逃离这个地方，那是公平的。当其他人都愿意看着我死去的时候，你救了我的命。但现在那些士兵把他们的俘虏带到了淹没之城的核心地带。上次我逃离斯特恩上校那里就已经够困难的了，再次逃脱简直是不可能的。我欠你们的人情可没有大到让我去送死的程度。”

“如果我们在他们到达之前能救出莫斯呢？”

“你高估了我的身体状况和能力。”

“当你袭击我和莫斯的时候，你动作快得吓人。”

“即使是我也无法在没有武器和支援的情况下摧毁一支训练有素的士兵团队。”

“我们可以悄悄跟踪他们。”

“我们？”图尔挑起眉毛，俯视她，“你认为你是什么了不起的猎食者？沼泽黑豹还是科伊狼？”他假装仔细观察她，“你的牙齿和爪子在哪里，小姑娘？”他露出牙齿，“你的攻击力在哪里？”

玛丽亚怒视着他，恨他。恨他如此轻视她。她转身冲进废墟，展开搜寻。她找到了一把被烧焦和熏黑的砍刀，但金属部分仍然完好。图尔带着一副困惑的表情看着她回来。她举起了砍刀。

“我有牙齿了。”

“是吗？”图尔的表情变得很有侵略性，“他们有枪支、浓酸和战斗经验。”他靠近一些，他那可怕的目光闪烁着地狱的恶兆，“他们会一点点地摧毁你，等到你变成一个只会畏缩、乞求的动物时，他们会杀掉你。别告诉我你有牙齿。你就是只兔子，还想去攻击科伊狼。”

她心底里的一部分知道他是对的。如果一个半兽人都不敢面对那些士兵，她又凭什么认为自己能行呢？这太愚蠢了。

这种不切实际的幻想只会让你送命。

“我现在要去北方。如果你足够聪明的话，你就应该跟我一起走。”

玛丽亚希望自己能听他的话。她已经失去了足够多的东西，难道还不够吗？现在她有了一条出路。有了那个半兽人的帮助，她可以越过所有的军队和战线，可以永远地离开淹没之城。

玛丽亚试图在脑海中勾画出这个想法，想象她在像海景波士顿这样的地方过上安全的生活。也许她可以在那里行医。也许她可以不再做那些神军要追捕她的噩梦，半夜被惊醒。

尽管她努力想象一种更好的生活，但是实际上她能想到的只有莫斯，他跳跃着大喊大叫，向士兵扔石头，就像复活的锈圣一样，赐予她第二次生命。

“你去做你要做的事情吧，”她最后说，“莫斯会来找我的，我不会再离开他了。再也不会了。我不再逃跑了。”

“你会死的。”

“我猜是这样的。我也不知道。”她摇了摇头，试图理清自己的感受，“我曾经以为我之所以活着，只是因为我一直在逃避。只要没有人朝我头上开枪，我就算赢了。我还在呼吸，不是吗？”她望着周围烧焦的土地，感到疲倦、悲伤而孤独。

“但是现在我开始觉得事情并不是这样。现在我觉得一旦你的身后有足够多的亡灵注视着你，你就已经死了。无论你是否还在行走和说话，它们都会压垮你。”她抬头看着图尔，满怀希望，“你确定你不想帮助我吗？”

半兽人什么话也没有说。

图尔看着女孩从村子的那一头离开。她在地面上交叉穿行，试图找到踪迹，然后进入了丛林。一个矮小而顽强的女孩，进入了战争的凶险之中。

图尔可以尊重顽强，但很难尊重愚蠢。一个女孩，只身带着破砍刀要去对抗一支军队。图尔在他的生活中面对过非常可怕的困境，但这个女孩所要面临的比他要糟糕得多。

这样的自杀之举有何荣誉可言？

男孩是她的伙伴。

不是我的。

他低声咆哮着，转身向相反的方向走去，朝北方走去，寻求安身之处。他需要足够聪明的行动才能做到这一点，但是穿越曼哈顿奥尔良和海景波士顿所设下的防止淹没之城的混乱扩散的边界是完全可能的。尽管他们可能会派遣满是他同类的军队巡逻边界，但防线总会有弱点，而图尔非常擅长利用他人的弱点。

图尔回过头，瞥了一眼，想看看那个女孩是否改变了主意，但她已经不见了。被这片土地吞噬了。

淹没之城吞噬了它的孩子们。

现在你只为自己而战。别在意那个女孩了。

但他心中仍然对此耿耿于怀，一个只剩一只手的女孩竟然有胆量要求他忠诚，就像卡洛亚一直做的那样。人类都一样，总是要求别人为他们去杀戮。图尔曾屠杀过老虎卫兵和鬣狗人，但最令他恐惧的是人类。人类创造了将军、上校和少校，那些人保持双手干净，却命令别人浴血奋战。

图尔想知道是否他忠诚的本性被培养和训练出来，让他为将她置于悲剧的宿命之中感到内疚。这是使他对最初的主人如此服从的训练的残留。难道这就是为什么他会追在女孩身边，锲而不舍地试图说服她离开这个注定要毁灭的地方吗？是最初的那种条件反射在操纵他吗？让他重新变成一条忠诚的狗，绝不抛弃他的主人？

那她是你的主人吗？

思考到这个问题，图尔露出了牙齿。

然而，他仍然听到女孩嘲讽的声音："如果你这么强大，为什么对一切都那么害怕呢？"

他并不害怕死亡，但他再也不会陷入毫无意义的战斗中。那是将军们和他们的战争机器所要求的。他不再是那种猎犬了。他已经为此战斗了太久，付出了太大的代价，不会再允许任何人尝试支配他。

你害怕吗？一个狡诈的声音潜入他的心头。

图尔咆哮着反驳这个想法。我从未输过一场战斗。

但你赢过吗？

第二十五章
生存之道

追踪士兵们并不困难，他们和俘虏留下的是一条宽阔的踪迹。

玛丽亚穿行在丛林中，紧随其后。

这条踪迹沿着那些古老的公路中的一条蜿蜒而行，道路由混凝土铺就，如今被泥土、树叶和藤蔓覆盖。新长的树木从破裂的路面裂缝中伸出来，但这里仍然比真正的森林宽敞、开阔，植被也没有那么茂密。有时，他们又会向更高处行进，爬上残存的混凝土支柱和拱面，沿着古旧的公路徒步跋涉；那些主路和匝道来自更遥远的年代，那时的人们还可以用汽油驱动车辆在路上飞驰。

爬到高的地方，玛丽亚会停下来，向前看，寻找士兵们的去向，尽管她的速度很快，但他们似乎移动得更快。不得不边走边尝试找点儿东西吃也拖慢了她的脚步。

她的脚变得酸痛。她口渴了。她撇掉浮萍和水蚤，喝着混浊的水，但她始终保持警觉。有时候，她能听到远处 999 的轰鸣声，那是淹没之城的咆哮声，想到她即将走进的境地，她感到害怕。

但她还是继续前行，心里清楚如果不这样做，她会无法原谅自己。她知道她正做着她父亲一直嘲笑的、淹没之城的人才做的事情。他们愚蠢而从不进行战略思考。他们盲目地冲向复仇、流血、战争和死亡，即使这一切毫无意义。

玛丽亚记得她的父亲踢掉作战靴，咒骂着淹没之城和它对冲突的渴望。她的母亲在他身边嘟哝着，帮他脱下护甲，清洗伤口。

“他们是野兽，不过是一群互相撕咬的狗。”

“并不是所有人都是这样的，”她的母亲安抚他说，同时把他扶进滚烫的浴缸，“仅仅因为你在这里待了几年，并不代表你对我们的了解就是全面的。”

“野兽，”他重复道，“你只是为了袒护这个地方，因为你不知道生活可以有多美好。我们不会像狗一样互相撕咬。我们有计划，我们会预见未来，我们会合作。但是你们这些人呢？”他哼了一声，“如果你们有点儿头脑，就应该少花时间互相开火，互相指责对方是叛徒，而是多花时间去修建海堤。”他闭上眼睛享受着滚烫的洗澡水，“傻。愚蠢。你们都一样。蠢到水都送到嘴边也不知道喝。”

第二天，科伊狼就截住了她。

她新发现了一个城镇的废墟，在废墟中找到了一些被太阳晒裂的凉鞋。她记得那座城市里充满了电线、玻璃和瓦砾。她的脚很结实，但她不清楚自己能否在裸露的碎玻璃上行走。

她坐下来把凉鞋套在脚上，但刚站起来想走，塑料绑带就崩裂了，她只好把鞋脱下来扔在一边。它们被遗落在这里太久，塑胶已经在日光暴晒下老化，现在一点儿用处也没有了。但她注意到一个看起来适合装水的塑料水壶，还有一些绳子。突然，她站直了身子。

一只科伊狼正盯着她，兽眼像一对荧黄的灯泡，闪着捕猎者冷酷残忍的光，让她想到图尔的眼睛。

玛丽亚浑身都起了鸡皮疙瘩。她缓慢地后退，左右看了看。果然，她看到其他的影子在废墟中掠过。

天啊，谁知道它们已经跟踪她多久了？如果它们显露身形，那意味着它们已经设下了杀局。

科伊狼狡猾得很。它们喜欢潜行跟踪、形成包围、选定地点，然后扑向你，你就死定了。玛丽亚感到一种恐惧，她意识到这些野兽是有意选择在这片废墟中袭击她，这里只有一些像杂草一样丛生的小树，比她的手腕还细，还有几堵瓦砾墙。没有什么可以爬上去的地方，也没有什么好逃的地方。

她提起生锈的大砍刀。眼前的科伊狼似乎看出了她毫不退缩的战意，它咧着嘴，露出尖牙，并开始咆哮。然而，她真正需要担心的并不是它。在她身后，一阵风急速吹过。

玛丽亚转身挥动砍刀。第二只科伊狼灵巧地闪开了，她没能砍中，刀刃划过身前的空气。第一只科伊狼再次扑向她，咬牙切齿地咆哮着，围着她徘徊，而它的伙伴则试图咬她的脚后跟。

玛丽亚再次转身，挥舞砍刀抵挡着这对敌人。她需要找到一棵树。如果她能爬到高处，它们会将她困住一段时间，但它们并非猎犬。几个小时或者一天后，它们最终会转而寻找更容易捕食的目标。然而，最近的一棵看起来可以爬上去的树，距离她也有一百多米远。

不要惊慌。不要逃跑。只管前进。

如果她惊慌地逃跑，它们会像对付一只小森林鹿那样击倒她。它们会撕咬她的腿，然后压在她身上，她将再也无法站起来。

爪子在她身后的碎石上划过。

玛丽亚转身挥动着刀，用刀背击中了毛皮。那只科伊狼发出惨叫声，向后跳开，然后再次扑来。玛丽亚尖叫着向它冲去，再次挥刀，这次刀刃横着砍向了科伊狼的嘴巴。

转身！转身！

现在肯定还有另一只在进攻。它们总是协调一致，它们总是一起行动。她转身挥动着刀，又斩退了一只科伊狼。它发出咆哮声。另一只围绕着她转圈，时不时突然冲上来，假装要进攻。她也假装要攻击它，试图吓跑它，但它龇牙咧嘴，几乎没有后退。

玛丽亚在包围中旋转着，摇摆着，预计着下一次袭击，但另一只科伊狼却不在那里。她意识到自己开始恐慌，对着想象中的声音跳跃和转身。

所有的科伊狼都环绕着她，扑向她，咆哮着、啮咬着，然后又转身远离。

天哪，她需要把背靠在什么东西上。但是那些像杂草一样的小树提供不了掩护，现在又有第四只科伊狼加入了它的同伴。耳朵紧贴后脑勺，头颅俯低，踩在地面上的兽爪轻盈无声。

她一直在担心会遇到士兵或村民，却忘记了丛林也有它自己的猎人，现在她将为此而丧命。

背后传来一阵细微的动静。她猛地挥动砍刀，砍中了突然跳跃而来的科伊狼。刀刃深入狼体，但科伊狼还是撞到了她身上，她失去平衡倒在了地上。另一只科伊狼冲了上来，试图撕咬她的脸部。还有一只科伊狼露出锋利的牙齿，朝她的腿部扑来。

玛丽亚举起她的断臂保护头脸，被第四只科伊狼一口咬住。她尖叫起来。突然，一声咆哮回荡在废墟之中，那只科伊狼被猛然扯开，鲜血洒落。惨嗥声和怒吼声此起彼伏，一团狂暴的飓风席卷了整片空地。刚才还在撕咬她双腿的科伊狼在飞旋的狼毛和飞溅的狼血中迅速消失了。玛丽亚恐惧地蜷成一团，听着咆哮声越发震耳欲聋，仿佛能撼动整个世界，比战争的声音还要响亮。

突然，一切都变得寂静无声。玛丽亚艰难地站起身来。周围散落着被撕裂和扭曲过的科伊狼尸体。

在这屠杀现场，图尔挺身而立。他虽然遍体鳞伤，浑身是血，但依然精神抖擞。他的砍刀上还滴着血。玛丽亚紧紧捂住受伤的胳膊，看着瞬间逆转了的战场。所有的科伊狼都被撕成了碎片。其中一只倒在树旁，残破地呜咽着。另一只被撕成两半。还有一只脑袋被劈开了。

图尔跪在最后一只科伊狼的尸体上方。

他用他的砍刀切开了它的尸体，然后放下砍刀，用拳头砸穿了那只科伊狼的肋骨。一秒钟后，他的手从狼身上抽了出来，紧握着科伊狼的心脏，然后低下头开始进食。

玛丽亚感到一阵寒意袭来。刚刚这个地方还是战场，现在却变成了屠宰场。它们全都死了，一个都不可能活了。仅仅几秒钟，图尔就将它们撕成了碎片。这场屠杀简直令人震惊，比士兵们所做的更加惨烈，速度更是快了千倍。她从未见过这样的场景。

她一定发出了什么声音，因为图尔抬头看向她，嘴巴还滴着血。他注视着她的伤口。她能看出他在评估她的伤情。

如果是马赫福兹医生，他一定会冲过来，关切地咕哝着，对每一处擦伤和流血的伤口都感到担忧。但图尔只是扫了一眼她被撕裂的手臂、擦伤的脸和布满爪痕的身体，表现得漠不关心。

“你真的相信你能重新进入城市吗？”他问道。

过了好一会儿，玛丽亚才明白过来半兽人的话是什么意思。她并不是孤身一人在前进，这个半兽人战士一直跟在她身后。她的心跳开始加速。她不再孤单，她不再无助。她还有机会。

“你能做到吗？”半兽人又问了一遍。

玛丽亚犹豫了一下，回忆起她上一次逃脱时一路上的惊险恐惧，人心惶惶，在人满为患的庇护所勉强栖身，以及在昏暗潮湿的沉没建筑中熬过的一个个夜晚，然后点了点头。

“我逃出来过，不是吗？”

“那里已经变了。”

“我可以带你一起重新进去。我的母亲有一个秘密库房，收藏着所有她还没售出的古董。有些地方我们可以躲藏。而且，如果你会游泳，还有一些建筑之间的通道可以利用。”

图尔点了点头。“好吧。”

他挺直了身子，走到玛丽亚用砍刀砍倒的科伊狼身边。它仍在地上扭动，呜咽着，露出牙齿。图尔迅速地折断了它的脖子，然后紧握住它的身体。他的肌肉鼓胀着。

科伊狼的肋骨像火柴棍一样碎裂了。

“如果我们是一伙的，征服就是我们的生存之道，妹妹。”

他伸手插进科伊狼的胸腔，伴随着撕裂声，鲜亮滴血的心脏被取了出来，静脉和动脉都被撕裂了。这是驱动生命的肌肉。图尔将它递给她。“我们的敌人赋予我们力量。”

鲜血从他的拳头中涌出。玛丽亚看到半兽人眼中挑战的意味。她一瘸一拐地走到满身战伤的怪物面前，伸出手。图尔把心脏放在她掌中，她惊讶地发现，心脏竟然很沉。她将这颗心脏拿到嘴唇边，深深地咬了下去。

鲜血从她的下巴上流淌下来。

图尔点了点头，表示认可。

第二十六章
继续前进

莫斯脸上的烙印不断提醒着他，他有了新的伙伴：斯利姆、古蒂、斯托克、范、塔姆塔姆、布茨、阿里尔等等，还有数十个人。

他们站在一旁笑着，用枪指着躺在地上双手抱头的囚犯们，每个士兵脸颊上都带着相同的烧伤痕迹。

古蒂拿着手枪指着莫斯的头说："现在你是格伦·斯特恩的人了，娃娃兵。我们是精英！精英中的精英。"

莫斯一动不动，不知道自己应该做什么。枪口紧贴在他的耳朵后面。

"像你这样的半杠子，只有一个问题……"古蒂继续说道，"你有没有这个能力？"

莫斯犹豫了一下。

古蒂狠狠地把枪顶在他的头上，莫斯终于明白了。

"有。"他说。

"有，什么？"枪再次往前顶了一下。

"有，我有这个能力？"

“那么说出来！”古蒂咆哮道，“我想听到我的战士自豪地说出来！”

“我有！”

“有什么！”

“我有这个能力！”

“什么？”

“我有这个能力！”莫斯尽可能地大声喊道，确信他不照做的话古蒂会把他的脑浆打出来。

“我听不见你说话，士兵！”

“我有那个能力！”

“你是士兵吗？”

“是的！”

“半杠子，你要称呼我长官，明白吗？你要称呼我长官！”

“是，长官！”

“没错，半杠子！大声喊出来！”

“我有那个能力，长官！”

莫斯大声喊叫，声音都劈了。古蒂笑了起来，笑得前仰后合。其他士兵也跟着大笑起来。

“妈的，”古蒂说道，“你有那个能力，是吧？”

莫斯不确定自己该做什么，于是他再次大声喊道：“是的，长官！”

古蒂用力打了他的脑袋一下。“闭嘴，蛆虫。你要是一直这样喊，会把神军引到我们这儿来，把我们都杀掉。”他又打了莫斯一下，“现在去给我们取些水来。把我们的水壶装满。”

他把一堆塑料瓶扔给了莫斯，一大堆瓶瓶罐罐，上面都印着加速时代汽车的图片。其中一个瓶子侧面写着机油，另一个黄色的大瓶子上面写着防冻液。

“快点儿，士兵！”

燃烧着恐惧、屈辱和肾上腺素，莫斯收拾起所有的瓶子。

和联合星际部队士兵待在一起的每一分钟都像是站在一根滑溜溜的沼泽里的浮木上，稍不留神就会失足送命。他把所有瓶子归拢成一堆，然后突然有一种希望涌上心头，他意识到自己可以光明正大地离开营地。

只有他一个人。

他只是一只被派去取东西的狗，他们不会把他当回事的。只要他行动快点儿，他就能轻松溜走，消失在沼泽之中，像一只蜥蜴一样融入绿色的丛林。

莫斯环顾四周，仔细观察着士兵们的情况。他们都忙着看守俘虏，彼此交谈，享受着长途行军后短暂的休息。莫斯抱起瓶子，向营地边缘走去，强迫自己不要慌张地回头，以免暴露他的意图。

不要显得像个偷偷摸摸的人，他心里想，装作你是个听话的好士兵。

他静静地走着，听着丛林的声音。没有人跟踪他。他对此有把握。他继续穿过丛林，来到了沼泽水使地面变得湿软的地方。再往前一点儿。他来到了水边。

现在，他心想，跑！

这是他的机会。他需要趁其他人忙着安营扎寨、注意力分散的时候行动。但是某种力量使他停了下来。他暂时放弃了逃跑，一面蹲下来开始装水，一面继续留心着周围的动静。情况不太对劲。他听着水流进瓶子的声音，也听着丛林的声音，试图弄清楚发生了什么。太安静了。

他感到一阵寒意，意识到他并不是一个人。有人正盯着他。他又装满了一个瓶子，漫不经心地让眼睛游走在绿色的丛林间，仿佛他只是无聊地观察着蝴蝶。

什么也没发现。但他几乎确定自己正在被人盯着。

瓶瓶罐罐都装满了水。他站直了身子，仍然没有发现什么异常，但他无法摆脱一种被监视的恐惧。莫斯了解这片丛林，他曾在其中生活、狩猎和觅食，而此刻有人就在那里面。

他提起水瓶。这是最后的逃脱机会了，再不跑就太迟了。但他没有行动。

他为什么那么害怕呢？

那些士兵也只是人，而非超自然的神。他们只是带着枪的暴徒，仅此而已。他们不可能一直盯着他，此刻也没有在监视他。

那么他为什么感到如此害怕呢？

莫斯带着一种不安的感觉转身朝着嘈杂的士兵营地走去。他在内心咒骂着自己就是个胆小鬼。他很清楚自己应该立刻逃跑，但他太害怕冒险了。

他走进空地，把水瓶扔作一堆。营地跟他离开时一模一样。士兵们若无其事地聊着天，其中一个脸上有酸液烧伤痕迹的金发孩子站立着——他记得他好像叫斯里克——每当有镇民试图抬头或者四处张望时，他就会狠狠地踢踹他们。其他士兵蹲下来吃着熏制的肉干。奥乔中士靠在一棵树上，用手捂着自己被半兽人撕开的伤口，昏昏欲睡。看起来一切如常。

莫斯停住了脚步。塞尔中尉站在空地的另一边，抽着手卷的香烟。而且他在看着莫斯，用他那双冷酷的灰眼睛盯着莫斯。他瘦削的脸上没有表情，没有流露出任何思绪或感受，但他的眼神停留在莫斯身上。

莫斯迟疑地举起手行了个军礼，模仿着他见过的其他战士，他的皮肤感到刺痛。中尉的嘴角勾起了一丝笑容，嘲弄之意溢于言表，但他还是懒散地回应了莫斯表示尊敬的动作。

“幽灵！”有人喊道，“嘿，半杠子！”莫斯终于意识到有人在叫他，他转身离开中尉。

是古蒂，那个手臂、腿和肚子上的皮肤都很松弛的孩子。

“去给我们找些柴火！”他下令，“快点儿，小子！我们不能容忍懒虫！你是精英！让我们看到你流汗！联合星际部队不怕流汗！行动起来，娃娃兵！”

莫斯又试着敬了个礼。他和其他人一样筋疲力尽，但他再次向森林蹒跚而去。

也许这一次，他能够获得自由。

当他走进丛林时，他看到幽暗的树丛中浮现出两个士兵的身影。他们从他刚取过水的那个方向走了过来，在枝叶上投下流动的影子。

在短暂的一瞬间，他们瞥了莫斯一眼，接着穿过营地，向塞尔中尉走去。莫斯的肠胃因强烈的恐惧而拧成一团。他意识到营地四周都有中尉的眼线。

这一切都是一场考验，每一个细节都是如此。他没有疯，真的有很多双眼睛盯着他。

“一定得找干的来！”古蒂大喊道，“我可不想要那些该死的青木头，光冒烟，火还老灭！”

从林行军还在继续，娃娃兵们互相打趣吹嘘着，如果俘虏们走得不够快，他们就会踢他们。他们让莫斯执勤，站在那些曾经对他很好的人身边。

有时候，士兵们会过来告诉他，有俘虏违抗命令。莫斯就会踢他们的肋骨，或者在他们的背上倒酸液，让他们的皮肤冒烟。他称呼他们为蛆虫或更难听的东西。

当他们躺在地上时，他就踢他们让他们站起来。

当他们挺直身子时，他就让他们把脸埋进土里。

莫斯一直在等待着会有人给他一把枪，命令他杀死一个俘虏。他听说过军阀招募新兵要交投名状的故事。他知道接下来会发生什么，他十分害怕。

他踢着、打着、用酸液烧着镇民，等待着下一条更加残忍的命令。而榕树镇的人们盯着他，眼睛里满怀着对所有士兵都表现出来的那种仇恨。

士兵们在一旁哄笑着，鼓励他继续这么干。

莫斯想哭，想让一切停下来，拒绝继续这么干，但每次他畏缩，他们就让他做得更过分。他们让他用竹杖狠狠抽打塞利玛阿姨，他犹豫不决，没按照他们要求的那样打她，他们就让他一遍又一遍地打，直到她的背上鲜血淋漓。然后，他们又让他往塞利玛阿姨的伤口上撒盐。

莫斯想吐，但他吸取了教训。

有一次，因为唐纳托先生起身太慢，莫斯在踢中他的肋骨后向他道歉，尽管他甚至无法确定唐纳托先生是否在听。

“对不起，我不想这样，对不起。”

但他太胆小了，不敢停止听从塞尔中尉和其他人的命令。

一天晚上，在篝火旁的黑暗中，莫斯最终决定放弃掩藏他的想法，直接找人问出那个问题。那件事什么时候会发生？他们什么时候会命令他去杀掉这些收留过他的人？

奥乔中士坐在他旁边，问道：“你怎么了，士兵？”

莫斯盯着俘虏，没有回答。

保持沉默。坚持下去。不要让他们知道你在想什么。

他想起了玛丽亚，她总是努力不让自己的情感表现在脸上，不让任何人知道她脑海中的想法。不要表现出任何弱点。在这些科伊狼中生存下去的唯一办法就是隐藏你所有的恐惧和软弱。永远不要表现出任何情感。

但奥乔看穿了他的心思。他顺着莫斯的目光看向俘虏。

“毫无疑问，转变心态是件困难的事情。这是最难的部分。”

莫斯闭上嘴，不敢说任何话。这是另一个考验。如果他说出他的想法，他们就会想出一些新的方法来伤害他和镇民。如果他表现出他的弱点，他们会在那里插上一把刀，然后搅动那个伤口，等到他哭过、疼过，又暴露出另一个弱点后，他们可能就会决定用枪轰掉他的头。

“我们摆脱这些蛆虫之后，就会好起来的。”奥乔说，然后他笑了笑，“好吧，反正这样会更清楚。当你对着自由军或神军开枪时，你不必为他们感到难过，因为你知道他们也会对你做同样的事情。”

莫斯看着中士。你们已经让我把所有手段都用遍了。为什么还没有让我从那些俘虏里选一个开枪打死？

奥乔像看疯子一样地看着他。“我们不是野兽！不像神军那些人。神军，才他妈的无缘无故地开枪。他们会因为你不穿爱国衬衫，或者他们觉得你歌唱他们的将军时声音不够大，或者认为你信错了教而开枪。我们不是那样的人。现在，这些蛆虫是我们的囚犯。如果他们试图逃跑，或者伤害我们其中任何一个人，那么他们就得吃我们一颗子弹。”

他耸了耸肩。“但我们不能随便浪费人力。”他向躺在地上的俘虏那边点了点头，他们在地上鼓起一片人形的阴影，几乎不见一丝动作。他们已经知道，一旦动起来就会被踢打，因此他们像石头一样静静躺着。

奥乔继续说："死了的蛆虫对我们没有任何用处。可能看起来不起眼，但这些蛆虫，他们是活生生的补给。如果我们开始清除他们，那么我们自己也会蒙受损失。我们必须让他们活着，让他们为我们劳动。这些蛆虫会为我们搜刮资源，我们把废品卖给军火贩子，就能换到子弹去打仗。如果没有这些蛆虫，我们就无法从那些叛徒、勾结者和把这个国家搞得一团糟的蛆虫手中夺回这个地方……"他话音渐弱。

"你还不能完全理解这一切，因为你还不是我们中的一员。你不认为自己是个士兵，没有那种感觉。"

他拍了拍他的步枪，然后朝那些士兵的方向点了点头。"你得知道，这些兄弟会支持你。也许他们现在给你添了不少麻烦，但当子弹开始乱飞，如果你的腿中了枪，他们会来救你的。他们会把你带回营地，给你治疗，即使他们只有一瓶黑灵威士忌和一根鞋带。只要你还在喊叫和挣扎，他们会不惜一切代价保证神军不会伤害到你。我们是兄弟。你是我们的兄弟。"

"可我感觉不到。"

奥乔笑了起来。"你只是个半杠子，还想让他们把你当作士兵？"他摇了摇头，"那不行。你必须自己赢得这一切，小战争蛆虫。"

"在我们到淹没之城时，你才能看到真正的战争，那时你要向你的兄弟们展示你的价值。如果你做到了，他们就永远不会让你失望。上校说我们以前来自哪里不重要，我们以前做过什么也不重要。在这里，我们都是联合星际部队。我们会支持你。”

他拍了拍莫斯的肩膀。“别以为你做不好，半杠子。等我们让你沾点儿血，你就有地位了，你就是我们的精英战士了。”

他轻轻拍了一下仍然在莫斯脸颊上一跳一跳地疼痛的烙印。“我们会给你烙上一些竖杠来配合现在的横杠。给你烙得刚刚好，到时你就能抬起头来当兵了。”

我不想要这个，莫斯想，我不想和那些男孩一起成为精英战士。我不想沾满鲜血。我不想再被他们烧伤一次。

他感觉他内心的某个部分正在死去，但周围都是娃娃兵，无论他走到哪里，他们都在看着他，确保他按照他们设定的道路前进。

他要么顺从，要么就死定了。

马赫福兹医生曾经谈论过每个人都有选择的权利，当他说这样的话时，他让一切似乎都变得可能。也许对他来说是可能的。莫斯并不认为医生会鞭打塞利玛阿姨或者把酸液倒在萨尔瓦托雷先生的胸膛上。他会挺身反抗的。

然后娃娃兵会毫不犹豫地把他的头打掉，去找下一个人。

我不想成为一个娃娃兵。

但他没有逃脱的机会。没有其他不通往死亡的道路。

我是个懦夫，他想。我应该站出来反抗他们，或者逃走，或者做点儿什么。但他仍然害怕，而且娃娃兵们总是在看着他。

三天后，他们来到了淹没之城。

第二十七章
丛林法则

玛丽亚和图尔在丛林里靠吃死去的科伊狼过了一个星期。她胳膊上被咬开的伤口慢慢长上了，而那个半兽人也恢复了体力。

他们的饮食逐渐丰富起来。他们捕鱼、抓蛙。玛丽亚还吃蚂蚁卵和蚱蜢，还抓到了小龙虾，她的身体状况越来越好。

图尔背着一只野猪走了回来，他的步伐让她不得不慢跑着才能跟上，她知道是时候离开了。他们都准备好了，身体已基本恢复了健康。那个晚上，他们用她从废墟中挖出来的旧纸板箱和木块烤了野猪肉片。

她知道自己应该出发了——莫斯还被困在那些娃娃兵那里——但她还是让时间一天天过去。就像她被定格在原地一样。在这里，她是安全的。只要她和半兽人待在一起，她就像维和人员离开后的任何时候一样安全。一旦她开始追寻莫斯，这一切就都不存在了。

逃离淹没之城的经历像潮水一样涌进她的脑海。暴民和士兵，火把和滴着血的大砍刀。维和人员多年来试图让这座城市文明化、让军阀停止战斗的一切努力，被彻底抹除殆尽。

她记得母亲被抓后，她躲在被水淹没的塔楼和公寓楼的底层，生活在阴影中，祈祷没有人注意到她在黑暗中从一个被淹没的建筑物悄悄移动到下一个，祈祷在她游泳、蹚水和爬到城市外围的过程中，不会遇到什么人。夜复一夜，她躺在黑暗中，看着部队设立防线，等待着，然后瞅准时机溜过去。那时候她还有两只手。

现在，她正走在回去的路上。

在康复后的第十天，玛丽亚爬上一座被藤蔓覆盖的大型天桥，望向淹没之城。

如果不去听战争的声音，只从远处看，这个地方像是已经被遗弃了。但越靠近，你就能看到越多的细节。树从窗户中长出来，像一位老人的耳朵里长出了头发。藤蔓像袍子一样垂挂在老人低垂的肩膀上。鸟儿在上层的房间里飞进飞出。

玛丽亚试图想象那个地方在一切没有发生之前会是什么样子。她在维和部队一直竭力保护的一座博物馆里看到过淹没之城以前的照片，那是很久以前的样子了。

她的母亲带她去了那个博物馆，想看看有什么其他的古物可能对外国收藏家有价值。就在那时玛丽亚看到了那张照片，但照片上的一切都很不真实。宽阔的道路上有汽车，没有船只。一条河流过这个地方，而不是淹没它。一个完全不同的地方。她看着照片，想知道每个人都把他们的车开到哪里去了。或者也许它们只是沉在所有运河的底部，沉睡着。

整个博物馆给人一种墓地的感觉。一个看望死者的地方。

而且实际上，博物馆里的文物远远没有她母亲在她的仓库里保存的那些好。

“玛丽亚，人们尊重历史，”她的母亲说，“来，看看这个。”她小心翼翼地举起一张羊皮纸，“看见这些名字了吗？这意味着战争。当他们签下这份文件时，世界的发展进程随之改变。”她小心翼翼地把羊皮纸放下，“人们会花费巨大的财富去触摸这些人曾触碰过的纸张。”

她微笑着。“这里没有人知道这些物品背后的故事，所以他们不知道它们的价值。对他们来说，这一切看起来都像垃圾。”她说着，挥了挥手，指向仓库四周，那里堆满了她精心挑选的物品。

旧旗帜。画作。那些大理石头颅被从原来的人像雕塑上砍了下来，运到了她位于河口的商店里，在那里，收藏家们前来购买古董和寻宝。

她的母亲有一个小小的门店，她在那里观察着潜在的买家。但真正令人惊叹的还是仓库。她的母亲把仓库设置在市中心附近的一座大楼的内部，里面有她买的几套公寓，并小心翼翼地用砖砌起来，以免被人窥探。只有最慷慨的买家，才会被带到那里。

在玛丽亚还小的时候，她偶尔会被允许和来访的商人们一起进入仓库；那些人打量着斜倚在墙上的画作，过去的执政官们的雕像，以及那些从政府大楼上剥离下来，整体运到仓库中的壁画。

她的母亲说，她就是这样认识玛丽亚的父亲的。他对历史也很有热情，就像她一样。他购买了革命时期的小银烟盒、签署著名文件的羽毛笔、手写信件，各种各样的东西。他一次又一次地造访，直到她的母亲终于明白，她父亲所中意的不仅仅是古董。然后就有了玛丽亚。

“你认为你找到路了吗？”图尔打断了她的思绪。

玛丽亚吓了一跳。尽管身躯庞大，但半兽人却总能无声无息地接近她。他的突然出现真是有些让人毛骨悚然。“是的，”她说，“有一条路。”

“不会被察觉？”半兽人追问道。

玛丽亚有些恼怒。“如果被察觉了，我们俩都会很快死掉，对吧？”

图尔嘲笑道：“逃脱可比渗透简单，姑娘。仅仅因为你设法逃离了那个地方并不意味着你可以重新进入其中。”

“前进的方向并不是你唯一要考虑的事情。你进去后会躲在哪里？在找到你的兄弟之前，你将如何生存？”

“他不是我的兄弟。”

图尔咆哮道：“那就把他交给命运处置吧。”

玛丽亚知道图尔的意思，但她不喜欢他再次提起这个问题。

“我欠他的。”她说。

“人情是沉重的负担。抛开它，你就可以远走高飞了。”

诚然，这听起来很有吸引力。只要逃走就行了。假装那个爱开玩笑、爱搞恶作剧，曾经在他们挨饿的时候搞来一整窝鸽子蛋的古灵精怪的男孩从未存在过。假装他没有把她从那些士兵那里救出来，使她免于遭受最可怕的对待。

“我不。”她扮了个鬼脸，“说到底，你又为什么要帮助我？你为什么不逃走？又没有人拦着你。”

“我有我的理由。”

“不是因为我救了你吗？”玛丽亚挑衅道。

图尔转过头，那张充满野兽特征的脸看着她。“不是。”

他的语气让她感到恐惧，因为她意识到自己根本不知道是一个什么样的灵魂在掌控这个半兽人的身体。当他们一起在丛林里狩猎时，她甚至会忘记他并非人类。但突然间，他会用他金黄色的巨大眼睛望着她，用他伤痕累累的脸庞、野犬般的口鼻和老虎一样的利齿面对她，使她意识到眼前这个造物偶尔也会思考要不要把她当成一道可口的点心。

玛丽亚咬紧牙关，坚定了自己的内心。“那是为什么？”

“我觉得我在那里还有未了之事。”

“从什么时候开始的？”

图尔长时间地盯着她。玛丽亚强迫自己不要移开目光。最后，图尔说：“当斯特恩上校将我囚禁时，他利用我进行角斗。我与黑豹和神军的俘虏搏斗。我也与他自己的士兵搏斗，那些士兵是在战斗中逃跑或以某种方式让他失望的人。斯特恩享受这一切。他常常坐在战斗笼外，看着我杀死他的敌人。当我扯断一个人的手臂时，他会欢呼雀跃。我很想再次见到他，但希望到时候没有笼子隔着我俩。”

“那是不可能的。”

图尔微笑着说：“难道救你的朋友就有可能吗？”

在玛丽亚回答之前，他已经转身跳下天桥，顺着一棵树滑落下去。树随着他的重量摇摆弯曲，树叶疯狂地沙沙作响。玛丽亚听着，期待着半兽人着地时的重击声，但她什么都没听到。仿佛丛林将他吞噬进了它的腹中，他毫无声息地消失了。

“图尔？”

“我们需要两天时间才能到达河边，”半兽人在下面喊道，“如果你还希望有机会拯救你的朋友，我们早就应该上路了。”

第二十八章
枪声的警告

莫斯还小的时候，他的家人们都低声议论着淹没之城的无法无天和衰败残破。

他的父亲有时会划着一艘满载活鸡的小船去那里，把装在竹笼里的鸡卖给城市的居民和军队的士兵。但每次他划船穿越沼泽地前去时，他的脸色总是阴沉沉的，回来时也是如此。

他总能拿到他们需要的钱，还有新的锄头，或是能更好地围起猪栏的新铁丝网，但他从来都不为此感到快乐——不论是出去还是回来。

莫斯的哥哥们说，这是因为士兵们在你穿越他们的地盘时，会搜你的身。如果看你不顺眼，他们会认为你是叛徒、卖国贼或间谍，然后直接枪毙你。

他们编造各种称呼来侮辱你。各种你想得到或者想不到的污言秽语。他们会称你为左撇子狗，然后朝你的脸上开枪，嘲笑你漂浮在运河中的尸体。

莫斯觉得很难过，他的父亲不得不对那些士兵卑躬屈膝，只为了得到一些他们自己无法生产或无法从商人那里买到的东西。他也暗自庆幸自己从不需要亲自经历这一切。

玛丽亚体验过的淹没之城的生活是另外一副模样，和莫斯父亲的经历截然不同，恰如在这座城市里运行的白昼与黑夜。

玛丽亚谈起过那座城市里巨大的长方形观赏池，它足有一千六百米长，波光粼粼的水面倒映着大理石砌成的宏伟宫殿；宫殿顶端耸立着穹顶，维和部队就在穹顶下巡逻执勤。她谈起过小贩们如何向维和部队的士兵兜售甜而脆的烧饼。她谈起过贸易公司的办公楼、停泊在港口的快速帆船，还有沿着运河行驶的生物柴油筏子，在每天涌现的水上市场中争相穿行，那里就有莫斯父亲这样的农民划船进城卖东西。她还提到了鲜嫩的白菜、碧绿的苦瓜、朱红的石榴和悬挂在水面上方的一条条新鲜猪肉，刚从屠宰场运来，在阳光下泛着淡粉色的油光。

但那都是维和部队的地盘。在她所处的地方，城市规则有所不同。对莫斯来说，她的生活听起来像是在天堂，至少持续到维和人员撤走，淹没之城的人又重新开始杀戮与争斗。

尽管如此，莫斯对淹没之城的印象都是间接的。他的生活是由家里的水田和他父亲在一座老红砖废墟的二楼建起的小家组成的。他的生活被种植季节所定义，当雨季结束时，他会找来一匹骡子在泥地里耕种，他认为如果他们赚够了钱，他们可能会像西蒙斯家一样养一头大水牛，那样生活就会变得美好而轻松。

一个农家男孩，玛丽亚这样称呼他。一个傻乎乎的农家男孩，对城市一窍不通。

莫斯回忆着这些过去，站在一栋摇摇欲坠的十层楼建筑的屋顶上，腰带上挂着一把大砍刀和几瓶酸液，仔细观察着他的地盘，寻找神军的渗透者。

现在，他比那个从淹没之城中走出来的女孩更了解它，但他不得不承认这个地方与他所想象的完全不同。

他原以为这座城市会更加……死寂。

然而，他眼前展现的是数千米的古老建筑和变成水道的被淹没的街道。被藻类阻塞的翠绿水道上点缀着荷叶和白莲花。街区之间的建筑和公寓都被淹到了二楼，有时甚至更高，仿佛整个城市突然迷失了方向，决定在大海里蹚水了。

蔓藤和葛藤爬满了塔楼的表面。树木从窗台和屋顶上长出来，像绿色的阳伞伸出水面，根系紧紧抓住砖石和混凝土。最矮的建筑已经完全被淹没，变成危险的暗礁，但仍有许多建筑屹立在海面之上，齐腰深的咸水沼泽随着潮汐起伏，那些建筑像绿叶繁茂的巨人一样蹲坐在温暖的海水中。

联合星际部队的士兵们撑着小船经过运河，或者沿着他们建造的竹木栈道在水面上奔跑。军队无处不在，通过固定的桥梁从一个街区移动到另一个街区，在城市的湿地中穿行，有时涉水，有时游泳。如果能从回收公司那里弄到一艘生物柴油筏子，他们就会搭乘一段，回收公司会殷勤地向军阀们支付进入其领地拾荒的贿金。

最重要的是，莫斯意识到这座城市显现出的生命力并不仅仅来自枪声、士兵和战斗——当然，这里也不缺少这些。不同地盘和控制区被涂抹上各种颜色，这里有军队，争夺边界时枪声和炮火在街道上回响。建筑上潦草地画上了分区编号，还标上了所在运河的名字：斯特恩河、易运河、金街、K 运河、绿河和维和人巷。他预料到了这些，这里充满了乱飞的子弹和破败的建筑物。

但是，他没预料到会看到一群群鸟儿栖息在破碎的窗户里。还有鹰在头顶盘旋，俯冲到河道里捕鱼。他没预料到会看到一只鹿游过开阔水域，还有在夜晚听到科伊狼在屋顶上狂吠、嗥叫，呼唤着彼此。

战争和毁灭、炎热和汗水、蚊子和咸水，淹没之城中有着奇特的生活。与此同时，丛林忙着夺回自己的领地，不断向曾经被人类占领的地方深入扩展。

然后，还有拾荒。

莫斯一直以为淹没之城只是一个战区，但实际上它是一个拾荒的矿场。

在他来到这个地方的第一天，他就看到整个城市街区被拆解成原材料。滚滚的混凝土和岩石粉尘，一堆堆的管道和风道，被拖走的钢、铜和铁。缠在一起的电线按重量、金属和颜色分开堆放着。

一些建筑物年代久远，由粉红色和白色大理石建成，这些大理石正在被开采并装上驳船，其余的石头和混凝土则被扔进了运河，填满了水面并形成新的街道，将城市的地面提高到潮汐无法触及的高度。

他注视着在废墟中涌动的人群。成千上万的人。他们排成长长的队伍，有的推着装满石头的手推车；有的聚集在巨大的铁梁周围，用葛藤绳索将其吊起并拖到驳船上。

狗班，就是莫斯被分配到的那个班，已经将榕树镇的俘虏引导并汇入工人中间。

“上去！”古蒂大喊道，“让你们有点儿用处！”

其他士兵嘲笑着俘虏们，在他们被带走参与回收工作的时候拿竹竿抽打着他们。莫斯认识那些人。认识利拉、图阿、乔·桑兹和对他很好的塞利玛阿姨。当他被催赶着经过时，失去了女儿和外孙的萨尔瓦托雷先生看着莫斯就像看着粪土一样。

奥乔中士在莫斯的脑袋上狠狠拍了一下。

“哎呀！”

“别太长时间盯着看，半杠子。中尉会认为你不想当兵了，会认为你也想加入这些战争蛆虫。”

果然，中尉又在看着莫斯，他冰冷的灰色眼睛对莫斯进行着审视，就好像他一直在盯着莫斯一样。大多数时候，即使莫斯没有做错什么事情，他也能感觉到塞尔的目光在他身上游移。即使他没有幻想着逃跑。

他已经露出了马脚吗？

也许中尉在他们朝着淹没之城行进的过程中就一直盯着他。莫斯坐在篝火旁，一次又一次地瞥向丛林的阴影，寻找逃跑的方法，但总是有其他带枪的士兵在附近。

“往别处看，幽灵，”奥乔说，“那些俘虏现在已经不是人了。他们只是蛆虫而已，和你无关。”

士兵们把俘虏赶进了一片瓦砾堆，一团团混凝土尘土在他们周围翻滚，然后他们就被工作吞没了。

当莫斯最终鼓起勇气再次向镇民们的方向投去一瞥时，他们已经变成一群满身尘土的黑色小点，混入众多蚂蚁般攒动的劳工中不见了。但奥乔仍然注意到了莫斯回头的目光，他用步枪的枪托狠狠地砸了莫斯的肋骨一下。

“最后一次警告，幽灵。在你得到完整的标记之前，你还有很长的路要走。不要让任何人猜疑你不够忠诚。”

让莫斯至今想起来仍觉羞愧的是，他真的听从了奥乔的命令，转过身，远离了那些拾荒工人和俘虏。

即使现在，这一幕仍让他感到不舒服。站在房顶的岗位上，他可以看到近千米外的混凝土灰尘，听到回收工作的嘈杂声。

他的脸颊仍然因为他们烙下的格伦·斯特恩的标记而疼痛，但痛感正在消退。尽管每个人仍然称他为半杠子，仍然让他做杂活，取水、刷锅，或者烹饪他们射杀的一只鹿，但他们还是给了他一把砍刀和酸液，让他和其他人一起站岗。

他可能是他们随意使唤的狗，但这总比那些在做回收工作的人所遭受的要好。他有饭吃，有武器，而且站岗是个很轻松的活儿。

这样的想法让他感到恐惧。那些俘虏被吞没在庞大的、由劳工构成的海洋中，而他却可以不受约束地自由行走。

这一切都毫无道理。他没有做过任何与他所处的境地有关的事情。战争的浪潮滚滚而来，把他吞没了，连同榕树镇一起，他们都在海浪中翻滚。而出于他无法理解的原因，只有他浮上了水面，获得了片刻喘息，其他人都在渐渐沉没，葬身海底。

他的父母是深水基督教徒，他们一直告诉他，世界的运行轨迹可能变幻莫测，但上帝对每个人的命运都自有安排。

听着回收作业的喧闹声和轰鸣声，看着一群群蓬头垢面的奴隶开了锅一样地忙碌着，莫斯想，如果真的有什么安排，那它一定是残忍而恶毒的。

远处传来枪声。他无法分辨是谁在争夺领地，可能是联合星际部队，也可能是神军，或是图兰连，或是泰勒的狼群，或是自由军。无法猜测。只有更多的枪声。

古蒂从后面走来，拍了拍他的肩膀。“快点儿，幽灵，”他说，“我们要去巡逻。猜猜谁走在最前面？”然后他笑了起来，因为在他看来，这很有趣。

第二十九章
城镇围困

玛丽亚和图尔在第二天下午到达了莫斯兰丁。他们不得不两次掉头绕过图尔感知到的巡逻队，因此他们的前进路线迂回曲折，但最终，波托马克河宽广的沼泽地展现在了他们的眼前。

玛丽亚之前曾两次与医生来过莫斯兰丁，但每次她都待在外围，医生则进入核心区与从海岸走私黑市货物的军队进行药物交易。

只要有河流，就有交通，医生说。药物补给一般逆流而上，被大型回收公司及其腐败员工走私给军队；而枪支弹药可以顺流而下，在士兵和难民无法通过的情况下“神奇”地穿越战线，所以就有了更多的枪支和子弹用于互相残杀。

“他们为什么还在打仗？”莫斯曾经问过，“停战不是更容易吗？这样每个人都能赚更多的钱。”

玛丽亚几乎笑了出来。他基本上在重复她父亲之前说了很多年的，每天晚上都在说的话。

“他们又愚蠢又疯狂。”她说。

但是马赫福兹医生摇了摇头。“不是疯狂，更像是……失去了理智。当人们为了捍卫他们的信念而战时，他们会觉得付出任何代价、牺牲多少士兵都在所不惜。他们并不是在争夺金钱、权力或者某地的归属，至少不完全是。他们在为了杀尽所有敌人而作战。所以即使他们已经摧毁了周围的一切，他们也会认为这是值得的，因为他们相信那些叛徒也被一并消灭了。

“但他们都互相称对方为叛徒。”莫斯说。

“没错，这是这里悠久的传统。我相信，最初开始质疑对手爱国性的那个人会认为自己非常聪明。”

现在，玛丽亚和图尔蹲在城镇外围的丛林中。这里看起来和她记忆中的一样。正在休整的士兵，修指甲的女孩，随处可见的枪支、酒精、毒品，还有笑声和尖叫声。枪声响起的频率像冬月里燃放的烟火一样密集，区别只在于这声音不会停歇。这个地方充满了擂台斗殴、血肉横飞的场面，还有白色粉尘和从阴影中窥视的充血的眼睛。马赫福兹从来不想让她进去，她乐得能够离得远远的。

在远处，她能看到几只帆船。很可能是走私者，带着他们的小艇。不过，他们算不上有钱人。上次她来这里时，还听到了生物柴油小艇的嗡嗡声，那是格伦·斯特恩和他的联合星际部队士兵在往河的上游行进。

她注视着士兵和那些修指甲的女孩。突然间，当她更清楚地看到一个士兵时，她倒吸了一口气。他胸膛上有一个绿色十字文身，而且仔细看，还发现他脖子上挂着一枚闪亮的铝质护身符。所有人都有十字架和护身符。

“神军。”她低声说道。她开始向后蠕动，试图逃离。“这是神军。”

图尔抓住她的胳膊，阻止了她的逃跑。“这有什么不同？”他问道。

“这里曾经是联合星际部队的地盘。”

“战争就是轮流坐庄。”图尔仔细观察着城区，“河上仍有士兵，码头上仍有货物被卸下来，黑市商品仍在水路上流通。参与者可能变了，但走私业务仍然如故。”

“是的，除非我们回到下游，从联合星际部队占领区那里绕过去，否则我们必死无疑。”她再次望着莫斯兰丁。粗糙的建筑镶嵌在更旧的倒塌建筑与长满青苔的混凝土和砖墙之中。士兵们正在唱着一首爱国歌曲，歌颂他们的将军直到最后一个仇恨上帝的人被清除前都不会死去。

“这不是你现在试图逃离的原因。”图尔看出了她的心思。

玛丽亚的心怦怦直跳。她咽了一口口水。“他们就是上次抓住我并砍断我的手的人。”

图尔缓慢地点了点头。“然而，你必须下去看看，这条路是否仍然通畅。”

“我不去。”玛丽亚猛烈地摇头，努力克制住自己不去回想逃脱的过程。士兵们笑着把她的手放在木头上。“他们对被抛弃者没有一丝仁慈。”

一声喊叫响起。玛丽亚畏缩了一下。几个士兵摇摇晃晃地走到街中间，斜靠在女孩们的身上。他们已经迷失在酒精和毒品中。没有上前线的时候，他们就会尽情放纵自己，变得意识混沌、行为疯狂。

联合星际部队占领这个城镇时也是这样。莫斯兰丁是安乐窝，是休整的地方。这里远离危险的淹没之城，守卫也很松懈。

不知不觉间，玛丽亚发现自己伸手拿起一块石头，准备在必要时保护自己。她低头一看，差点儿叫出声。她的手握着一个头骨，手指抠进了眼窝中。脸上残留的肉虽然已经腐烂发臭，但她还是能辨认出格伦·斯特恩在士兵脸颊上烙的三道伤疤。她感到一阵寒意，意识到她和图尔正躺在一片全是尸体的墓地上，联合星际部队的士兵们被浅埋在周围。

“天哪！”她低声说。

图尔的兽脸上露出一丝嘲笑。“我以为你早就知道了呢。”

玛丽亚放下头骨，在裤子上擦着手，试图让手干净点儿，尽管她明知这是不可能的。

“这就是我选择这里作为观察点的原因，”图尔说，“那些士兵会避开他们所制造的杀戮现场，回避这个地方由他们一手造成的历史。”

“你刚才就闻到了吗？”

“当然。”

虽然合乎情理，但玛丽亚仍感到恶心，因为她知道自己躺在一堆尸体之上。她没来由地觉得她必须离开，皮肤因此而发痒，但她强迫自己克制住了这样的冲动。她见过很多尸体，这里只不过是多了几具而已，这也是对神军有多么残暴的一个很好的提醒。

就好像她没有亲眼见识过似的。

“我们必须另找一条路。”她说。

图尔看着她。“害怕吗？”

“当然。神军……”她摇摇头，“你无法与疯子讲道理，他们只想把我们砍倒。”

“这与联合星际部队有何不同？”图尔问道，“你的计划是行得通的。下到河岸上，找到一位向导。”

但现在，玛丽亚看到了她的计划有多冒险。即使在联合星际部队占领这里的时候，也只有马赫福兹医生能下到莫斯兰丁并安全返回。

她看着围绕篝火站着的人们。女孩们笑着，你能看出她们试图取悦士兵们，但又害怕得要命。

一个男人走到丛林边缘，解开短裤，撒起了尿。一个成年人。自从战争再次爆发以来，她见过多少真正的成年人？在榕树镇，肯定有一些，但在淹没之城之外呢？只有那些大人物，那些掌控一切的人，比如塞尔中尉、联合星际部队的头儿格伦·斯特恩上校。然而这里有一个男人，成年男人。

在他身后，有几个士兵等候着。他们是战争蛆虫。他们上嘴唇甚至都还没有长毛。这些鬼迷心窍的贼小子可能已经在过量致幻剂的作用下丧失了理智。其中一个端着一把霰弹枪，另一个有一把狩猎步枪，两个人都装备了砍刀和酸液，这意味着他们享受折磨人再杀掉的过程，尤其是如果他们是作为这个成年男人的保镖站在那里。拿着枪的男孩使玛丽亚本能地感到畏惧。枪支给了他们嚣张的气焰，而嚣张的气焰又使他们变得格外残忍。

城里的某个地方，有人在痛苦地呜咽和乞求。她分不清是男是女。几乎听不出是人的声音。玛丽亚意识到她在颤抖。她知道那种声音。当士兵们抓住她的手时，她曾经发出过那样的声音。

“我不会去那里的。我们必须找到另一条路。”

图尔巨大的脑袋转过来看着她。“没有什么别的路可以走，而且只有你能接近他们。”他指着城镇说，“像我这样的强化人对那些士兵来说是死敌，他们一看到我就会开枪。我是他们最大的噩梦。他们在北方与我的同类作战，战线将他们困住。如果他们在这里看到我，他们会认为我是侦察兵或突袭者，然后会向我开枪。”

“如果你只是路过呢？”

“半兽人不会简单地‘路过’。我上次尝试过了，付出了代价，”图尔说，“那些士兵相信我们总是有主人的，我们总是听从主人的命令行动。除了与他们交战，我这种人在这里没有任何事情可做。”

他朝城镇点了点头。“你必须下到河岸，找到一个走私者。”

“如果有人跟我搭话，我该说什么？”

“我们需要一艘小船，还需要一个知道如何进入淹没之城的人。没有盟友，我们就一无所有。”

“我们没有任何东西可以付给他们。”

“你只管把他们带来给我。”图尔露出了牙齿，“我会安排付款的。”

玛丽亚摇了摇头。“我觉得这样行不通。”

“坚强些，女战士。情况只会变得更糟。”

玛丽亚盯着眼前的城镇，憎恨自己必须去做的事情。“我明天早上再去，”她最终下定决心说，“我会在他们宿醉未醒、头脑混沌的时候过去，而不是现在这个他们都还亢奋而疯狂、四处寻找受害者取乐的时候。”

图尔微笑着说：“这是一个值得称赞的决定。”

第三十章
四面楚歌

谁也没想到这一切会猝不及防地发生。

他们位于联合星际部队的核心地带，所以他们应该是安全的，唯一需要关注的就是拉船的纤夫和来往交易的农民。莫斯和他班里的其他士兵都站在自己的岗位上，互相聊天闲扯，看着古旧的大型驳船缓缓通过K运河，没有一个人知道会发生什么。

驳船庞大而沉重，外覆铁甲且锈迹斑斑，几乎阻塞了整段河道，一根根绳子延伸至两侧的栈道上，织成了一张蛛网，人们被系在绳索上，排成长龙，身体前倾，费力地拉着纤。

有些人牵着骡子前行，但大多数是皮肤黝黑、头发蓬乱且肮脏的人在拉纤，瘦弱而疲惫，他们的皮肤有白色、棕色、黑色和棕褐色之分，全都因拉纤而伤痕累累。

骡子的嘶叫声和囚犯的呻吟声充斥着运河，回荡在建筑物之间。当他们经过时，散发出的臭气几乎让人窒息。装满货物的驳船在重压下向他们歪斜了一下，莫斯吓得退了一步。

第一艘驳船上只有一堆绿色的标志和一个劳森–卡尔森的印记。然而，第二艘驳船……

驳船的一侧有一个古老的大标志，上面有文字，和以前马赫福兹医生发放的药物包装上的字一样。

古蒂又开始摇晃他手中的一瓶酸液。他挤了一点儿出来，看着它滴到栈道上冒着烟发出嘶嘶声。"大部分买家都是从那边过来的，我们把他们都拿下了。"

他指着一串驳船和上面的标志说："劳森–卡尔森，他们来自海景波士顿。通用……我不知道在哪里。四通–爱立信，我想那是来自欧洲的。帕特尔全球，他们也是从海景波士顿来的。"

"我以为那些军阀——"莫斯停了下来，调整了一下措辞，"我的意思是，我以为我们把那些人全部赶走了。"

"只赶走了'那些人'的维和部队。如果'那些人'愿意掏钱或者给我们送军火，我们照样放他们进来回收废料，谁管'那些人'是谁呢。只要'那些人'不再侵略我们的土地，或者跟我们说什么'维护和平'的屁话，他们想收的大理石、钢铁和铜就要多少有多少。"

莫斯皱了皱眉头，思考着。他想起了玛丽亚，想起了所有人都如何将她视为被抛弃的人，因为她身体里流着一半"那些人"的血而对她冷眼相待。而现在，这些人又很乐意从抛弃了她的"那些人"手里拿到子弹。他们一方面口口声声要将"那些人"赶出去，好像"那些人"是某种传染性病毒，另一方面却又乐于和"那些人"把持的公司进行贸易。

他们用“那些人”卖给他们的军火迫害有着“那些人”血统的被抛弃的孩子。

空中有什么东西尖啸而过。

莫斯四处张望，试图找出声音的来源。

在他旁边，一艘驳船爆炸了。碎片呼啸而来。

爆炸的气浪将莫斯和古蒂甩到一面墙壁上。一块花岗岩从他们头顶的建筑物上坠落，砸在铁船上，碎成小块。更多的石块雨点儿般落在莫斯身上，划破了他的皮肤。一块花岗岩板砸在他旁边，击碎了栈道，留下一个能看见运河水面的大洞。他茫然地盯着那个洞。

古蒂在哪里？

又一道尖啸声。又一艘驳船爆炸了。那艘驳船开始倾斜，骡子和工人都掉进了水里，尖叫声在回荡着。

四周一片混乱。人们奔跑着，跳入水中，或者爬出水面。每个人都试图逃离这个屠宰场。工人在水中挣扎，他们被纤绳缠住了。莫斯的耳朵因为爆炸声而嗡嗡作响，尖叫声似乎变得遥远。他意识到自己的听力丧失了。又一次爆炸发生，炮弹炸到运河中，溅起一片水花。

他意识到，那是999弹。神军有999，他们正在向这里发射炮弹。他茫然地环顾四周，被震得不知所措。他看着所有人在水中挣扎、翻滚或溺水死去。

他们班里的一群队员从上面的一个窗洞里朝他招手。

掩护。

他扑向他们，就在这时又一枚炮弹爆炸了。背后响起步枪的射击声。鲜血染红了他面前的栈道。他开始惊慌失措地检查自己的身体，他的手脚都在。那血是从哪里来的？

又一枚炮弹呼啸而过。大家蜷缩成一团，看着它击中了半沉的驳船。天空仿佛在下火雨，而他们对此无能为力。

莫斯开始恐慌，范抓住了他。“别跑，幽灵！跟着你的队友，小子！”

莫斯迟疑地点了点头。就在这时，另一发炮弹击中了他们旁边的建筑物，碎石倾泻而下。

奥乔抬头扫视着周围的建筑物。“他们是怎么找到我们的位置的？”

子弹撕裂了运河。奥乔躲在一块倒塌的花岗岩块后面。到处都是动物和囚犯的尖叫声，莫斯的耳朵嗡嗡作响。子弹不断地射来，好像神军有打不完的弹药，可以持续开火直到永远。

他只有一把砍刀和一个装满酸液的瓶子。更多的武器射击声在他们周围响起，莫斯尽量蜷缩身体，四处飞溅的弹片不断打在他们身上。不知什么东西从他耳边擦过，他感觉到血从脸上流了下来。

他算是幸还者之一。古蒂已经消失了。在那块花岗岩砸下来之前，古蒂还在那儿，但是下一秒，他就不见了。他被砸烂了，随着石头葬身河底了，莫斯猜想。就这样消失了。

999 再次轰鸣。莫斯试图把身形缩得更小。

回去的陆路和水路都走不通，因为神军也从背后用火力压制住了他们，所以现在他们就像笼子里的鸭子一样挤在塔楼里，等待着 999 飞过来，把整栋建筑砸在他们头上。

奥乔站起来，用步枪朝着运河对面尽可能远的地方喷射子弹。他的命运之眼一定发挥了作用，因为还击的子弹完全没有击中他；他毫发无损地蹲回到莫斯身边，继续背靠着花岗岩。

“他们肯定有侦察兵，”奥乔喘息着说，“我们得找到并击毙他们，才能争取到一些时间。”他指着对面的一座建筑物点点头，“他们没有轰炸那栋楼。”

普克扫视了一眼奥乔指的建筑物。“你认为他们在那里吗？”

“那是唯一一个他们没有轰炸的地方。”

999 又响了一次，所有人都匍匐在地上，但炮弹飞到了别的地方，甚至没有爆炸。他们都笑了起来。

一个哑弹。

“士兵们，感觉怎么样？”奥乔拍了拍莫斯的膝盖，“准备好教训这些浑蛋了吗？”

莫斯什么词儿都组织不起来。他在颤抖。他的脸上有些擦伤流血，是不知道哪里飞来的碎片造成的。

他意识到奥乔正在看着他。他试图开口说话，但一句话都说不出来。他惊讶地发现奥乔居然正在微笑。

中士凑近了他。“我要告诉你一些事实，半杠子，没人能活着离开这里，明白吗？我们来到这里就是为了送死，所以别总想着能不能活下去了，知道吗？”他拍了拍莫斯的腿，咧嘴一笑，“别把这一切想得太复杂了，我们只是绞肉机里的肉。”

莫斯闭上眼睛，想要哭，但被普克抓住了。“振作起来，半杠子，是时候给你自己赢得三条竖杠了。”

奥乔指着运河对面的建筑说：“你去那里找到那个侦察兵，让 999 离我们远点儿，也许我们还能活着离开这里，才能择日再战，对吧？唯一的出路就是端掉那个给 999 指路的，否则我们就是送上餐桌的肉。”他拍了拍莫斯的背。

“去吧，半杠子！去把他干掉！”

然后他把莫斯推进了运河，让他直接面对枪林弹雨。莫斯掉进了水里，然后浑身湿淋淋地站了起来，心里想着自己接下来该怎么办。

他考虑着能否趁机游走、逃离，但是随后普克也跳进水里。

“跟上，半杠子，你手上就要沾血了。”他说着向河对面游去。

莫斯感觉自己所有的感官都敏锐了起来。他感觉自己仿佛同时朝着二十个方向观察。神军居高临下朝他们开枪。碎石从上方不断坠落。水中的骡子游来游去，嘶鸣着，挣扎着，互相踩踏着试图浮出水面，但被挽具和缰绳纠缠在一起逐渐沉没。

没有人预料到这一切会发生，无论是士兵还是他们的队长。上一秒他们还在正常巡逻执勤，心不在焉地盯着民工们在运河边搬运废品或是给驳船拉纤，确保那些被打捞上来的电缆、大理石、管材和钢筋都能被卖掉，以换来更多子弹，下一秒他们就被卷入一场残酷的战斗，只能在炮火中挣扎求生。

莫斯成功游到了运河对岸。

普克手上拿着一把 AK，他将它举过头顶，这样做减慢了他的速度，但他也游了过去。然后他们爬进了一扇破碎的窗户，游过被水淹没的楼层，想找到楼梯好走出水面。湿气和热气沉重地弥漫在空气中，他们的头离屋顶只有一米多，但这已经足够他们呼吸了。

“在这里！”普克低声说。他们艰难地踏上楼梯，身上还滴着水。他们努力保持安静，避开不知多久以前留下的垃圾和死去的动物。

突然很多浣熊从他们身边冲过，从楼梯往上跑去。他们到达建筑物的第一层干燥的楼层，普克把莫斯拉近。

他说：“他们一定在建筑物的南侧，俯视着我们。我看到了一些倒影，大约还有五层楼的高度。我们不能弄出动静，明白吗？”

莫斯点了点头，他左手抓紧装有酸液的瓶子，右手紧握着他的弯刀。

他们偷偷地走上楼梯。外面，又一枚炮弹呼啸而下。莫斯短暂地庆幸自己在里面，而不是身处外面的噩梦中，但当他们到达他们一直寻找的楼层时，一切都乱了套。

如果不是他和普克把那群浣熊吓跑了，他们本来可以完全出人意料地袭击神军的那些娃娃兵。浣熊们见到他们，从楼梯井里冲了出去，像蟑螂一样四处乱窜，而神军正好就在他们面前——三个浑蛋，身体探出窗外，正指挥着火炮的弹着点。

又一枚炮弹轰然落下，当击中目标时，娃娃兵们都欢呼起来，然后浣熊们冲了进来。

那些男孩转身抓起步枪。普克冲上前，大喊着开枪。他击中了其中一个男孩。莫斯瞥见男孩惊讶的棕色眼睛，他的头往后仰着，长发四散飞扬，从窗户掉了出去。

另一个娃娃兵被子弹击中了腿部，但他仍挥舞着步枪扫射。莫斯拿着酸液瓶冲向他，像接受训练时一样，直接对准他的脸喷洒。顿时他的脸上冒起了蒸汽，灼烧着、冒着泡，整张脸被腐蚀了。但这个孩子仍在射击。

莫斯赶紧趴下，子弹四处乱飞。普克重重地倒在他旁边，血流满面，脸庞破碎，眼睛圆睁。

莫斯试图找到方向。那个被酸液腐蚀的娃娃兵在地板上尖叫着打滚。普克躺在他旁边，下巴被炸飞了。

现在只剩下那个电台男孩了。他就站在那里，盯着莫斯。

莫斯和电台男孩对视了一眼，然后那个娃娃兵快速拿起他的枪，莫斯则抓向普克肩上的步枪。他无法从普克的肩膀上把枪取下来。子弹如雨点般落下，混凝土飞溅，电台男孩先开火了。莫斯抬起普克的步枪，瞄准目标，与对方的枪声同时响起。他扣动了扳机。

电台男孩的胸口冒出一道红色的血液，溅到了他身后的墙上。那个男孩满脸不可置信地向后倒去，撞在墙上，滑坐到地上。突然一切安静下来，只有电台里发出的请求确定方位的高声尖叫。

很长时间，莫斯呆呆地看着他开枪射中的男孩。鲜血从男孩身上流淌出来。他的眼睛盯着莫斯，但莫斯无法确定他是否已经死了。他还在呼吸，莫斯想，然后不确定自己应该做什么。他觉得自己不能再次开枪打那个男孩了。

莫斯开始发抖。他还活着。普克已经死了。其他三个人也都死了。而他还活着。命运啊，他还活着。他颤抖着站了起来。肾上腺素令他无比兴奋。他用手在自己身上摸了一遍，惊讶地发现自己完全没有中弹。

就像神军的那些孩子说的一样，他们免疫子弹，是受祝福的。子弹应该只会从他们身上弹开，因为他们的将军祝福了他们。他们有护身符保护自己。莫斯可以看到这些男孩佩戴的护身符，小小的铝片，上面有他们的神职人员标记的印记，用来抵御子弹。但他们都死了，而他还活着。

莫斯走到窗边。从高处看下去，下面正在战斗的人像是一群漫无目的地乱跑的小蚂蚁。

无线电发出嘈杂的声音。“下一个炮弹要打在哪里？”

莫斯俯视着街上的战斗。他应该逃跑。这是他的机会。他可以逃走。

但他深陷在淹没之城中——各个方向都是战线，层层叠叠。他已经被标记为联合星际部队的士兵。如果他试图逃跑，他所在的军队会抓住他；如果他进入神军领地，或者遇到自由军，他们会直接开枪打死他。他不再只是一个战争蛆虫。现在他是一个士兵。被标记，被命名，被赋予了新生。

电台里再次问道："下一个位置是哪里？"

他凝视着战场。奥乔就在下面。

想知道一个秘密吗？你已经死了。别再担心了。

莫斯拿起电台，打开了麦克风。"往后退九十米。"

"什么？"

"往后退九十米。你偏得太远了。"

999 轰然作响。

神军的士兵们在他们阵线后方炮弹的轰炸下像蚂蚁一样四散奔逃。莫斯看着这些战争蛆虫奔跑和逃散，感到一阵兴奋，是他把 999 引导到了他们所在的街道，追着炸他们。

这兴奋并没有持续太久，但已经足够了。没过多久，莫斯就看见一些神军士兵从前面撤退回来。他知道是时候离开了。这就好像在他还和家人在一起的时候捉弄他的哥哥。你可以跟他胡闹一会儿，但如果他看起来真的动怒了，那你就该溜走了。就像现在，一队神军的士兵开始游过运河向这边赶来，这意味着他必须马上离开。

莫斯环视着房间。他们已经在这里布置了一段时间，显然花了好几天策划这场打得联合星际部队措手不及的伏击。他抓起了他那已经死去的对手的枪。还有弹药……

他不可能把它们全部带走。他在死尸身上手忙脚乱地翻找着，试图把枪管的口径和子弹的直径对应起来。场面一度十分混乱。他从一个人身上拽下一整条弹药带，从另一个人口袋里摸出几个弹夹，把它们倒进自己的衬衫里。真的该离开了。

但其他的东西还留在房间里，试图引诱他不顾一切地把它们也带走……忽然他灵光一闪，幽灵抓起了剩下的步枪，扔出了窗外，然后是他带不走的弹药和电台，所有东西都飞出窗外，坠入下方的运河中。

做完这一切之后他才开始撤退。他跑下两层楼，这一次那些浣熊救了他，因为它们比神军的娃娃兵先冲上楼，提醒了他及时躲藏起来。他蹑手蹑脚地和它们一起穿过散乱的走廊，在心中默记着这栋建筑的地形，不断向下，向下，踏过一级级楼梯，直到重新跳进水里，向狗斑所在的位置游去。

换作是以前那个冒冒失失的莫斯，他会直接从建筑下方游出去，但现在的幽灵在被淹没的那一层停了下来，向外窥视着运河水面和破碎的木板栈道。

身边有不少持枪的男孩，而他现在也有一把枪了，这次狩猎也和以往有所不同。他曾经捉过青蛙、蛇和小龙虾，如果那些神军的娃娃兵不是蛇的话，他也不知道还有什么能算是蛇了。于是他仔细搜索着运河和上面的建筑物，偷偷窥视，寻找狙击手活动的迹象，然后他看到了狗斑的人在奔跑，他们以跳跃的方式脱离战斗区域，范注意到了他，于是幽灵跳入水中，他知道他的战友们会掩护他，他们在提供火力。

他从水中走出来，水滴滴答答地落下，得意地高举着他的战利品步枪，口袋里装满了子弹，谁也不知道它们是否能发射，但可以肯定的是，它们已经不再属于神军了。

999 再次开火，但是狗班已经脱离了杀伤区。

奥乔看着他问："普克在哪里？"

幽灵指着大楼上方。

"死了？"

"是的。脸上挨了一枪。"

"那你就和塔姆塔姆还有斯托克一起行动。"奥乔向其他士兵喊了一声，"嘿，斯托克！普克没了，你跟幽灵一组。"

他还没和这两个男孩一起行动过。塔姆塔姆是个身材瘦弱、有着无神双眼和塌鼻梁的贼小子。另外一个叫斯托克的男孩是黑皮肤，看起来像个傻大个儿，比他们两人年长一些。幽灵喜欢这一点。如果以斯托克的年龄能活到现在，那证明他没有外表上看起来的那样笨手笨脚，也不会轻易让他们两个送命。

斯托克盯着他看。"你在对付 999 的时候干得不错。"他停顿了一下，对幽灵带回来的步枪表现出一种掠夺的兴趣，"好枪。"

幽灵小心翼翼地握着枪，知道接下来会发生什么。

"塔姆塔姆没有枪。"斯托克说。

"那又怎样？"

"他的军衔比你高。"

幽灵只是坚定地盯着塔姆塔姆，不让自己眨眼或表现出害怕。他回头看向斯托克。"如果他想要，我认为他最好自己找一把。”他说道。

斯托克看起来差点儿就要发火了，但随后他笑了笑，摇了摇头。

“是啊，他最好自己找一把。”

第三十一章
莫斯兰丁的清晨

黎明时分，莫斯兰丁一片寂静，闷热而潮湿。雨水倾泻而下，将一切都浸透了，把一切都变成了泥巴。

这地方看起来几乎和被联合星际部队焚烧后的榕树镇一样糟糕。如果那些人没有在呕吐、趴在地上但还能呼吸，那么他们就可能已经死了。其中一些人因为放荡过度而筋疲力尽，甚至已经失去了意识。

玛丽亚踩过那些躺在地上的人。在雨天早晨的暗淡光线下，莫斯兰丁似乎不再那么危险。没人愿意在外面找麻烦，没人愿意醒着。她听到有人在喊叫，但声音很遥远。还有人在唱一首关于成为一名士兵并最终丧命的老破歌。

码头很安静。雨滴落在波托马克河上，形成涟漪。浑浊的水流绕过几个破损的桥墩，汇入一条棕色的河流。

靠近海洋，潮水将咸水顺着河口推上来，然后又退回去。马赫福兹医生很久以前告诉过她，这是一种独特的现象，在其他地方，一条河流如果没有被战争和腐烂的城市所污染，就会生机盎然，河里满是鱼和乌龟。

河口可能有一些动物，但是玛丽亚听说那里最好的渔获对象永远都是尸体。人们从战争的其他地方漂流而来，前往大海。他们中的一些被杀后被丢进河里，一些则死在漂浮的小筏上。有人总是打捞这些尸体。

玛丽亚在码头犹豫着。水上的人群中有一个女人，她戴着一顶湿漉漉的雨帽，抬头看着玛丽亚。玛丽亚朝那位女士走去，但又犹豫了。仅仅因为她是个女人，并不意味着她是安全的。而且玛丽亚不喜欢那个女人的模样。

她的腰间别着两把手枪，嘴唇裂开了，又被胡乱地缝合起来。她的眼睛冰冷得让玛丽亚往后退了一步。那个女人简直就像一只冷酷的科伊狼。

玛丽亚转身准备离开，突然看到了之前见过的那个男人。他在树林边小便时，她曾以为他是个军官。他和他的两个保镖正在将装备绑在小艇上，用撕破的塑料布盖住，上面印着古老的公司标志。玛丽亚甚至认出了维和部队在她小时候悬挂的一面旧横幅。

横幅上写着“解甲归田”。

她记得那次运动。他们一直努力将退伍军人重新安置到农村，提供种子、土地和专业知识，让他们再次成为农民，他们所要做的就是交出枪支。

其中一个男孩站在撕裂的广告塑料布上，手中拿着一支猎枪。玛丽亚一度以为自己会被射杀，但男孩的目光移开了。

那个女人还在看着她。她从小船上爬下来，大步走向她。

“你，”她说，“过来，小妞，让我看看你。”

玛丽亚开始后退，然后想要逃跑，但她身后传来新的动静。

她举起弯刀来保护自己，两个男孩从她身边走过，完全无视她。他们的脸上沾满了雨水，但当他们举起步枪瞄准时，几乎没有眯起眼睛。

“走开，女士。”其中一个男孩说。他的脑袋像子弹一样尖尖的，皮肤黑黑的。他的手臂和腿几乎像树枝一样细，但他仍举起猎枪瞄准着。另一个男孩正在横移，争取更大的射程。他是个纯粹的爱国者，生长在淹没之城，而不是像她一样的混血儿。他也手持一支猎枪。

“你们离那个女孩远点儿。”他说道。

那位女士的手慢慢伸向她的手枪，但那个男人喊道：“他们是专业的射手，克拉丽莎。我们走吧。”

她看着他们，然后转身回到她的小船旁，解开缆绳。片刻后，她驾船驶入河中，随波漂流。她回头望着他们，然后消失在灰色的雨雾中。

玛丽亚惊讶地看着他们说：“谢谢。”

那个男人耸了耸肩。“你应该走了。她是个人贩子，即使你有只手没了，她也能把你卖个好价钱。如果你直接走向她，她会把你抓走。”

两个男孩盯着她。

“你是被抛弃的混血儿吗？”较黑的那个问道。

玛丽亚不知该如何回答，但她还没来得及回应，那个男孩已经替她回答了：“他们不喜欢混血儿出现在这里。你最好赶快离开或者迅速加入 AOG，女孩。”

AOG，就是神军。是的，她应该给自己找个身份做掩护。她以前真是愚蠢。她需要一件护身符，或者其他什么东西。然后，当她进入联合星际部队的地盘时，她需要再次给自己搞个身份。如果她想在不被怀疑的情况下溜过去，她可能需要在脸颊上烙上印记。

“谢谢。”她再次说。

他们已经把最后一批包裹放在小船上并解开了绳子。

“喂！”她喊道，“你们要顺流而下吗？”

“什么意思？”

“如果是的话，我想和你们一起去。”

“你有钱吗？”

“我的朋友有。”

“是吗？”

“他受伤了。我需要帮助，把他送下去。如果你们能带我们，我们可以付钱。我们只是想离开这里。”

“你们想顺流而下？”他们表示怀疑。

“我们有朋友，”玛丽亚说，“他们说他们为我们在一艘废船上找到了位置。去外面。向北去海景波士顿。”

“我第一次听说这种事，没有人能从这里逃脱。”

“我们有朋友帮忙。我们只需要到那里。”她犹豫了一下，“拜托，我们必须下河。我的朋友就在树林里。我们可以付款。我们有大米，有砍刀，有科伊狼皮。”

她突然灵光一闪，想到了莫斯和他的商业计划。“我有一些半兽人的牙齿。狗脸怪的牙齿。你们可以卖掉它们，对吧？幸运护身符。士兵们喜欢那些，对吧？”

当他们的神色立刻振奋起来时，她差点儿笑出声来。

图尔抓走那些男孩的速度如此之快，以至于玛丽亚实际上有点儿替他们感到难过。

男孩们带着他们的猎枪和步枪出现，摆出一副嚣张和刻薄的姿态，以为他们知道如何战斗，或许还有点儿受到刚才那次“壮举”的影响，而图尔……

男孩们站在树下，期待地四处张望着，有些恼火他们走了这么远。丛林仿佛不安地喘了口气。

树叶沙沙作响。两个男孩的身体飞起来，又被重重撞倒在地，图尔压在他们身上。他夺走他们的枪，一个男孩被他夹在左臂下，另一个男孩被他夹在右臂下。

他们踢打、挣扎、翻滚，其中一个还尿湿了短裤，玛丽亚差点儿笑了，但她想起自己曾经成为图尔袭击对象时也吓尿了，所以她没有笑。

她蹲下来看着被摁倒在地的男孩，说：“我没有钱，但现在我有了你们。”她看着他们，“我要去找你们的老板谈谈，看看我们能否进行一笔交易。”

他们俩带着仇恨瞪着她。

玛丽亚叹了口气说：“别太难过。像半兽人牙齿那样的事也让我朋友莫斯陷入了麻烦，这不是你们的错。”她抓住一个男孩的霰弹枪，摆弄着，直到打开了枪膛。

“拿上步枪，”图尔建议，“霰弹枪的后坐力更大，你控制不住。”

玛丽亚将目光从两把武器间移开。“那个小鬼头能带着它，我为什么不能带？”

“他有经验，而且有两只手。”

玛丽亚将目光从手中的步枪转向霰弹枪。“但我用这个不容易失手。”

“那你得离得足够近，你的断臂会让控制变得困难。”

“我会稳住的。”

图尔耸了耸肩。

尽管如此，玛丽亚还是拿起了霰弹枪。她站起身来，举起武器，微笑着。他妈的，握着武器的感觉真好。这可不是那些还没靠得足够近就被枪干掉的刀。她不能在擂台上与士兵对打，但她可以轻易地轰掉他们的脑袋。

这把枪在她手中感觉很实在，令人放心。强大而可靠。有了这样的武器，她可以挺直了腰杆站立。

难怪士兵们总是那么嚣张。当你拥有一把枪，你就会昂首阔步。如果她在士兵们第一次抓住她时有一把枪，那一切都会不同。

她一生都在躲藏和逃跑，一直像只兔子一样瞎跑，而科伊狼一直在进行狩猎。但有了这把枪，她就有了放手一搏的本钱。

这把武器很沉，但她突然感觉自己身心轻盈，好像她过去的重负突然消失了，在一瞬间土崩瓦解。

她冲着手中的武器咧嘴笑了起来。没错，她喜欢这把枪。

“开火时用肩膀抵住，来承受后坐力，”图尔说，“否则肩膀会被撞得瘀青。”

“但它将会命中我的敌人。”她说，“它将很会杀人。”

“克制你自己，不要想着这把武器能让你更加强大。”

“但它至少不会让我更加弱小吧。”

“比你膨胀的想象力弱小得多。”图尔说，“抵制它给你带来的傲慢。”

“我没有傲慢。”

“每个人拿着枪都会开始傲慢。看看它。”

“它怎么了？”

玛丽亚低头看了看。看起来还不错。完好无损。状态良好。准备就绪。

“它会让你自负。”图尔摇晃着他腋下的两个男孩，“它也给了这两个男孩自负。看看他们现在，从强者变成了俘虏，而这一切只需要自负。当你放心地随一个看似无害的独臂女孩进入丛林时，就是由于枪给你带来了傲慢。”

图尔突然咆哮起来：“现在再看一次！”

玛丽亚被图尔吓了一跳。她低头看着霰弹枪。“我看着呢！我看着呢！”

划痕和剐痕。沉重的黑色枪管。一个手工雕刻过并锤在主要部件上的木质枪托。

它被涂上了颜色。很多枪都会被涂上颜色，这把枪也不例外。上面有很多东西，主要是绿十字，代表深水信仰。还有神军的红星。

“我看了。它怎么了？”

它就像她曾经见过的每一把枪一样。饱经战火，但随时可以开火。

“看。”图尔又说。

玛丽亚盯着它，试图看到图尔看到的东西。

“涂料剥落了。”图尔说。

玛丽亚怒视着他。“那又怎样？”

“所以，看。”

当然，有些涂料剥落了，但下面还有更多的涂料。可能是一些命运之眼，再下面的从形状看可能是绿十字。还有一些红色的东西。也许是白星在蓝色背景上的一部分。也许还有一个联合星际部队的标志。

彻骨的寒意蔓延至玛丽亚的脊柱。她的呼吸都停住了。

这把枪确实让她有了威风，那两个俘虏也是如此。

以及之前的所有拥有者，

以及再之前的，

以及再之前的，

以及以此类推……

她可以透过这把枪看到那些曾经握过它的手的历史。一个接一个的士兵将其变成自己的武器。他们在上面涂满了幸运符和护身符，有命运之眼、十字架以及任何他们认为能给他们带来好运的东西。

而他们每一个人都已经死去了。

这把霰弹枪并不关心它的拥有者是谁。它从一个人手中传到另一个人手中。她只是这个链条中最新的一环，这个链条几乎可以追溯到“加速时代”，那时人们还拥有正常运作的城市，而不是一直相互射击。

这把武器曾经被很多人掌握过，如果它对其中任何一位有所帮助，那么那个人可能仍然会活着握着它，而不是将它传给她。

她打了个寒战，突然想知道自己是不是一个死去的女孩。难道仅仅握着这把枪就让她成了一个幽灵吗？

图尔咆哮着说：“你现在明白了。”

玛丽亚咽了口口水，点了点头。

“很好。现在去和我们的船长谈判吧。我们应该在天亮之前出发，镇子很快就会苏醒。”

玛丽亚转身准备离开，然后又回过头看着那两个男孩。

“我不要它，”她举起霰弹枪，“这是你们的。等我们离开了，它就是你们的了。我不要它。”

她无法判断他们对她是怎么想的。他们的眼睛在图尔的挟持下惊恐地大睁着，她感到很难过，但她对他们的信任还不够，无法告诉图尔对他俩好一点儿。因此，她悄悄地离开了丛林，潜行穿过雾蒙蒙的街道。

白天的气温已经开始升高，士兵们仍然醉醺醺地几乎无法行动。一个光着脚、衣衫不整的女孩，匆匆走过泥泞的街道。她瞥了一眼玛丽亚和她手中的枪，便避开了她。

玛丽亚不禁想知道她自己看起来像什么样子，让那样一个女孩如此害怕她。她走到了水边。

那个男人看到她时挺直了身子，当他看到玛丽亚拿着霰弹枪时，他的手伸向了手枪。

“别动！”她伸出手，将霰弹枪架在身体一侧，“别动。”

“你来这里干什么，弃儿？”

“我和我的朋友要往下游走。我们没有钱。但如果你帮我们，我们可以把你的孩子还给你，否则我就崩了你。”

“我们需要你。需要你帮我们通过检查站。告诉我们士兵们在哪里。”

“你们是谁？”

“只是一群想逃离战争的蛆虫罢了。”

“门儿也没有。没人能上那些废船。他们不会接受你们这样的人，或者其他任何人，除非你短裤里塞了一笔巨款，没人能离开。北方的军队，所有的战线。所有人都没有地方可去，特别是对你们这样的人来说。现在我的孩子们在哪里？”

“你如果想让他们活着，你就沿着河流下去，经过城镇，把船停在别人看不见的地方。我们会与你会合。”玛丽亚转身离开。

“等等！”

“怎么了？”玛丽亚瞪着他，尽可能让自己看起来更凶狠一点儿，“怎么了？你有什么话要说，老头儿？”她把霰弹枪扔给他。“拿着吧，我们不需要它。你要么沿着河流下来把孩子们带回去，要么你不去——你就找不到他们了。”

“也许我可以就在这里开枪打死你。”

“老天爷，”玛丽亚说，“我早就已经死了，老头儿。你还不明白吗？你杀了我，没什么关系。我只是一个被抛弃的人。人们甚至不会为此感到惊讶，不是吗？他们宁愿为一个站街女孩哀悼，也不会为我哀悼。”

她张开双臂。“我没有防弹衣，什么都没有。你想打死我，就打吧，没人在乎。”她看着他，“但是如果你关心你的孩子，那么你就沿着河流下来，与我们会合，我们会把他们完整地带回来。否则，你得到我的头颅，也得到他们的头颅。”

她转身走进丛林，没有回头。她的脊椎一阵刺痛，汗水顺着肋骨涌出。等待着子弹。

一场赌博。一切都是该死的赌博。一次又一次地押注运气和命运。

她继续走着，等待着那颗子弹。

第三十二章
潜入淹没之城

“你要我把那个带下河？”

船夫盯着从丛林中走出来的图尔。他们在莫斯兰丁下游会合，但当图尔从丛林的阴影中走出来时，船夫吓得差点儿当即撑船逃走。

图尔露出了牙齿。“我不是来与你为敌的。我们只是出现在你的生活里，然后消失，你永远不必记住我们存在过。”

那个人盯着他，然后看向玛丽亚。“你们到底是谁？”

“只是些被抛弃的人。”她回答道。图尔将两名俘虏送上小船，自己也爬了上去，小艇随之歪斜，看起来马上就会侧翻。

“这不可能，”那个男人说道，“我不可能在我的船上藏一个狗脸怪。”

图尔咆哮着露出他的牙：“你可以称呼我为图尔，或半兽人、强化人，但如果你再敢叫我狗脸怪，我就撕开你的胸膛，吃掉你的心脏，然后自己驾驶你的小船走。”

那个男人退缩了一步。“这不可能。他们不可能让我们通过，有……有……”玛丽亚可以看出他想再次说狗脸怪，但他不敢。“你。”那个男人最终说。

图尔不屑一顾地打发了他：“这你不用担心。告诉我们，我们的敌人在哪里，我会在必要的时候隐藏自己。”

船夫仍然心存疑虑。“事成之后，你就放我们走？”

玛丽亚和图尔同时点点头。玛丽亚说：“我们只是想帮助一个朋友。”

“帮助朋友？”那人斜视着玛丽亚，“这就是你们报答朋友的善意的方式吗？如果我们没有帮你赶走克拉丽莎，你现在会在哪里呢？”

玛丽亚的脸涨得通红，把头扭向一边。“我不是有意针对你们的。”

“是啊，你们从来不是有意针对谁。你们加入军队，端起枪，烧杀抢掠，这也不是有意针对那些被你们杀掉的人。”那人注视着她，“一群拿着枪的娃娃兵，我们对你们来说甚至都不算人。”

“嘿！我不是这场战争的一部分。”玛丽亚说，“我没有主动参与，我没有要求士兵们来追捕我！我不是主动参与这场战争的那一部分。”

然而，当她说这话时，她感到自己很天真。在她面前，两个男孩躺在小船的底部，被图尔用葛藤编成的绳子捆得结结实实。他们是她的俘虏，她的受害者。

有了图尔，她同样可以砍断他们的手并将他们扔进水里，然后嘲笑地看着他们在水中挣扎。她掌握着他们的命运，并且可以利用这一点确保他们完全按照她的意愿行事。

她已经参与进来了，而且越陷越深。

“只要帮我们顺流而下，我们就不会再打扰你了。”她嘟囔着说，“我们不是来伤害任何人的。”

那个男人冷笑了一声，似乎还想说什么，但他瞥见了图尔的表情，便沉默不语了。玛丽亚又开始感到内疚了。吓坏了的男孩们被捆在一起。一个对她没有做错事的男人，却被她利用了。

难道我和那些娃娃兵一样吗？

她并没有杀人。如果抓住这两个小鬼头的是军阀的士兵，那他们早就已经死了，或者像莫斯一样被抓了壮丁。绝不可能只是被抓住，然后又被放走。

风撑起了小艇的帆，他们离开了岸边。水面反射着初升的阳光，把河流变成一条闪烁的巨龙，一直盘旋到淹没之城，直到大海。

“我只能带你们到联合星际部队的领地，”那个男人痛苦地说，“然后我就无能为力了。我不和河口进行交易。我不能把你们送到海里去。”

玛丽亚点了点头。“那就够了。只要带我们通过联合星际部队的防线就好。”

“带着……半兽人？”

“不用担心我，”图尔说，“士兵们不会注意到我。”

“如果我出卖你们呢？”

图尔看着他。“我会杀了你和你的人。”

她真的想要这样吗？她想和那些士兵一样玩这个游戏吗？

“图尔，解开他们，让那些男孩活动一下吧。他们不会做什么。反正到了检查站，我们也得给他们松绑。”

图尔耸了耸肩，解开了俘虏的绳索。男孩们坐了起来，表情很愤怒，揉搓着手腕和脚腕。“早知道我们就不该帮助一个被抛弃的人。”其中一个说。

玛丽亚瞪着他。“如果你知道我和他在一起，你会让我们顺利搭船吗？”她朝图尔指了指，“你会吗？”

男孩怒视着她。

“是的，”她说，“我就知道你不会。”

在他们前方，江河展现开来，揭示了浸没在丛林中的淹没之城。建筑物从水面拔地而起，像是从坟墓中艰难地站起来的尸体。塔楼、仓库、玻璃和瓦砾。一些建筑物整体坍塌后形成的混凝土和砖块堆积。周围都是沼泽，蚊子嗡嗡作响，弥漫着一片瘴气。

玛丽亚以一种奇怪的双重视角看着这一切。当她住在城市里时，这里是一个游乐场，有她的学校、与父母的生活，还有那些来买她母亲古董的收藏家。现在这里却满是焦土、废墟、瓦砾和无休止的枪声，只是一张标记着安全区域、采矿作业区和领地争夺态势的地图。

当维和部队还在这里的时候，他们全心全意致力于建设风力涡轮机、海浪发电设施，甚至成功完成了几个项目。玛丽亚的母亲曾经带她去参观一个位于河口的风力涡轮机项目，涡轮机像巨大的白色花朵一样拔地而起。她的父亲参与了这个项目，但她当时年幼，无法理解他是在保护涡轮机本身，还是在保护建设队伍，或者其他人。现在，她注视着同一片开阔的水域，又看到了它们，但所有的涡轮机都已经破败不堪。

她指着它们说："我爸爸在那上面工作过。"

"废弃品。"其中一个男孩嘟囔着。

玛丽亚想踢他一脚，但她忍住了。那个男人说："他们把它们拆掉了。"

"维和部队？"

"军阀。维和部队一撤出，军阀就开始向涡轮机组开枪，试图摧毁电网。他们当时定下的分区占领条约没能维持多久。联合星际部队占领了涡轮机，兰德的自由军占领了变电站，他们要共同掌控这里。"他耸了耸肩，"他们互相打得很惨。联合星际部队炸了变电站。民兵拆了涡轮机。然后，神军把他们俩都赶走了，把钢材和复合材料卖给了劳森-卡尔森，所以最后所有的涡轮机都用来制造新武器了。"

他向图尔点了点头。"我打赌他这种人一定对此了如指掌。"

图尔没有回应这个挖苦。"战争会摧毁一切。"他只是这样说。

他的耳朵在风中竖了起来，眼睛在穿越水面时闪烁着对一切都感兴趣的光芒。玛丽亚注视着他。

有时候，他奇特的野兽般的面孔似乎表现得像一个真正的人类，比如他因一些半兽人的幽默感而发出笑声，或者试图说明她拥枪自傲有多愚蠢的时候。但是现在，当他们接近淹没之城，她再次意识到有多少来自其他物种的特质影响着这个生物。部分人类，部分野犬，部分老虎，部分鬣狗……纯粹的捕食者。

他们越接近淹没之城，图尔似乎越有生命力。他巨大的身躯仿佛涌动着战争的活力、猎杀的渴望。

船夫说："拐过这个弯，我们就进入城市了。这里是神军的领地，他们会要买路钱。"

"你以前这么干过？"图尔问道。

那个男人点了点头。"我有让我通过的许可，我给罩着这条河的船长带来补给。"

图尔点了点头。"他们还有多久能看到我们？"

"我马上就要驶入运河了。"

没有再多说一句话，图尔翻过船帮跳进水中。男孩们看着玛丽亚，突然不安分起来，开始伸手拿枪。图尔在船旁浮出水面。

"别以为我已经走了。我在这里，我在听着，我可以把你们全都淹死。你们最好不要轻举妄动。"

他再次消失在水下。船摇晃得有些奇怪，就像某种帆船上的巨大藤壶吸附在了小船上一样。船夫吓得扭曲了脸。

"该死的狗脸怪肯定就在船底下。"

船夫用力扯起帆，男孩们匆忙拿出桨，他们接近了岸边。船夫环顾了一下船上，盯着玛丽亚。他扔给她一顶金蓝相间的帽子，上面有一个旧的帕特尔全球运输公司的标志。

“戴上这个，你看起来太像被抛弃的人了。”

“其他人也有像我这样的眼睛，你这个孩子也一样。”

“其他人跟你的情况不一样。你身上的一切都在宣告着你是被遗弃的。你正好是适合的年纪，而且你看上去混血得太明显了。”他瞥了一眼即将进入的淹没之城的运河，“你根本不知道你给我们带来了多大的危险。”

他们驶入了运河。玛丽亚从帽子下面眯着眼睛看着城市。这里和她上次来时不一样了。整个景象有一种梦幻的质感，一个城市叠加在另一个城市之上。记忆和现实，重叠在一起。

“水位比以前高了。”她意识到。

船夫瞥了她一眼。“你上次来是什么时候？”

“维和部队撤走时。”

“是的，那时候这里的水位就高了。维和部队试图修建的堤坝和防洪工程在他们离开后立刻被摧毁了。军阀们想要互相淹没，所以他们炸毁了那些工程以及所有的排水项目和飓风防护堤。于是海水重新涌入了城市。人们为了排水而付出了那么多努力，他们却任由水重新流回来。”

这个地方比玛丽亚所预想的要糟糕得多。旧街区已经自行倒塌。水道在扭曲破损的建筑和瓦砾间形成了一个迷宫。杂草缠绕的丛林、淹没的建筑物、混浊的池塘、成群的叮咬着人的苍蝇和蚊子交织在一起。

酒吧里挤满了搔首弄姿的女孩和喝醉了的士兵，他们把步枪挂在肩上，彼此喊叫着，打碎酒瓶。流浪汉和瘾君子眼巴巴地望着河流上的交通，口水从嘴角垂下，眼睛发红。粗大的蟒蛇在水道中蠕动，乌鸦和喜鹊在头顶盘旋。玛丽亚从一个三层楼高的窗户中发现了一窝向外窥视着的科伊狼。

城市和丛林已经融为一体。

运河交通移动缓慢。神军的旗子挂在建筑物的窗户上，破破烂烂的。神军的将军萨克斯的面孔无处不在，有他举起绿十字架给真信徒看的宣传画，有他挥舞闪亮的剑或突击步枪、神军的旗帜在他身后猎猎飘扬的宣传画。

他的面孔向民众凝视着、质疑着。即使是最简陋的军阀画作也吸引了玛丽亚的目光。萨克斯将军留着短发，脸颊上有一道疤痕。然而，让她着迷的是他那双黑色而炽热的眼睛。这个男人似乎寄居在他的画作中，在那些眼睛中活着，并似乎承诺着某些事情。

其他人似乎也这么认为。当淹没之城的居民走过这位军阀的各种画像时，他们向他行礼膜拜。食物、鲜花和熄灭的蜡烛作为祭品散落在每幅画下，仿佛他是类似拾荒之神或命运女神中的一位，只是更伟大而已。

他的影响似乎触及每个街区。卖水的人、美甲店的女孩和三岁的孩子都穿着与他一样颜色和图案的衣服，他的士兵无处不在。在街道和水边上，他们挤满了栈道，边抽手卷烟边观看着河上的交通。神军，是城市的主人。至少现在是。

就像玛丽亚检查过的霰弹枪一样，城市的墙壁上也装饰着之前的占领者的形象，强调着淹没之城的统治者正在不断更迭这一事实。

神军的颜色覆盖在其他军阀的面孔上，将它们掩盖了起来。其他军队的旗帜被涂黑或覆盖，但仍然有一些画像露了出来。玛丽亚甚至能看到当年停火生效时的一些维和口号。

玛丽亚看到士兵们在木栈道上向他们招手。他们只是些孩子，有些还像莫斯一样年轻，全都手持突击步枪或霰弹枪。瘦削的身体，扭曲的肌肉，遍布赤裸的背部、肋骨和胸口的伤疤。各种种族和混血，黑人、棕色人种和苍白带雀斑的粉红肤色，所有人都冷酷无情。他们都充满了和抓走莫斯的联合星际部队士兵一样的对暴力的渴望。

“你是谁，女孩？”其中一个士兵问道。

玛丽亚没有回答，那位划船人替她回答了。

“她是跟我来的。”

他拿出文件递给士兵们。他们看看她，看看文件。玛丽亚不知道他们是否能读懂。

划船人说：“我和伊蒙斯船长有个交易。”他拎起一个袋子，递给他们，“他会想看看这个的。”

那些孩子看看袋子，看看文件，看看玛丽亚。

他们的眼睛充着血，肯定是服用了某种兴奋剂。所有士兵都服用这种东西来提高战斗力，但这也让他们变得疯狂和野蛮，突然间玛丽亚有了不好的预感。

这些娃娃兵只是想杀死一个被抛弃的维和部队混血儿，无论她是否有这个交易人的保护，无论是否有某种协议。

一个被抛弃的人没有机会进入淹没之城。她并不属于这里。当她和她的母亲第一次逃离时，军阀们已经表明了这一点。曾与维和部队合作的人已成为公敌。军阀们和他们的士兵对叛徒记忆犹新。

其中一个男孩正在打量她。他只有一只眼睛，这让她想起图尔，但这个男孩的眼睛是棕色的，布满血丝，那眼神看起来比图尔准备杀人时的神色还要愤怒和疯狂。

“你是被抛弃的人吗？”

她试图说话，但恐惧占据了她的大脑。她摇了摇头。

“当然，你是。”他望向船夫，“你要个弃儿干什么，老头儿？”

船夫犹豫了一下。“她很有用。”

“是吗？那我买了她怎么样？”

玛丽亚的内心一紧，她真是个傻瓜。

“不卖。”

男孩笑了。“你以为你能决定什么可以卖吗，老头儿？”

船夫摇了摇头。虽然他看起来很镇定，但玛丽亚可以看到他太阳穴上滴下的汗水，顺着脖子流淌。“你的船长和我有个协议。”

“我没看到他在这附近。”

玛丽亚感觉到船底传来一声重击。要么是图尔淹死了，要么就是他准备浮出水面屠杀。

请躲下去，她默默祈祷。请躲下去。

所有的士兵都饥渴而凶恶地盯着她。他们的小铝质护身符在赤裸的胸膛上闪闪发光，其中一些护身符上涂着绿十字，而其他人则在上面涂上了他们将军的脸，就是那个在墙上有着黑色肌肤、凹陷的脸颊和充满激情的眼睛的将军。

然而，这些护身符各有不同。萨克斯将军仍在微笑，但是涂画他脸部的人让他的那个笑容看起来几乎疯狂。玛丽亚无法确定是因为他们想要他们的将军看起来如此疯狂和危险，还是画技实在糟糕。但当她抬头看着这些男孩时，她知道她不会去问。她觉得他们无所谓自己的将军是怎样一副尊容。

到最后，持枪的人无论如何都不能看起来傻乎乎的，这就是事实。

那个男孩看看船夫，然后看看玛丽亚，权衡着他该怎么给他们点儿颜色瞧瞧。他的手下都在注视着，对即将发生的一切很感兴趣。他们希望每个人都死去。

不要让他丢脸，玛丽亚想。给他一些台阶下，不要让他在他的部队面前丢脸。

船夫似乎读懂了她的心思。“你们的船长正在等我们。”他打开一个袋子，拿出一沓脏兮兮的钞票。

“等他付钱给我们，”船夫说，“回来的时候我们会孝敬您更多的钱。”

士兵们的表情没有变化。但领头的男孩接过了钱，向他们挥挥手，让他们深入了淹没之城。

第三十三章
已逝的莫斯

格伦·斯特恩的面孔从一座建筑物的侧面凝视着幽灵。

他有三层楼高，离地面有十层楼高，他与幽灵的眼睛平齐，而幽灵正坐在一个兵营楼的顶部，身边有他的战友，他是当今的英雄。

他们进入了一座旧建筑物，找到了一大堆旧绘画作品和家具。他们把这些东西拆散，在建筑物的顶部生起了篝火，然后选择了一个可以俯瞰淹没之城并欣赏风景的地方休息。

把这些东西拖上来真是费了好大的劲，但现在它们全部烧起来了，火苗噼啪作响，各种奇怪颜色的油漆在画布上冒着泡，变成烟雾腾起。

奥乔中士本不想爬这么高，但既然他们在战线后方，而且斯托克、范、塔姆塔姆和其他人都在恳求，他只能说可以。

斯托克说中士不喜欢被困在塔楼里，他曾与原来的一个班一起被困，最后不得不从四层高的地方紧急跳进一条运河里。他跳下来时摔断了腿，但最终他还是没事了。

尽管如此，他仍然不喜欢被困住。

现在他们站在高处，俯瞰着整个城市，格伦·斯特恩盯着他们，他们统治着这个地方。

远处，还有一些火焰在燃烧，宛如指路明灯。其中一些是联合星际部队的，而另一些更远的是敌人的篝火。有时，有些浑蛋会发射迫击炮弹，他们会看着它画着弧线飞过，但在不同派系的军队之间似乎有一种默契，即晚上在屋顶露营时彼此不相互打扰。小规模战斗只在白天进行。当你回来休整时，他们会让你安宁，你也会同样对待他们。大多数时候如此。

曳光弹穿过黑暗的街道，伴随着 12.7 毫米口径机枪的连续扫射。幽灵惊讶地意识到，他不需要玛丽亚告诉他这些枪是什么。他都认识。

范抓起另一幅大画，扔进火中。油彩嘶嘶作响，烟雾升腾。

火焰烧透了画面。一位女士躺在麦田里，眺望着山那边的一所房子，所有的颜色都褪色了，变得灰白。这些颜色很无聊，不像他们用来装饰枪支的那种油漆的颜色，那些颜色真的很显眼。

幽灵看着自己的枪。上面有一层又一层的颜色。明亮的颜色。红底上的绿十字，这是神军最后的所有者的标志。

奥乔蹲在幽灵旁边，朝枪点点头。"你应该给它上上色，"他说，"让它成为你的枪。"

"用什么？"

"罗米有些颜料，有时他会画那位上校的肖像。"

“像那个？”幽灵用头指了指运河对面的巨大画像。

奥乔咧嘴一笑。“不完全一样，但他可以弄到一些颜料。你可以画上你的标志。画个命运之眼或其他什么的，给自己加点儿保护。让它成为你的，知道吗？神军的那些傻事都该不要了。命运之眼，要不然就上联合星际部队的蓝白配色，你想要全民皆兵的样子。”

“他们怎么把他弄上去的？”幽灵疑惑地问。

斯林姆看着画像。“他们是爬上去的。”

“绳子，”奥乔说，“他们把绳子从侧面扔下来，然后从上面下来。他们为此工作了几个星期，为了庆祝斯特恩上校的生日。一群阿尔法连的人扮成平民参与其中。”

“我还是觉得他们是爬上去的。”

“你当时不在那里，”奥乔说，“那是在你得到军衔之前的事情。”

“你为什么要毁了一个好的传说呢？你的爱国热情在哪里？”

“我非常支持爱国热情，”奥乔说，“尤其是如果它是个篝火。”他把一个破椅子腿扔进火堆，火星四溅。

幽灵凝视着建筑物之间的间隙。给格伦·斯特恩画像的人做得很好，令他看起来像某种神，脸庞坚硬而棱角分明，眼睛和奥乔的眼睛一样，有点儿绿色，但带有金色斑点。

他像一个上帝，或者至少是一个守护神。他们举起酒瓶为上校祝酒，然后他们都为幽灵，这一天的英雄，举杯庆祝。

雷吉从查理连的那些家伙那里买了三瓶三叉酒。他们有一个蒸馏器，从他们的领地偷运来原料，然后蒸馏。没有人知道他们酿酒用了什么原料。就他们所知，查理连可能是用指甲和狗蒸馏的，但他们说那全是真正的谷物，像神秘高产稻米、顶级小麦等他们能在神军或自由军发现他们抢劫之前从田地里弄到并带走的东西。

幽灵所在小队的人不断给他倒酒，他已经醉了。他抬头看着格伦·斯特恩的画像。

“你应该听他讲话，”奥乔说，“他内心燃烧着火焰。他能让你相信，为了事业，你可以穿过枪林弹雨。”

“你俩的眼睛也一样。”幽灵说。

奥乔看了一眼画像。“不，不是这样的。你看着上校的眼睛，一秒钟就能看出来。我们的眼睛颜色相同，但眼神并不完全一样。”他耸了耸肩，“不过这也救了我。”

“是吗？”

“我起初并不是淹没之城的一员，跟这些愚蠢的战争蛆虫也不一样。”

其他几名士兵对他的侮辱发出了嘘声，奥乔微笑着挥手示意他们安静下来，继续说道：“我家原来是渔民，我们都是被一场飓风卷来的，划不出去了。联合星际部队救了我们。”

他耸了耸肩。“我们中的大部分人……”他停了下来，“不管怎样，他们觉得我的眼睛和上校的眼睛相似，所以他们招募了我。”他伸出手在腰部比画了一下，“当时我只是一个这么大的喽啰。他们喜欢我，说我就像吉恩·斯特恩的小吉祥物，当子弹开始飞舞时，能给他们带来好运。”

“那些士兵还在吗？”

“不在了，大多数都死了。但那位中尉，是他救了我的命。他喜欢有个标杆。有些日子，我只能醒来感谢命运给我和上校一样颜色的眼睛。如果没有的话……”他突然停下来，脸色变得阴沉。

幽灵赶紧转移话题。“他为什么自称上校？”

“你觉得他应该自称别的什么吗？”斯托克的语气中带着一丝刺耳。

“神军有个将军，萨克斯将军，”幽灵指出道，“他们为什么有将军？”

“萨克斯将军，”斯托克不屑地做了个鬼脸，“哼，那个家伙甚至不是个真正的士兵，从没上过军校。他只是个疯狂的家伙，能说会道，成功地让一帮可怜兮兮的士兵相信只要杀死所有不屈服于他的人，他们就能上天堂。他还自称至高鹰。”

奥乔插话说：“上校说你不能自己给自己加个军衔，那不是军队里的做法。”他指着那幅巨画点头说：“他说他不会接受更高的军衔，因为他不应该接受更高的军衔。这不是爱国的行为。他是为了淹没之城而战，而不是为了某种军衔。他真的热爱这个地方。他不像其他人那样只是为了从中榨取一些残羹剩饭，然后逃跑。”

“总有一天，当我们摆脱了神军、自由军和泰勒的狼群等等，他会重建一切，让淹没之城再次伟大起来。也许到那时，他会像在加速时代一样，成为总统或者其他什么人，对吧？”

“总统？”斯托克笑着说，“维和部队总是谈论这种事。”

谈话突然中断，塞尔中尉上到了楼顶。大家都跳了起来。

“士兵们！”中尉微笑着说，“我有个好消息。我们班有了一个新的英雄，得好好奖赏我们的幽灵小子。”他向奥乔挥手。

“把他烙进来。给他烙上竖疤，嘉奖他。我们有 24 小时的休整时间，然后我们再出去给那些基督徒一个教训。”

“烙进来？”幽灵问道。

奥乔和斯托克已经抓住了幽灵的手臂。

“来吧，幽灵，做个男人，完成你的仪式。”幽灵一想到那块铁就开始发抖，但塔姆塔姆递给了他一瓶酒。

“喝吧，士兵，你不需要做得那么面不改色。”

塞尔中尉把一块烙铁放进了火中。幽灵盯着它，然后痛饮了一口酒。

烙铁越来越热。

幽灵又喝了一口。奥乔拍了拍他的肩膀。“好了，士兵，最后一口。我们来完成这个仪式。”众人都抓住了他，其中一些人在笑。幽灵努力克制住自己不挣扎。

“中士？”

“你应该知道流程，士兵。”奥乔从塞尔手中接过发着红光的烙铁，将它拿到幽灵面前。他跪在幽灵面前，脸上布满了伤疤，神情凶狠。“现在你是我们中的一员了，幽灵。直到海枯石烂，我们都是联合星际部队的一员。”

奥乔将烙铁按在幽灵的脸颊上，幽灵挣扎着拼命想挣脱。

但他们按住了他的头，尽管他很想痛晕过去，但他没有尖叫，然后烙铁又被按在他脸上。一次又一次。

横三道，再加上竖三道。水平和垂直方向。完整的条纹。现在你是真正的士兵了。格伦·斯特恩领导的联合星际部队的三重井号刻在了他的脸颊上。

烙铁被移开，幽灵躺在屋顶上，喘着气。有人将他扶起来，然后所有的男孩都拍着他的背，为他欢呼，每个人的右脸颊上都有相同的灼痕。

奥乔把他拉到面前说："我们现在是兄弟了。"

中尉站在一旁，脸上洋溢着笑容。"你在那里表现得很出色，士兵，非常勇敢。甚至斯特恩上校都听说了你是如何击退那些人的。"

他拿出一枚闪闪发光的金色徽章，放在幽灵的手中。"真正的爱国者之星。你在火线上的勇敢表现使得联合星际部队变得非常伟大。收好它。"

幽灵低头看着闪亮的胸针，那是一个蓝色的星星，置于联合星际部队的白色背景上，周围镶着金色。战友们围拢过来，好奇地看着它。

他弄到了一颗星星，他们低声说着。联合星际部队的星星。

中尉拍了拍幽灵的背："恭喜你，战士。欢迎加入兄弟会。"

然后奥乔大声喊道："我们是谁？"

"联合星际部队。"

“我们与谁战斗？”

“叛徒！”

“我们在哪里战斗？”

“他们隐藏的地方！”

“我们对他们做什么？”

“杀死！”

“我们是谁？”

“联合星际部队！联合星际部队！联合星际部队！”

每个人都在欢呼雀跃，奥乔和中尉面带微笑。“你们还等什么？”奥乔大声喊道，“给我们的兄弟幽灵一个美好的时刻！”

男孩们欢呼着将他抓住，把他扛在肩上，带着他离开了屋顶，一边高声呼喊，一边向其他部队展示他们的新战友。幽灵成了他们中的一员。

幽灵与兄弟们一同前进，脸颊燃烧着之前所有兄弟都曾感受到的火焰。

夜晚变成了酒精和鸣枪欢庆的混乱旋涡，然后他们把他带到了建筑物的另一个区域，那里有些女孩子。

莫斯感到恶心，但幽灵却很兴奋，他燃烧着、疯狂着，而莫斯已经死了，到底还是死了。

莫斯只是个战争蛆虫，而幽灵是一名战士，他还活着。即使明天他会死去，但今晚他还活着。

第三十四章
复仇之行

奥乔看着他的新战士被簇拥着走进欢乐的人群。每次在新兵脸上烙过印记之后，他们的表现总是不稳定。有时候他们的表现大不如前，不得不放弃他们；有时候他们会适应新的角色。

他还记得他被烙时的情形，他一辈子都没有过那种感觉。他的脸被烙上了印记。那种气味让他恶心。中尉和塔姆塔姆跟他不一样，他们似乎喜欢这种灼烧的气味，但他发誓他不会表现出来。

他看着幕布在幽灵身后落下。

对不起，战斗小子。

他从塞尔那里学到，头脑要时刻保持清醒。塞尔完全不喝酒，是个纯粹的战士，但奥乔怀疑令他得到快感的是伤害别人。塞尔喜欢看别人受伤。

是塞尔提出了处置战俘的新方法。砍掉他们的手脚，然后扔到他们的军队能找到的地方，让他们的军队决定是否愿意带着一个无法行走、进食和在没有人帮助的情况下大便的人。

奥乔第一次看到塞尔这么做，然后塞尔挺直身子看着队伍说："从现在开始，我们就这么干。"奥乔看着那个奄奄一息、血淋淋的男孩，就在那一刻，他看到了未来。

那就是他的未来。

也许不是当天，也许不是第二天，但最终，一切都会像回旋镖一样回到他身上。命运号叫着，像女妖一样来临。果然，现在每个人都这么做。现在，你总是得在你的新兵被抛回来时亲手杀死他们。

塞尔说这是一个教训："不要让他们逮到你们这些蠢蛋。"

奥乔挤过其他士兵和女孩，穿过烤科伊狼的气味，向着运河走去。

他没有任何地方可去，甚至不确定自己想要什么，但他需要思考，并且利用好休息和休养的时间。

自从与 999 战斗以来，有件事一直让他思考很多。

此刻，一直有枪在向他们射击。

为了防止对方的侦察人员再次深入他们的地盘，他们加强了安全措施。但这也意味着他们需要担心的不仅仅是一个连的士兵在对他们发起进攻。现在，两个潜入者可以偷偷溜进军营，找到一个营房塔楼，对他们展开致命打击。这让奥乔开始思考最终目标。

两个巡逻的士兵向他喊了起来。他举起双手，小心翼翼地不敢动一下，等着他们过来。有那么一秒钟，他担心自己忘记了口令，还好想起来了。

“查理，甜心，伯吉。”

明天又会是其他的口令。口令是从上面传下来的，变化得很快，而且与前一个口令完全不搭边。为了避免更多的渗透者进入，他们需要不断改变口令。这是上校的命令。

奥乔对这种做法持怀疑态度。上校需要一种更好的方式来识别自己的人员。奥乔甚至差点儿击毙自己的部下。

但实际上根本不可能有更好的方式。如果他们正在寻找一个带着小小的无线电的人，他们又怎么能让农民通过呢？他们习惯了寻找枪支，但如果现在只有观察员……

他来到了连队指挥部，查看士兵们的情况。虽然有空闲时间，但他还是情不自禁地要去打听一下情况。

“关于时间。”有人说。

奥乔看向那些男孩说：“怎么了？”

“有事情。”

“又是侦察兵？”

“你是说前方观察员。”

“没错。”“前方观察员”是一个新名词，也是从上校那里传下来的。斯特恩上过军校，他了解前方观察员。只是没人预料到真的要和他们战斗。

“你必须看看这个。”其中一个男孩递给奥乔一个双筒望远镜。

“看什么？”奥乔一只眼睛透过仅剩的一个好镜片看着，问道。

“你会看到的，只需要观察下面的水面。”

于是他们坐在那里，轮流观察。

很长时间都没有动静，突然水面动了一下，一个女孩浮出了水面……

这是怎么回事？

奥乔眯起眼睛，盯着她看。

起初，他以为她只是在洗澡，但他一直盯着那个观察点，她并没有进去。有什么地方不对劲……

神军是不是偷偷用女孩作为侦察员？

有些事情不对劲。不是因为她是一个身处战区的女孩。他们就在附近，到处都有。如果她有杀人的本能，她就会加入他们，就像任何一个男孩一样。

他曾指挥过一位头发卷曲的金发女孩，她把头发剪得很短，皮肤苍白，有雀斑，和他认识的任何一位战士一样疯狂。她在执行巡逻任务时，走在突击队的最前面，被神军布设在他们占领并试图清理的一栋建筑物上的炸弹炸伤。她被炸得像直接走进了一堵钉子墙。但她很优秀，聪明……

奥乔呆住了。这个女孩有一只手没有了。对，她少了一只手。

他想，你看错了。不可能，她不可能在这里。不可能。不可能。

女孩再次出现，左右观察着。

老天啊！就是她，他很肯定。那个给他缝合伤口的独臂女孩。深色皮肤和大眼睛，那种幸存者的眼神。他看到了她脸颊上格伦·斯特恩的标记，三道划痕。他不得不承认，她几乎和神军一样狡猾。

女孩向水那边做了个动作。奥乔差点儿停止了呼吸。

“糟糕。”

“怎么了？”他的战友问，“你看见什么了？”

一个巨大的身影从平静的水中浮现出来。尽管庞大，但很优雅。怪物从水中爬上漂浮的栈道，身上没有一点儿战伤的痕迹。

半兽人停下来，蹲在水边，左右扭头观察着。奥乔无法呼吸。突然间，他又回到了丛林中，那个怪物从叶子中窜出，用爪子猛击他，把他打飞了。怪物太大了。他离得太近了。

奥乔吓得猛地从脸上拿下望远镜，然后意识到自己很傻。他们离得很远。他们不知道他在这里。他再次举起望远镜。

怪物消失了。

“该死！”

“怎么了？”

奥乔指着远处的建筑物说：“我要在那座塔上设置侦察兵，每一面都要覆盖。知道里面有什么吗？”

“没什么，只是一些又旧又破的公寓。”

“让侦察兵到那里去看看。把这事上报给中尉。”

“为了一个女孩？你不想我们去抓住她吗？”

“不！”奥乔转身说道，“不要靠近她，只是观察。如果你们看到她或者那个半兽人出现，离他们远点儿。设置两层侦查人员，以防他们溜过去。而且要观察水面，他们在利用运河，想在我们的防线下游过去。”

他转身冲向楼梯，一层一层地狂奔下去。那个半兽人在这里，在淹没之城里，在他们的地盘上！那个被抛弃的人和那个长着狗脸的家伙都在这里。

他跑得越来越快，小跑变成了全速奔跑。那个半兽人在这里。他撞上了一支巡逻队。

“停下！”

他们的枪瞬间抬起。奥乔急刹车停了下来。“别开枪！”他努力回忆口令，最后终于想起来了，从恐慌的记忆中挣扎着想起来了。

“需要帮忙吗，中士？”他们问道。

奥乔摇了摇头。“不需要，我没事，只是遇到了些恶棍，有点儿心烦意乱。”

“别再那样跑了。”他们挥手示意让他通过，“我们收到了有关渗透者的警告，知道吗？”

“我看起来像挥舞绿十字架的人吗？”他怒视着他们，“出去巡逻。”

他转身继续往前走，但他被一种可怕的感觉抓住。他的队员们刚好从神军那里拿到了一副新的望远镜，正在试用它。监视应该在边缘地带，而不是这么深入内部。

那个女孩在这里做什么？每次奥乔遇到他们中的任何一位，都意味着坏消息。现在他们两个一起在这里，还进入了警戒线内，隐蔽而且致命。

他们没有理由在这里啊，除非……

除非他们是来猎杀的。

如果他们是来猎杀的，那么他们要么是为了复仇，要么是为了找到幽灵，无论哪种情况，都意味着他需要在他们深入之前阻止他们。

第三十五章
空中楼阁

深入联合星际部队的地盘比玛丽亚预想的要困难，但有图尔的帮助，至少还有可能。这个半兽人能嗅出巡逻队的气味，并能感知他们的远近。在放了船夫后，他们选择夜晚在城市中缓慢前进。

当他们到达联合星际部队与神军交战区的边缘时，每隔几分钟就有枪声响起，建筑物里回荡着士兵试图相互突破时的尖叫声。玛丽亚几乎要放弃了。他们不可能穿越火线。

“我们完蛋了，”她说，“这行不通。”

图尔只是微笑着。“不要这么容易气馁。”他拉着她的手，带她进入一个被水淹没的建筑物的深处，“我们要游泳。”

“游泳去哪里？他们会发现我们的。”

“跟我来。”图尔把她拉到水中，“相信我。”

他把她拉入更深的水中。玛丽亚开始挣扎。图尔说：“深呼吸。”她照做了。然后他把她拉到了水面以下。温暖的海水把她吞噬了。远处传来海浪声和枪声。图尔把她拉到自己的背上，然后开始游泳。

他穿过一个破窗户，游进了一条运河。水的阻力使玛丽亚感觉自己被拖拽着，但图尔游得很用力。玛丽亚紧紧抓住他，努力使自己不被水流从他背上冲走。

她的肺开始渴望呼吸新鲜空气，但图尔依然游着。她需要呼吸，必须浮出水面。可图尔没有停下来的意思，这个半兽人似乎并不在意。他依然游着。玛丽亚开始恐慌起来。她试图松开手，想浮出水面，但图尔抓住了她。

我要淹死了。

她努力挣扎着想浮出水面，但半兽人用力按住她的手臂，让她无法上浮。他把她拉近自己。他巨大的脸庞出现在她面前，向她的脸上吹出一串气泡。

一瞬间，玛丽亚惊讶得差点儿淹死自己。然后她明白了，图尔有足够的气息供两人使用。她坚定了决心，让自己呼气，对他点了点头，表示明白了半兽人的计划。

图尔张开大嘴，露出牙齿。他把嘴贴在她的嘴上，呼气。玛丽亚吸入，氧气和腐肉的味道。生命和死亡，一切交织在一起。玛丽亚的肺部充满了半兽人呼出的气。

图尔退开，示意她再次抓住他。他们继续往前游。

他们上方的战斗火光四溅，但在水深处，他们悄无声息地通过了一条又一条运河，一个又一个被淹没的街区。他们像鱼一样在城市中穿行，未被上方肆虐的战斗所注意到。

最终，他们穿越了最后的交火线，图尔找到了藏身之地。他们游进一栋新建筑，浮出水面，听到了潮水声和远处的枪声。玛丽亚呼吸着清新的空气，非常感激能够呼吸到那些不是杀手肺部呼出来的东西。干净的氧气。她大口地呼吸，咳嗽了一下，又大口地呼吸着。

“你知道我们在哪里吗？”图尔问。

玛丽亚游到了一扇窗户前。窗户的一半在水面之上，所以她能看到一点儿外面的世界。她往外张望着，然后吓了一跳，发出一声嘶嘶声。窗外正好有一条漂浮的木板路，与她的视线平齐。外面的人正在用力拖着一艘驳船，工人们在联合星际部队士兵的监视下卖力工作着。驳船上装满了废料，一卷又一卷的电线和电缆。即使透过玻璃，她也能听到那些苦力的呻吟声。

等这些人走过去之后，她再次审视着运河，以确认自己的方位。“是的，我知道该去哪里，我们还有一段路要走。”

图尔没有抱怨。他再次背起她，继续向前游动。数小时后，他们到达了玛丽亚一直在寻找的地方。

她先浮出水面，爬上了岸，悄悄地走进了建筑物内部。她停下来，静静地听着，祈祷里面是空的。除了鸽子的扑动声，没有别的声音。没有人类居住的气味。什么都没有。没有人。只是另一个废弃的建筑物。

玛丽亚回到运河边，示意图尔上来。半兽人浮出水面，跟着她进入了玛丽亚记忆中的塔楼。

玛丽亚年幼时，她的父亲和他的维和人员占据着这座建筑。他们生活富足。在这里，玛丽亚像一个文明人一样说话。当她在街上时，她说淹没之城的语言，但在这里，她说文明人的话。

她能很轻松地在这两个世界之间切换。在这方面，她像她的母亲。她的母亲擅长在不同的文化和世界之间穿梭。她可以让外国买家注意到她并且认真对待她，让他们相信她销售的古董是货真价实的，让他们给她钱。她也知道如何在淹没之城活动，找到外国人想要购买的东西。她可以像最好的拾荒者一样寻找，然后把她的战利品带给外国买家，他们不再把她视为又一个淹没之城的骗子，而是一个受人尊敬的古董代理人。

“这是什么地方？”图尔问。

“我在这里长大。”玛丽亚说，“很多维和部队曾在这里租过公寓。房东的祖辈知道如何把房子出租给维和部队，让他们满意，还知道怎么做他们喜欢的食物。”

公寓的门已经被撞破，家具被砍碎并烧掉了。士兵曾经在里面驻扎过，还有动物曾在这里筑巢，可能是林鼠，因为角落里有一堆撕碎的绒毛和闪闪发光的东西。

玛丽亚站在公寓的中间，回忆着。与她记忆中的建筑相比，这个地方似乎很小。这个地方曾经看起来那么大，现在走廊显得既窄又短，天花板似乎更低了。她推开另一扇门，找到了自己的床。床垫不见了。她发现它被推到了母亲房间的窗户边，被烧过，还有洞，好像有人用它来抵挡过武器的射击。

如今，家已经完全被毁了。墙上有弹孔，地板上有弹壳。一股已经腐臭的厕所味儿。墙上还挂着几幅艺术品，但一半以上被人在上面画了绿色的十字架。

图尔像一只老虎般悄悄地巡视着房间，可能在大脑中画一张战术地图。他记录下每扇窗户、每扇门、每面墙、每个通往下方河道的出口。

玛丽亚透过破碎的窗户向外张望。外面有一些鸟巢，可能是鹰或鸽子的，但看起来好像已经有一段时间没用过了。

图尔曾告诫她不仅要留意人类，还要注意动物。奔跑的动物、飞翔的鸟群，都是有士兵接近的迹象，它们也会像她一样警觉。如果玛丽亚吓飞了一群栖息在这里的鸽子，那就等于主动向别人暴露自己的位置。

在翠绿色的运河中，有人正用篙子撑着一只小船，看起来像小贩。玛丽亚对在淹没之城中除了士兵还有人居住感到惊讶，但图尔说，军队总是会吸引一些跟随者——商人、孩子、站街女、农民、走私者、黑市贩子。

军队有需求，他们会设法确保这些需求得到满足。他们会射杀他们发现的每个弃儿，但还有很多其他平民被允许活下来。格伦·斯特恩有义务将神军、泰勒的狼群和自由军从地球上消灭，但他需要他领地内人民的支持才能实现这一目标。

人们确实支持他。毕竟，他们也无处可去，就像那些士兵一样。他们都被边境军队、茫茫丛林和大海困住。就像一群螃蟹塞在一个锅里，彼此相互撕咬。

玛丽亚看到运河里的平民在卖蔬菜、肉类和热面时，心中涌起一股苦涩之感。他们可以与那些士兵交谈，很可能也向士兵们告密。很可能他们告诉了归来的军阀们城市中每一个维和家庭的具体位置，来讨好他们，以便让子弹离自己远一点儿。

玛丽亚望着他们，想象着朝他们射击，报复他们出卖她，逐她离开，是他们帮助军阀摧毁了她赖以成长的一切。

“复仇。”图尔在她身后低声咆哮。

玛丽亚吃了一惊。“你现在会读心术了吗？”

图尔摇了摇头。“你全身都充满了愤怒，每一根筋都显露出来，很容易看出来。你紧握的拳头已经传达了很多信息。”

玛丽亚笑了一下。“那些人反倒不用逃跑。”

“而你想让他们像你一样逃跑。”

玛丽亚耸了耸肩。“当然，给他们一个教训。”

“你相信看到你的敌人在逃跑和恐惧中能吸取教训吗？”

“什么？你现在变成马赫福兹医生了吗？”玛丽亚不喜欢图尔那带有评判口吻的语气，“别跟我说那种‘以眼还眼会让我们全都失明’的话。”

图尔一龇牙，露出了一丝冷笑。“我可不是他，复仇是甜蜜的。”他蹲在阴影中，像一尊雕像一样，有着强健的肌肉和死亡的气息，“但是这个地方已经超越了那个阶段。这里的人甚至都不记得彼此为何复仇。”

“马赫福兹医生曾经说过，在淹没之城里生活会让人发疯。那种疯狂就像潮水一样，当水位上升时，杀戮也随之而来。”

图尔对此笑了起来。

“没有那么神秘。人类渴望杀戮，仅此而已。只需要少数政客煽动分裂，或者几个蛊惑民心的领袖煽动仇恨，就能让你们彼此互相攻击。然后在你们察觉之前，整个国家就会陷入自相啮咬的恶性循环，直到最后只剩下牙齿的咬合声。当你拥有人类作为工具时，摧毁像淹没之城这样的地方就变得很容易。你们这种种族喜欢随波逐流。至少我这种种族还有借口，但是你们呢？”图尔再次露出笑容，“我从未见过一种生物如此愿意撕破邻居的喉咙。”

玛丽亚正要反驳，但一声 999 的巨响打断了她。一枚炮弹落在他们东边的某个地方，紧接着又是一发，然后又一发。图尔的耳朵立刻竖了起来，他慢慢地点了点头。

“你听到了什么？”玛丽亚问。

图尔扭头看着她说道：“战争的浪潮，它正在强烈地冲击着格伦·斯特恩，对他越来越不利了。神军突然发现自己装备精良。”

“然后呢？”

“联合星际部队不会坚持很久。如果你的朋友莫斯还活着，他将面临越来越大的危险。999 的出现意味着神军已经找到了绕过海上封锁线，带入武器的方法。他们可能向供应商做了承诺，就是外面那些既富有又渴望原材料的人。”图尔耸了耸肩，“可能是数十个国家或公司之一。也许是赛肯矿业，也许是劳森-卡尔森，或是帕特尔全球。这并不重要。神军已经出卖了他们城市的最后一点儿残存，只为了能在敌人的骷髅上跳舞。”

“你永远不知道正在发生什么事情。”

图尔微笑着说：“我对人类的许多事情一无所知，但战争我了解。战争需要源源不断地供应子弹、步枪，把各种爆炸物装入它敞开的无底洞里。这些东西都不便宜。军阀们能提供的唯一东西就是这个城市的残骸。我非常怀疑他们甚至都不记得他们之间的争斗是因为什么开始的。现在他们只是想要这片领土，这样他们就可以多卖一点儿废品，再买一把子弹。”

玛丽亚思考着。“所以他们从外面购买东西？”

“他们没有智慧和能力来制造自己的装备，他们所有的资金都来自其他希望获利的团体。”

“那些其他人，”她说，“劳森-卡尔森之类的人，他们会从其他人那里购买东西吗？不仅仅是从军人这里？”

“你在暗示什么？”

买家。玛丽亚努力控制住自己的兴奋。还有买家，就像她年幼时，她的母亲发现有钱人想要过去的古董一样。还有买家。

她示意图尔跟着她，然后带他下了一道布满灰尘的楼梯。

“你不能告诉任何人。”她悄声说。这是她母亲第一次从密室中出来，看到玛丽亚时对她说的话。

玛丽亚踏上了运河上方的台阶，环顾四周。这是一个废弃的大厅，没有人在活动。她用手指沿着一堵墙摸索着，按了一些凸起的按钮，使劲推了推，但按钮卡住了。

图尔走到她身边，俯下身，她听到了咔嗒声。墙的一部分打开了。图尔歪着头说：“一个暗门？”

“我妈妈让人建造的，我父亲的主意。他贿赂了一些人。你会看到的。”

玛丽亚示意图尔跟着她。穿过暗门，来到仓库。仓库非常大，比两套公寓加在一起还要大。里面很暗，唯一的光线是从上面铁栏杆的窄缝中透进来的，几乎察觉不到，可以忽略不计。由于无法进入建筑的这个角落，它一直未被发现，即使所有的居住空间和公寓都被搜刮一空。

玛丽亚在昏暗中眯起眼睛。珍宝环绕着她。它们还在。它们不仅仅是她童年时的幻想记忆。

它们是真实存在的。

金箔画框里的油画，古老的男女大理石半身像，古董火枪。一个头部几乎和她一样高的大理石头像，从某个被遗忘的纪念碑上打下来，被驳船运送到这个秘密的藏身之处，直到找到买家。被蛀虫啃咬过的旧书。卷曲破碎的纸片、手稿，以及那个加速时代的点点滴滴。

玛丽亚的母亲对历史了如指掌，她能凭直觉知道外国买家可能会喜欢什么。而这些东西都在这里，尚未被打扰。她确信那个让她生了女儿的男人绝不会舍弃这些宝贵的东西。

图尔拿起一件已被遗忘的士兵的灰色制服看了看，然后小心地放下。尘土飞扬。他拿起一支古老的火枪，凝视着枪口。

“怎么了？”玛丽亚问。

图尔疑惑地看着她。

“你觉得我们能卖掉它们吗？”玛丽亚问，“你觉得这些东西能帮我们离开这里吗？找个买家偷偷离开？如果他们能偷运武器进来，也许就能把我们偷运出去。只要给足够的钱，他们会这么做，对吧？”

图尔把火枪放下，陷入沉思。“这些都是哪里来的？”

“我妈妈，她曾经卖这类东西。她是个拾荒者，但只卖古老的东西。后来维和部队来了，战争暂停了一段时间，她就把生意做大了。”

图尔微微一笑，摇了摇头。“对她来说，这一定很有利可图。”

玛丽亚摇了摇头。“我不知道，那些都是银行的事情。”

“你父亲，那个维持和平的人，他知道这些交易吗？”

“他们就是这么认识的，”玛丽亚说，“他也收藏东西。”

图尔哼了一声。“我敢打赌他肯定知道。”

玛丽亚不喜欢那个半兽人的语气，好像他看到了她看不到的东西。

“你觉得会有人买这些东西吗？”她再次问道。

图尔若有所思地看着玛丽亚。“有很多人会买。你的母亲做得非常好。”

“是吗？”

“我在这里看到了很多被认为早已失落的东西。这些是应该陈列在世界上最伟大的博物馆里的物品。”他小心翼翼地举起一张羊皮纸并仔细研究，“其中一些物品曾经也确实在那里陈列过。”

“那么我们可以卖掉它们？”她追问道。

“噢，是的。你可以卖掉这些物品。问题在于，一个买主可能会招来一千个想割断你的喉咙的人，只为了他们自己当卖主把这些东西卖出去。我们被世代积累的珍宝所环绕，而就在这些墙外，数以万计的士兵为了一些不值这些珍宝十分之一价值的破碎之物在互相残杀。”

“你觉得有可能有办法达成交易吗？”她问道，“有没有什么方式可以与士兵们讨价还价？”

“那将是一场微妙的谈判，他们更愿意把子弹射进你的眉心。我们都不是那些军阀喜欢交谈的类型。一个被抛弃的人和一个半兽人。”图尔微笑着说。

“莫斯，”玛丽亚突然说道，“如果我们能把莫斯找回来，他可以充当中间人。”

“你正在构建你的空中楼阁。”

“但是我们可以做到，对吧？如果命运眷顾我们，或许我们可以做到，对吧？”

图尔看着她身上的伤痕，思索了一会儿后说：“你相信命运会对你微笑吗？”

玛丽亚咽了一口口水。“它总会有一天会对我微笑的，对吧？总会有那么一天的。”

第三十六章
幽灵梦魇

当奥乔和中尉找到幽灵的时候，他正在一条运河边呕吐。他们把他扶直，往他脸上泼水，等他吐完后，带着他沿木栈道走了下去。

“我有 24 小时的休假时间吧？”他说。

奥乔显得有些内疚。“是的，但计划有变，我们需要你去巡逻。”

“为什么是我？”

“因为是我让你去的！”奥乔的表情变得很严肃，“别以为你从上校那里得到了一枚花哨的徽章，我就不再能指挥你这个懒鬼了。我说跳，你就得跳，明白吗？”

“是，长官。”

“很好。阿利尔在等你。”

他们找到阿利尔，他把自己的枪扔给幽灵。幽灵举起枪，感觉还有些恶心，努力集中注意力关注他的队友们。

“今天我们搜查平民，”阿利尔说，“检查所有的农民和女人，确保他们没有电台那样的东西。”他停顿了一下继续说，“还要检查我们的士兵。如果他们有无线电，那他们就不是我们的人，即使他们口令正确。”

“神军一直在刺激我们。”奥乔说。他并没有直视幽灵，而是看向别处，也许是看向神军的占领地。“我们认为可能有一些渗透者，所以我们希望你们去检查一下我们的内部区域，仔细查看一下，看看有什么发现。”

塞尔说得更直接：“我希望你们这些小伙子出去，确保没有一个神军士兵能在我看守期间通过。你抓住一个，把他送回去的时候，要让他没有手脚，明白吗？教训他们一下。”

“是，长官。”他们齐声回答。幽灵还未从昨晚酒醉的恶心中恢复，他脸颊上的新印记仍然很疼。他绝对不会抱怨，但还是感到不舒服。

奥乔给他们分配了一个区域。这很奇怪，因为就在他们的领地内部，但当阿利尔问的时候，奥乔只是看着他，说：“也许我们有一些情报，明白吗？”

“看起来是一个小区域。”

“是的，盯紧它。检查完之后，再来一圈。其他人正在其他地方巡逻。”

几分钟后，阿利尔带领他们走过两座建筑之间的碎石小道，穿过另一座建筑，然后走到漂浮的木板路上。

“你还好吧，士兵？”他拍了拍幽灵的肩膀，“你看起来像个地狱人。”

幽灵酒还没醒，看他都模糊。

阿利尔咧嘴笑了。“别担心，这份工作简直太轻松了。

我们离接触点有两条警戒线。不过要保持警惕，也许中尉确实找到了线索。我们不想让任何一个前线观察员溜走。而且不要过于自信。有时候平民会在搜查时变得顽固，他们想要隐藏一些东西。”

幽灵点了点头，试着保持注意力。在他们被前线观察员和 999 伏击之后，他必须随时注意观察周围的情况。他再也不会过于自信了。当然不会。这样只会像……普克？……他叫什么名字来着？

幽灵觉得自己已经忘记了他接替的那个男孩的名字，这让他感到不安。图比吗？不对……古蒂。对了。因为他的肚子，因为他曾经很胖。那时候维和部队还在。

“莫斯？”

幽灵惊讶地转过身。声音很熟悉。

有东西从他身边掠过，撞向他的朋友们。他们落入水中，溅起了巨大的水花。幽灵呆立在那里，看着眼前发生的一切。玛丽亚。真实如白天。不是幻觉，不是某种宿醉的记忆。真的是玛丽亚。

“玛丽亚？”

她抓住他，把他拖进一栋建筑的安全处。她对他说着话，说了一些事情，但幽灵一直盯着她的脸。她的脸颊上有三道斜杠，烧得很深。

“你是什么时候被征召的？”他问，然后一切都乱了起来。

玛丽亚没想到事情会这么容易。

她一直从家里的窗户往外看，消磨时间，等到天黑他们才能再次出发。她知道自己终究要暴露自己，离开她的藏身之地，但现在还不是时候。她会等待，然后找到莫斯的小队。她会找到那个塞尔中尉和他的士兵。这些男孩都有代号，她可以找到他们。塞尔中尉，高鲁排，狗班。她会成为一名传令兵。如果行不通，她会想别的办法。他们现在已经在联合星际部队防线内。在黑暗中，戴着帽子遮住眼睛，大部分被遗弃的人都已经死了，她觉得自己可以混过去。

一步一个脚印。

然后她看到莫斯走过漂浮的木板路，跳过断裂的竹桥，只有他和其他几个士兵，几乎孤身一人。

她盯着他。

是他吗？真的是他吗？

他脸上有伤疤，格伦·斯特恩的三道疤痕，就像她自己脸颊上的一样，他的耳朵上包着一块褐色的绷带，但确实是他。他肩上挂着一把 AK-47 自动步枪，她不得不多看了他两眼，才确定他不只是另一个士兵，而是莫斯。

他就在那里。就在那里。

“图尔，”她低声说，“我看见他了。”

图尔像刀出鞘一般迅速出现在她身边，低头看着。“只有三个人。”

“两个人，”玛丽亚纠正道，“莫斯不算。”

图尔没有说什么。他看待这个世界的方式与众不同。莫斯不会开枪打他们。“我会和他说话。”玛丽亚说。

“不要和那两个人说话。”

“如果他看见我，他会中断行动的。”

“不，他们是一起的，他们不会分开。他们在巡逻。这些年轻人知道他们的职责。与真正的军队相比，他们微不足道，但至少接受了那么多的训练。”他看着他们，“其他两个人有没有在村子里见过？”

玛丽亚低头看着他们，努力回忆着。当时有很多人。“我不确定。”

“如果他们去过村子里，他们会认出你，并杀了你。”

她无法确定。那时候她看到了很多士兵，但她不知道有多少人在那里，也不知道他们是否看到了她，她分心了。绝对不是那个中断行动的中士，不是塞尔，也不是那个想伤害她的人。

“我不认为会有问题。”

“还不够好，”图尔说，“我会制服他们。你去找莫斯。”

就这样，他们设下了埋伏。这很容易。士兵们直接走进了埋伏圈。

玛丽亚和图尔在一个破窗口处等待时机，这个窗口宽敞得可以让图尔轻松移动，而且他们可以直接走出去，走上木板路……等待着，等待着……然后当士兵们靠近时，玛丽亚向莫斯喊了一声。

当图尔飞驰而过，冲向士兵们时，她感受到一阵模糊的风。他们与他一同落入运河中。莫斯转身，把枪抬了起来。

玛丽亚后退一步。“莫斯？”老天啊，难道他要杀她吗？“是我，玛丽亚！我们来救你了！”

莫斯放下枪，看着她，再看看水面。几个气泡升起。

“莫斯？”

那个红头发的男孩一脸困惑。他盯着水面，然后回过头看着她。片刻后，图尔会把阿利尔他们两个都淹死。玛丽亚对他们几乎有点儿同情了，因为她知道被一个半兽人按在水下是什么感觉。这两人毫无生还的机会。她把莫斯拖进了房子里。

“你是什么时候被招募的？”莫斯问。

他还是一脸困惑，然后玛丽亚想起了自己脸上的标记。“不！老天啊，不！”她摇了摇头，“我只是来救你的。”

她试图拉着他一起走，但是莫斯没有像她想的那样快速跟上。她看到他的脸上有伤痕和瘀伤，耳朵上的绷带上还有血迹。他经历了一场战斗。她断定他处于震惊状态。他仍然看着玛丽亚，惊讶而困惑，就像在看一个陌生人。

图尔从运河里浮出水面。突然间，周围的建筑物门户大开。枪声四起，子弹呼啸而过，扎进混凝土和石头中，弹跳着。碎片四处飞溅。

莫斯躲在掩护处。图尔从水中跳出来，向建筑物的入口跑去，他的背后是一片红色。玛丽亚一度以为他在流血，但那血在飘动，像鬃毛一样。

她意识到是针。数十甚至数百根针，全部扎在图尔的背上。图尔把他们两个推进窗户，踉跄着。继续往前推，然后他倒下了。靴子声在木板路上回响。玛丽亚意识到这是一次伏击。她原以为他们是猎人，但他们却成了猎物。

玛丽亚抓住莫斯。“快点儿！”

她拽着他穿过走廊。离她妈妈的秘密保险库不远了，只要能进去，士兵们就找不到他们了。但莫斯没有跑，他拖在后面不走。

“快点儿！”玛丽亚喊道，“快点儿！”

他们背后传来脚步声，声音越来越大。士兵从四面八方涌入。玛丽亚猛撞在仓库的暗门上，摸索着找到把手，拼命地扭动，猛力推打，门却卡住了。

门终于开了。她拉着莫斯冲了进去。她听到身后的喊声，刚想关上门，一支步枪插了进来，阻止了她。外面，士兵们在喊叫着。他们砰的一声撞在门上，把她撞了回去。士兵们蜂拥而至，围住了她。他们抓住她，把她拖了出去。

玛丽亚瞥了莫斯一眼，他一动不动地站在那里，惊呆了。她被拖回了她来时的大厅，她踢着腿尖叫着。在她面前，图尔躺在地板上，动物般的眼睛因镇静剂而瞪得大大的，军人们围着他。

塞尔中尉通过建筑物巨大的窗户走了进来，另一波士兵跟随着他涌入。他冷冷地笑着，看着他的手下扇她，将她往前推。

玛丽亚再次看到莫斯被拖走，脸上带着羞愧和困惑的表情。士兵们拍他的背，欢呼着称他为“幽灵”。更多的士兵过来指着她笑，向她吐唾沫。

塞尔走近她，微笑着说道：“召唤科伊狼的女孩，我做梦都想抓到你。”

第三十七章
致幻药片

玛丽亚惊愕地盯着莫斯，问道：“你陷害我？”

莫斯看看她，又看看士兵，困惑地说：“我不知道。”他终于明白发生了什么。他试图挤过士兵，大喊着：“我不知道！”

“把他带走！”塞尔下令道。

几名士兵抓住莫斯，强行把他拖走，而他挣扎着试图回到玛丽亚身边。玛丽亚转向图尔，希望得到帮助，但他已经倒下了。她只能独自面对。

中尉举起拳头，猛击过来。她的脸上一阵剧痛。她努力不让自己畏缩，不让眼泪流下。他又打了一拳，她觉得鼻子断了。

中尉站在她面前，灰色的眼睛冷得发亮。玛丽亚试图挣脱，士兵们绊倒了她，她摔在地板上。她拼命想站起来，他们跳到她身上，按住她。有人将她的脸狠狠地摔在破裂的瓷砖地板上。

塞尔中尉蹲在她身边，抓住她的头发，扭起她的头，好能看着她的脸。

“你欠我们一些血债，被遗弃者。”

玛丽亚知道接下来会发生什么。他们就是那么对她母亲的。他们会强奸她，折磨她，让她尖叫，直到他们厌烦为止。然后他们会杀了她。玛丽亚开始祈祷，明知道这是愚蠢的，但还是祈祷着。仁慈的卡利-圣母马利亚、锈圣、老天爷、所有深水教堂的殉道者，任何人都行。

塞尔把一只膝盖压在她背上，将她按住，然后玛丽亚感觉到另外一个东西，冰冷的金属刺痛了她脊柱上的皮肤。一把刀子。

“也许我们会在完事之前，取出你的肾脏。”塞尔说，“收割者会出个好价钱。取走你的眼睛，取走你的心脏，取走你的肾脏，将你掏空。”他停顿了一下。

“但他们不需要手指，对吧？”

玛丽亚开始发抖。她的手指。她的手。

她开始猛烈地挣扎和扭动，试图挣脱，明知无望却还是继续抗争。

中尉将刀子架在她的小指关节上。她感觉到刀子切了进去。

玛丽亚尖叫着。她一直尖叫着，他们没有试图堵住她的嘴，只是笑着看着她挣扎、扭动。

“这是第一个！”塞尔得意地说。

他把她的小指在她面前晃了晃，她哭着试图挣脱。

塞尔靠近，呼出的热气喷在她的脸颊上。“我们来试试两个怎么样？”

“中尉！”一个声音从房间另一边传来，打断了他们。

塞尔转过身来，有些烦躁地说：“你想怎么样，中士？”

“我需要您的帮助，长官。”

塞尔骂了一声，站起身来。玛丽亚躺在地上，喘息不止。一个娃娃兵用脚猛踢了她一下。

“还剩四个……”

她试图告诉自己，无论是剩下一个手指还是两个，甚至是没有手，都无所谓，反正她注定会死。但她无法抑制自己的哭泣。

“呼叫总部，”塞尔说，“给我们调些士兵来，给我们弄一艘该死的驳船。自己想点儿办法，士兵们。”

“我们无能为力。”士兵回答。他们都站在那个失去知觉的半兽人周围。一些人试图把图尔抬起来，但很明显，他们根本弄不动他。

与塞尔中尉交谈的士兵说：“我们必须赶快行动。我们用绳子捆住了那个浑蛋，但是不知道他什么时候会醒来。除非我们用链子或者别的什么东西把他锁住，否则就无法保证他不会脱逃。他现在很强壮，比我们之前追他的时候更强壮。我们不希望他醒来。”

那个士兵看起来很眼熟，玛丽亚想起来了，他就是那个她从科伊狼口中救下的人，她和马赫福兹医生给他缝合了伤口。现在她后悔了，应该让他死掉，应该把他的伤口剖得更大，省得大家麻烦。一个月前，她本可以在医生的简陋住所里解决掉他。

奥乔。没错，他是个传奇，徒手杀了一群手里有枪的敌人。

塞尔中尉很生气，他不停地看着玛丽亚和奥乔。

“长官？”中士催促道，“我们必须马上行动。”

塞尔不耐烦地点了点头，然后走到玛丽亚面前说：“小姑娘，我们的事还没完，我们只是刚刚开始而已。”

他向其他士兵挥了挥手，然后他们都离开了，只留下奥乔和另一个班。玛丽亚闭上了眼睛。她的手已经没那么疼了。她无法确定是不是因为自己失血过多……不，她不可能仅仅因为一根手指就失血过多，那样太简单了。塞尔不会这么轻易就放过她的。

她静静地躺着，努力不让自己哭出来。士兵们用绳子捆住了她的腿和胳膊。断肢给他们带来了一些麻烦，绑胳膊时他们绑在了她的肘部以上，几乎把她的肩膀搞脱臼了。

脚步声。玛丽亚睁开眼睛，看见中士站在她身边。

“你到底在想什么？”他问。

玛丽亚用尽全力抬起头，恨恨地看着他。“你还记得我，对吧？”

“噢，记得你就是那个把科伊狼引到我们身边的疯女孩。索阿、埃斯和快拔都被撕碎了。”

“不过我救了你。”她盯着他看，“你还记得吗？我救了你。”

“记得。”

中士看起来有些悲伤。

玛丽亚看着他，期望建立一种联系，希望他能把她当成一个人看待。“放了我吧，”她说，“让我和莫斯走。”

“你疯了吗？放了你，我就死定了。你称之为莫斯的那个孩子？”他摇摇头，“他早就死了，从来就不存在。我们这儿有个叫幽灵的士兵，或许长得有点儿像你很久以前认识的人，但他已经不再是那个孩子了。”

“我们可以逃。”

“没有地方可去。”奥乔说。

“如果我们能逃走呢？半兽人可以做到，他可以带我们逃出去。”

奥乔笑了一下。“现在你只是在胡扯。”

这就像维和部队离开时一样。就像她和母亲站在码头上，挥舞着双臂，跳上跳下，乞求着大帆船回来一样。事情本没有必要变成这样，他可以做出不同的选择。

“拜托了。”

中士在口袋里摸索，掏出一些药片。“给你。”

玛丽亚把脸转了过去，但士兵抓住她，扭动着她的头。“别再愚蠢了，这是止痛药。”

“你认为这就够了吗？”

“不够，但这是我拥有的全部，也是所有我能做的。”

玛丽亚抬头看着他，感觉自己希望这个当兵的会对她怀有同情之心是多么愚蠢。“那你就杀了我吧，”她说，“杀了我，结束一切吧，至少你能做到这一点。不要再让塞尔折磨我。你欠我这么多，不要再让他对我做什么。”

中士显得很抱歉。“如果那样的话，中尉会亲自剁掉我的手指头。”

“我救了你，”玛丽亚坚持道，“你欠我的。”

奥乔一脸苦相。“是的，不过谁也没说过恩怨会平衡。那是命运和锈圣教徒的事情。”

奥乔用脏手把一粒药片塞进她的嘴里。玛丽亚想继续憎恨他，但她的眼皮开始变得沉重，随后陷入了昏迷。

第三十八章
沉入梦境

随着药物起效，女孩的声音变得缓慢而模糊。

奥乔看了她一眼，朝范挥挥手，说：“把她那只手绑起来。”

“但是——”

“中尉只想折磨她，而不是让她流血。至少现在不想。”

奥乔转身离开。最好不要看着她，最好不要把自己代入她的角色。那是还没有经历过磨砺的可怜虫才做的事。你不想过度思考，那只会让你困惑，也会让你丧命。

奥乔将注意力转向那个半兽人。“给我多准备些绳子。我要让那只狗脸怪看起来像个木乃伊。手腕、肘部、脚踝、膝盖、上半身都捆上。然后再捆一层。”

几个士兵嘟囔了几声，但奥乔啪的一声打了个响指，他们立刻敬礼并开始工作。他们有些懒散，但归根结底还是好孩子，关键时刻他们表现出了尊重。

奥乔看着昏迷不醒的半兽人。这个怪物被麻醉剂彻底放倒了，用了巨大的剂量，然而奥乔仍不确定剂量是否足够。

即使此刻，他那只睁开的眼睛似乎仍在跟着奥乔，虽然他没有动弹，但看起来却完全有知觉。注视着奥乔。

奥乔打了个寒战，回忆起怪物在沼泽中追赶他时的凶残。当时这个怪物极度饥饿，还受着伤，可如今呢？跟他对抗就像对抗一场飓风。第一次用麻醉剂喷射时，奥乔甚至都不确定是否能命中，因为他移动得太快了。

“绑这么多绳子，你是认真的吗？”斯托克问。

“如果按我的想法，我现在就要杀了他。”奥乔说，“如果他开始动，就给他注射更多的麻醉剂。”

“已经没有了。”

奥乔身上起了鸡皮疙瘩。“都用完了吗？”

他们就像在捆绑某种恶魔一样，这样下去肯定不会有好结果。中尉想要活捉怪物，但他疯了，就像猴子一样，总是试图爬得更高，想让红屁股给更多的人留下深刻印象。

现在就该杀掉他。

奥乔知道这是照顾好他的伙计们的最好方式。摆脱这东西，砍掉怪物的头，把他烧成灰烬。奥乔感到一种无来由的恐惧。

“捆结实点儿，如果他醒过来，我们就都完蛋了。”奥乔转身走过走廊，想要离开。前方，他看到了敞开的门，墙上的那道暗门，那个被抛弃的人一直试图进入那里。他凑近一看，不禁吹了声口哨。

“别有洞天啊。”

绘画、雕塑，各种各样的东西。奥乔小心翼翼地走进去，对眼前的战利品数量感到惊叹，他觉得自己看到的全是罕见之物，这种感觉让他不知所措。

这里有格伦·斯特恩崇拜的东西，真正的爱国者的面孔。上校把这些形象当作给他的士兵们的幸运符。他们都是老兵，是为了国家的利益而奋斗了数个世纪的战士。

他身后传来一声嚓嚓的动静。奥乔转身，手里紧握着战刀，然后放松下来。是幽灵。

“你在这里做什么？”

“这是真的吗？”男孩问。

“什么东西是真的？”

“听说有宝藏。”

“是的，有宝藏。”奥乔把他推了出去，顺手拉上了门，他惊讶地发现宝藏完全消失了。他在脑海中记下了这个地方。又是一件要处理的事情。

他带着幽灵远离了隐藏的金库。当他们经过那个被抛弃的女孩时，幽灵盯着她。她躺在那里，一动不动，被捆绑着，还在流血。

奥乔感到幽灵犹豫了一下，于是紧紧抓住他的胳膊，强行把他拖了过去。“不要看她，她与你无关。”

“可是——”

奥乔拉过幽灵，面对着他。“我在努力保住你的命，小子。如果有人认为你不可靠，他们会杀了你，甚至不会犹豫。那个被抛弃的女孩什么都不是，只是一块肉，像牛、猪或山羊的肉一样。我们都有过去的生活，有要考虑的事，但只能假装能回到过去。”

他把幽灵的肩膀抓得更紧了一些，脸也靠得更近一些。“你不要想这些！你要专注于你的工作，士兵。你要想着你的兄弟们，你要想着我们，想着如何保住我们所有人的生命去战斗。你想想神军，如果我们不专心，他们会对我们做什么。”

“现在出去站岗，我们正在打仗。”他把幽灵推出门外。朝斯托克点了点头。

“照看好你的战友，确保他不会忘记他是谁。”

莫斯站在外面，颤抖着。玛丽亚就在那里。就在那里。如果他勇敢的话，他可以走进去，然后——

然后怎么办？开枪打死所有人吗？杀掉斯托克、奥乔、塔姆塔姆和所有人吗？

斯托克走到外面。他拉住莫斯的胳膊，将他拽上浮动的木板路。“我们散散步，士兵。”

“我——”

“你回不去了，你知道的。”

“我没想……”

“你当然想。”那个高个子黑人男孩微笑着说，“每个人都考虑过这个问题。我甚至试过。”他瞥了莫斯一眼，“拿到六条杠以后，我试过。因为他们知道你回不去了。他们知道你现在是什么样子。他们知道你做过什么。”

他朝运河吐了口唾沫。“他们不想要你了，就像你是块腐肉一样。平民们从一千多米外就能闻到你的味道，他们唯一想做的就是把你活埋了。你可能不喜欢，但是没有了你的兄弟，你什么都不是。”

他从口袋里掏出一支手卷烟并点燃，深深地吸了一口，然后递给了莫斯。“过一段时间，你会发现唯一支持你的人就是你的班。我们会保护你的，我们是你的兄弟，我们是你的家人。”

他接过烟，又抽了一口，然后朝运河方向点点头。“看起来中尉又给我们找了一艘驳船。是时候开始工作了。”他朝大楼指了指，“那个女孩，她只是个平民。如果她知道你做了什么……你杀了多少人……你对那些女孩做了什么，你做过的坏事……”他耸了耸肩，“她宁愿呕吐也不愿看着你。”

“但她是来找我的。”莫斯说，“她说她是来找我的。”

“不，她是来找一个叫莫斯的平民的。”他把烟屁股扔进运河的绿水中。

“她根本不在乎幽灵。”

十个人齐心协力才把半兽人装进驳船里。这个浑蛋太重了，他的肌肉就像是由混凝土构成的。他们刚开始拖他时，奥乔意识到他们可能应该准备一些自制的担架，但时间已经来不及了，因为中尉站在他们身边骂着让他们赶快。

于是他们拖着，喘着气，拉着，出了一身汗，咒骂着，最后总算把怪物装到了驳船上。

驳船里装了半船的工字梁和从建筑水管里弄来的锋利的铜管，这意味着中尉一定是随便截获了他找到的第一艘驳船。所有劳工脸上阴沉的表情似乎证实了这一点。他们可能会因为回来后船装得少了而受到监工的责骂，但这就是事实。

奥乔心里暗暗记下至少要帮他们说明一下，说明这不是他们的错。有时候监工们能从码头走私药物、酒精、香烟，如果你和他们保持好关系，情况就会比较好。至少让他们满意些。

驳船在水中缓慢地行驶着。半兽人一动不动。他们给他注射了太多的药物，他看起来就像死了一样。

驳船很慢。奥乔讨厌它的慢。他还得分出一部分精力看着幽灵和那个被遗弃的女孩，她好像要醒了。

他看看她，再看看幽灵。她追寻着她的朋友，这简直是疯了。但她还是来了。这让奥乔很生气。

有一段时间，他无法确定是什么让他如此生气，但他一直想揍她、摇晃她。

愚蠢的医生女孩，白痴，废物。她难道不知道这里不是她这样的人该待的地方吗？没有人想要一个废物提醒他们该做什么和如何生活。他们大摇大摆地拿着枪，带着他们的半兽人和生物柴油攻击船到处耀武扬威。

她太蠢了。蠢到无法呼吸。现在她像一条死鱼一样躺在一堆废铜上。她睁着眼睛看着他。她的手似乎又开始流血了。

他在心里告诉她："你只是零件，一堆血和肾脏。也许他们会把你的眼睛挖出来给别人。收割者们总是在等着收购这些东西。你只是零件。

这一切都是她自找的。

那么，为什么这件事让他感到如此困扰呢？

奥乔很聪明，他知道当一个人对某件事疯狂时，需要仔细思考。疯狂意味着你会凭直觉行事，也意味着你会犯错。

塞尔对那个女孩就是这样。追赶她，靠近她，威胁她。塞尔喜欢伤害人，但这次不一样。这次完全是因为他被一个平民给做局坑了，因为一个被抛弃的只有一只手的人让他尴尬，让他生气。

她用科伊狼把他们都打败了，没有人预料到。上周，神军用 999 袭击了他们，但那不是个人问题。当然，如果他们找到下一批异教徒，他们会把他们切成碎片扔进运河里，但那不是个人问题。

中尉对那个女孩真的很生气。这让奥乔感到不安，因为这种疯狂的举动来自中尉，他不喜欢自己身陷这艘慢慢前进的船上，跟一个被麻翻的狗脸怪和一个愤怒的中尉在一起，因为这意味着中尉头脑不清醒，没有看到全局。这一切全都因为那个女孩。

奥乔看着她。他无法确定自己是否对她感到生气，因为她试图让他感觉欠她一个人情，因为她救他免受科伊狼的伤害——不管怎么说，这都是一派胡言。她引来了科伊狼袭击他们，所以救他只是让两者之间的恩怨相抵。

不……是因为她竟然来到了淹没之城，为了找回她的男孩。

她称他为莫斯。她竟然走了这么远。这让奥乔立刻想朝她开枪。

从来没有人想着来这里救你。

奥乔一想到这个，便倒吸了一口气。他咳嗽了起来，几乎变成了抽泣。

雷吉和范看了过来。奥乔盯着他们，脸如石头般冷酷，却感觉好像有人拿着手锯切割他的内脏，撕扯他的心。

从来没有人来找过他。他和他的叔叔遇到麻烦时，他的妈妈、爸爸、兄弟，他在海岸边的小镇上称为朋友的十几个人，一个都没有来找过他，把他带回去。他们只是放任他离开。这就是区别。但是这个被抛弃的残疾平民女孩竟然一路追来了。

奥乔怒视着她虚弱的身体。看看忠诚到底有什么好处？看看！

愚蠢。她根本没有任何求生本能。

她活该。

第三十九章
破碎的翼楼

玛丽亚呆呆地凝视着周围的世界。在麻醉剂的作用下，疼痛……虽然没有完全消失，断口的不适感也仍然令她烦躁，但疼痛已经不再那么明显。

十个手指头还剩四个，还不错。

这就像上次她被捕时一样，神军夺走了她灵巧的右手。很多东西感觉都一样。对他们来说，她甚至不算是个人。都是一样的。

只是，那时候莫斯曾经来救过她。她觉得这次不太可能了。

玛丽亚转过头，试图看看莫斯在哪里。有人踢了她一下。塞尔中尉听到声音后朝这边看了过来，玛丽亚僵住了。她不想让这个男人知道她有多害怕，但她无法控制自己。她感到恐惧。塞尔的目光使玛丽亚充满了一种病态的动物般的恐惧，好像她是一只被豹子盯着的老鼠。她只能默默祈祷，希望塞尔停止对她的审视。男人的灰色眼睛长时间地注视着她，传达出无法掩饰的恶意。最后他终于移开了目光。玛丽亚静静地躺着，心怦怦地跳着，她试图让自己放松。她感到新缺失的手指的钝痛袭来。

她躺在一堆铜管上，看到高楼大厦掠过，然后天空似乎骤然延展开来。他们离开狭窄破败的水道，驶入了开阔的人工湖，这片矩形水域一直延伸到她视野以外的远方。俘虏们在湖边涉水前行，利用漂浮的木板路和碎石作为支撑，拖着驳船前进。她能听到他们的喧闹声。她瞥见一个白色纪念碑冲入炽热的蓝天中央，那是一块巨大的大理石，表面有些发黄和破裂，但依然屹立不倒。

破旧的驳船发出嘎吱嘎吱的声音，男人和女人们用力拉着绳子。他们一边高喊一边努力拉着纤。他们或许是平民，或许是俘虏，或许只是一群大汗淋漓的人类双腿、手臂和脊背的集合体。

玛丽亚愿意把她剩下的手指头都交出来，只想成为他们中的一员。

一些士兵站起身，向前看着。

“就是那儿了。”其中一个说。其他人也纷纷站起来，交谈着，伸长了脖子。

“宫殿。”

“该死的，好大一座。”

“你能看到上校吗？”

“别傻了，他可不会站在那等着你这种蛆虫瞥见他。他正在指挥战斗呢。”

宫殿，宫殿……

玛丽亚伸长了脖子。一座巨大的大理石建筑映入眼帘。宫殿。从上到下都是大理石。阶梯从湖边蜿蜒而上，它庄严的存在给人以压迫感。一座高耸的圆顶位于中央，似乎触及天空，两侧是宽广的大理石翼楼，所占空间比榕树镇还要广阔。宏伟的柱子和精雕细刻的装饰点缀着整个建筑，建造这一切可能花费了数十年的时间。

在玛丽亚目力所及之处，这幢建筑看起来比她以前见到的样子还要糟糕，那时她父亲带她来看过那些海雕徽记和一个已经逝去的国家的古老符号。

巨大建筑的一侧看起来好像遭受了炮击，立面已经变成了摇摇欲坠的碎石。回收工人正在拆解它，男人和骡子把材料从破碎的建筑中拖出，他们的皮肤在炎炎烈日下闪烁着汗水的光泽。他们费力地搬动巨大的大理石块，然后将它们拉到滑橇上，以便顺着摇摇欲坠的大理石台阶慢慢地滑到水面上，然后装上驳船。

离大理石开采作业的地方不远处，排列着一排古老的大理石和青铜雕像，还有其他各种各样的文物。这让玛丽亚想起她母亲的仓库，但是这里是在阳光下。几个穿着整齐的男人在货物之间走动，研究绘画和雕塑，蹲下来检查镶嵌瓷砖，用手触摸桃花心木桌子和古董椅子，同时整理着细细的领带，并用与他们浅色的热带套装相配的帽子扇着风。

他们是古董交易商，就是她见过她母亲与之交易的那类人。战争仍在继续，买卖也在进行中。玛丽亚无精打采地望着他们，想知道如果她能把她母亲的仓库提供给他们，是否有人会同意偷运她和莫斯离开淹没之城，过上更好的生活。

当她刚开始和图尔考虑这个计划时，它似乎是个好主意。现在，它显得那么愚蠢。她静静地躺着，感受着阳光的灼烧，观察着买家和卖家。豪华的企业标志闪耀在漂浮在水面上等待接走买家所购物品的气垫船和小艇的侧面。劳森-卡尔森，塔姆全球，来克拉姆工业。

玛丽亚看着其中一个买家监督着一座雕像被装载到一艘机动快艇上。无聊的联合星际部队士兵站在周围，留意着进展。他们最终把雕像固定好了，那个男人和他的保镖都上了船。他们启动了一台生物柴油发动机，嗡嗡作响地离开了。

宫殿在她的视野中渐渐显出清晰的全貌。灰白色的圆顶仍然矗立在主楼顶端，但弧面上出现了一个洞，看起来是一枚导弹或者迫击炮弹给这幢建筑新添的一处伤口。当维和部队的人还占据这座宫殿时，她敢肯定它还没有这个洞。她记得当时站在它前面的是她和她的母亲，而她的父亲在拍照，那个时候，它还是完好无损的。

她父亲曾说过，这是“加速时代”政治领袖的首府建筑，在当时很重要。当维和部队介入内战时，他们在那里建立了行政机构，试图将淹没之城从野蛮中拉出来。

玛丽亚当时觉得宫殿看起来很宏伟。

不过如今，鉴于这栋建筑的一侧翼楼已经被拆成碎块，头顶还多出一个破洞，它看起来有些落魄。和湖边其他建筑相比，它更容易被搜刮，因为至少它位于一个山丘上。现在，它对联合星际部队的人而言只是一件值钱的商品，士兵们可以用它的大理石卖个好价钱，换取更多子弹。

一阵尖啸声破空而来。

“趴下！”奥乔大喊道，“趴下！都趴下！”

所有人都扑倒在地上。大理石宫殿相对完好的另外半边在玛丽亚眼前爆炸了。

第四十章
脱离魔爪

当 999 弹呼啸而至时，出于本能，奥乔立即卧倒。整座宫殿因爆炸而摇晃。碎石从台阶上雨点般落下。人们尖叫着四处逃散。

一秒钟后，又一枚炮弹降落。它没击中宫殿，而是在湖里爆炸了，掀起了泡沫和浪花。

奥乔直起身体，试图找到方向。他们如同活靶子一般任人宰割。他可以看到湖边的人们都躺倒在地，仰望天空，仿佛他们想提前察觉接下来的炮弹，并且以某种方式躲避它。

另一枚炮弹重击了宫殿正在拆解的一侧，喷出烟雾和碎片。一头骡子被炸到水边的台阶上，翻滚着在大理石上涂抹出一片猩红。奥乔的士兵们都目瞪口呆地望着。

“低下头！”奥乔喊道，然而中尉却站起来扣动了他的军官手枪。

“继续给我拉！”中尉对着驳船工人大喊道，“你们要继续拉，否则我亲自解决你们！”

又一枚炮弹从晴朗的蓝天中坠落下来。

“他们在追杀上校。”范低声说。他的声音充满敬畏。

另一个人说：“他们不可能炸到宫殿吧？”

奥乔可以听到那个男孩的声音中的担忧。

“他们已经在炸了，傻瓜。”

他没能看清是哪个士兵提出了问题，但他能感觉到那种情绪。神军正在追杀格伦·斯特恩上校，他是这个城市的核心。如果他们失去领袖，联合星际部队如何才能幸存？如果上校被炮击而死，他们的下场会是什么样子？如果神军摧毁最后的纪念碑，淹没之城还会剩下什么？

如果奥乔从理性的角度思考，神军当然会轰炸上校，但这仍然让人不安。这说明没有人是安全的，甚至上校都不例外。突然间，他们都变成了一群惊慌失措的小兔子，寻找着掩护。但上校本不该如此；他本应凌驾于一切之上，将生死置之度外。

“他们会杀死上校吗？”斯托克问。

“任何人都可能死去，高低贵贱并不重要。用不着你操心，士兵。”中尉训斥道。

斯托克闭嘴了。奥乔观察着中尉，塞尔显得并不担心，完全保持冷静，就像999根本不构成威胁一样，这个金发男子高大挺拔地站着。又一轮炮弹落下，击中了建筑物的北翼。塞尔没有寻找掩体，甚至没有因爆炸冲击波而动摇，只是用他冷漠的灰色眼睛观察着爆炸的地点。

“别担心，孩子们，”中尉笑着说，“上校有个计划。”他再次微笑，并低头看向驳船，“神军将会被吓得魂飞魄散。”

奥乔顺着塞尔的目光看向那个昏迷的半兽人。他能做什么呢？但他没有机会提问，他们的驳船已经顶在宫殿的阶梯上了。

塔姆塔姆、斯托克和奥乔快速出动，跑去抓住了一个工人们用来搬运大理石的废弃滑橇。中尉用手枪指着拖船工人，让他们将半兽人放在滑橇上，并催促他们加快速度，所有人都注视着天空，防备更多的炮弹。奥乔和其他人一样满头大汗，不停地骂着。他们感觉自己就像在糖浆中工作一样举步维艰，随时等待着下一颗炮弹直接砸在他们头上。

最终，他们成功地将半兽人固定好，工人们开始拖着怪物爬上台阶。终于，他们拖着半兽人进了宫殿。斯特恩上校的精英部队饶有兴致、目不转睛地观察着。

宫殿内凉意袭人，这里远离阳光，还被大理石大厅环绕。奥乔从未进过宫殿。他努力不去盯着闪耀的大理石或拱形天花板上的画作，也不去看四周精美的雕刻。

这是一个奇怪而有回音的地方。他一点儿也不喜欢待在这里，尤其是在999试图全歼他们的时候。他一直等着另一个炮弹砸穿其中一个美丽的圆顶，但此刻炮火似乎短暂地停止了。

神军是想展示他们可以把炮弹投到任何地方，还是真的想杀了他们呢？

无论那群疯子是怎么想的，奥乔都不喜欢被炸得粉身碎骨。他觉得自己死后只会直接去地狱，所以他对像神军的人那样渴望来世并不感兴趣。

他们跟着滑橇一路奔跑，最后来到了斯特恩的精英部队驻扎的营房，他们都穿着黑色制服。他们是鹰卫队，联合星际部队中的精英。除了中尉，他们比在场的其他人都更年长、更有经验。他们是上个时代和战斗中的幸存者。他们比斯托克和中尉之外的所有士兵都长得高，俯视着整个排的人。

奥乔感到惊讶，他站在他们面前时感觉自己如此渺小。当然，他以前曾从远处看到过他们。他们跟随上校一起巡视过前线，但此刻他们就在这里，在他面前显得格外高大。他们肌肉发达，体格健壮，穿着黑色制服，目光坚定。

然而，当他们看到这个半兽人时，他们的态度发生了变化。其中一个惊讶地吹了声口哨，另一个是这个团队中年纪最大的人，他眼角有着小小的鱼尾纹，他用手抚摸着这个静止的怪物。

“自从我们和北方作战以后，就没见过这样的怪物了，干得好。”他说道。奥乔和其他娃娃兵听到这个赞美，立刻挺直了腰杆儿。年长的男子向他的“雄鹰”们示意。

“这怪物我们接手了。”他们接过捆住图尔的绳索，准备把昏迷的半兽人拉走。塞尔中尉向奥乔挥了挥手说：“把那个女孩带走，我们的任务已经完成了。”

但鹰卫立刻举起一只手，问道：“那个女孩也是和半兽人一伙的？他们是一起潜入的吗？”

塞尔勉强点了点头。

“那我们也要把她带走，上校会对她感兴趣的。”

奥乔能感觉到中尉想要争辩，但他最终只是咬了咬牙，什么也没说。随后他注意到另外一件更让他担忧的事情：幽灵正盯着那个女孩看。奥乔几乎能看到他脑子里的齿轮旋转着，因为担忧和畏惧而开始胡思乱想。

他走过去，抓住男孩。“该走了，士兵。”他说，“我们不能留在这里。”

幽灵想要抗拒，但奥乔用力推着他向外走去。一个鹰卫抓起被抛弃的混血女孩，把她甩到肩膀上。她的身体软弱无力，奥乔给她注射的镇静剂还在发挥药效。他甚至无法确定她的意识是否清醒。

奥乔思考着她将遭遇什么。也许她在上校手中的处境会好一点儿。至少她逃离了中尉的魔爪——这应该算是一件好事，他对自己说。但当他看到女孩像一袋土豆一样，随着士兵的脚步一晃一晃地远去，他开始一边努力说服自己她不会有事，一边试图弄清楚自己为什么这么在乎她的安危。

第四十一章
雇主的召唤

一根针刺入图尔的肩膀。麻醉剂的作用逐渐消退，他从朦胧中苏醒，找回意识，感觉到自己还活着，并且做好了战斗的准备。

四周都是人。很多人。低沉的声音在坚硬的大理石墙壁和瓷砖地板上回响。都是成年人，而不仅仅是来自沼泽村落的娃娃兵。钢、铁和火药在外面撞击爆炸。烟雾缭绕。这是战争机器心脏跳动的气息和声音。

图尔记得那些麻醉镖的袭击，他一度认为它们是子弹，要在如此多的铅弹下幸存将会很困难，然后他惊讶地发现每颗子弹对他的伤害竟然很小……之后麻醉剂就像潮水一样卷走了他的意识。

然后他就被捕了。但仍然活着。他听着参谋们汇报战况的话：

“K运河……天使连队……宪法山损失了十五个人。”

军队被围困的声音。图尔离开指挥中心已经有很长一段时间了，但一切都如此熟悉，就像发生在昨天一样。他们的言辞和动作告诉他关于他们当前境况的一切。

“炮火支援……向北波托马克 6 区出击。”

参谋们的声音中带着紧张。他们传达各个战线的报告时发出担忧的喃喃声。恐惧。整个房间都弥漫着这种氛围。他们都要死了，而且他们很清楚。联合星际部队陷入了困境。他们的上校不敌对手，士兵们也力不从心。

图尔等待着，直到他感觉到一名军人靠近，闻到他的汗水和恐惧，然后他睁开眼睛，扑了过去。

他被重重的铁链束缚住，猛然拽回原地。

那个人连忙后退，咒骂道：“他醒了！”

铁链咬住了图尔的手臂和脚踝。他还被之前注射的麻醉剂搞得迷迷糊糊的，甚至没有意识到自己被束缚着。

图尔咆哮着再次扑向前方，试图挣脱那些锁链，拼命地撕扯它们。军人们紧贴着大理石柱子和墙壁，恐惧地瞪大了眼睛。图尔努力地试图接近他们，看着他们就在他面前瑟瑟发抖，但是铁链牢牢地束缚着他。

图尔举起手来，仔细观察着那些固定在他手腕上的一寸粗的铁链。更多的脚镣夹住了他的脚踝。所有的链条都深深地嵌入地板中。

他周围的地板铺满了像建筑本身一样古老的精细彩砖，但在他的脚下，是新铺的灰色混凝土。而束缚他的铁镣正嵌入其中。

图尔可以坐下或蹲下，但无法完全挺直身体站立。他再次尝试想拔掉链条。

“你逃不掉的。”

图尔立刻认出了说话的人。那个人的面孔俯瞰着联合星际部队领地上的运河。每次进入擂台比赛时，图尔都被迫向那张面孔敬礼。那是多久之前的事了？仿佛已经过去了好几年，然而距离他最后一次为了上校而与人、科伊狼和黑豹搏斗，只过去了几周而已。现在，他发现自己又一次成了上校的俘虏。

图尔发出低吼声。“你觉得这些小铁链能拴住我吗，上校？”他站稳脚跟，用力地拽着链条。他的肌肉膨胀着。

混凝土开始在他脚下龟裂。每个人都惊恐地后退了几步。几名士兵拔出手枪指着他，但格伦·斯特恩微笑着向他们挥了挥手。

图尔露出牙齿，用力拉扯，每根肌腱都绷紧了。混凝土嘎吱作响，链条周围的地面泛起了尘土。图尔的皮肤开始破裂渗血，但他手腕上的镣铐既没有断裂也没有滑脱。

“如果你继续这样做，你会把手扯断的。”斯特恩说。

图尔让自己放松下来，再次仔细观察铁链。这些链条不仅嵌入了混凝土中，似乎还与下面的某个更大的东西连接在一起，比石头更坚固。

“它们被绕在地下室支撑梁上，”上校解释道，“挖出所有石头和大理石可是花了不少工夫，但看来我对你的预料还算准确。”

“你早就计划抓我了？”

“如果你还记得的话，我已经抓住了你。我本希望几周前就能与你谈谈，但你逃脱了。”

“给你带来麻烦了。”

上校耸了耸肩。“也许吧。但我现在抓住了你，显然我对你的能力做出了正确的判断。”

在他们对话的时候，上校的其他下属开始敢于活动起来。指挥中心的喧嚣逐渐恢复，他们俯身趴在桌子上，讨论地图和部队的问题。但图尔注意到他们都朝上校投去更多尊敬的目光。在图尔的威胁面前，他没有退缩，然而他身边的每个人都吓得连滚带爬了。

格伦·斯特恩上校或许并非最出色的战术家，但他却是一位领袖。人们追随他并不意外。他对自己有一种坚定不移的信念。即使他犯了错误或非常愚蠢，人们仍会追随他。

图尔过去曾遇到过类似的领袖。这些男人和女人凭借个人魅力来指挥，并以他们的言语激励追随者奋勇前进。根据图尔的经验，他们打造的军队充满了激情，但缺乏实力。

图尔坐在原地，接受了自己无法通过蛮力逃脱的事实。他扫视着指挥掩体，细心寻找能够帮助自己在这个新的困境中生存下来的线索，寻找格伦·斯特恩军队中的弱点。

房间里充满了古老的气息。大理石柱子支撑着拱形天花板，上面的壁画已经褪色。沿着墙壁排列着男男女女的大理石和青铜雕像，但它们已经被挪开，为作战室及其工作人员腾出空间。

“请原谅我们容身之处的寒酸，”上校说道，“我们觉得从上层迁至此处是个权宜之计。”一声爆炸从上方传来，整个建筑似乎在摇晃，天花板上悬挂的裸露电灯泡也不断闪烁着。“地下室很安全，”上校解释道，“现在他们的轰炸在上面堆上了大量的碎石，他们很难打到我们，但这并不是最理想的环境。”

图尔评估了军团的资产。几台电脑屏幕闪烁着光亮，很可能是由与照明灯泡相同的太阳能系统供电，而这些系统尚未被炸毁。这些电脑很可能正在从上校的战场中收集信息，并为他提供与外界的联系，以便他用战利品换取维持战争所需的子弹和炸药。

在图尔为他原来的主人战斗时，电脑将他们与高速飞过头顶的古老卫星连接起来，与滑翔机和无人机连接起来，反映着战场态势，并让他们能够得到来自空中的火力支援。而这里，只有几台电子设备。这个地方的其他部分被挂在墙上或设置在支架上的几十个黑板所主宰，上面写满了数字。房间的其他地方则贴满了勘测员手绘的淹没之城、海岸线和丛林的地图，上面用小钉子钉着，每个钉子都涂成红色、绿色或蓝色，用来标示更大的战场环境以及联合星际部队的众多敌人。

一瞥之间，图尔看到的情报板加强了他对上校的处境和生存机会的怀疑。联合星际部队所使用的经验不足的娃娃兵的数量进一步证实了这一点。一些孩子就站在指挥中心内部，与他们高大且营养充足的长官相比，显得瘦小而笨拙。

指挥中心展示的是一个被围困和绝望的军队，尽管上校本人并未表现出从地图上散发出的那种恐怖气息，也并未影响到他的下属。

图尔的目光落在房间中一根柱子上被铁链捆着的一个人身上。

玛丽亚。

上校顺着他的目光看过去。“你似乎比你的同伴过得好。”

“你想要什么，上校？”

“你真是个谜。我们花了很长时间才发现你是什么，以及你是如何存活这么久的。这些都曾是我们想搞清楚的问题。”上校指了指图尔脖子上刻着的代码。“我们不得不追溯到你的原产国，然后一直追踪到现在，付出了相当大的努力。”

“你对我一无所知。”

斯特恩没有被吓住。“我只见过一次强化人摆脱控制的情况。那是维和部队使用的那些野兽之一，是常见的品种，不像你。他所在的整个排都牺牲了，他变得怯懦，然后从战场中逃走了。他在我们身后纠缠了一段时间，但也只活了一年。他的行为看上去像是在自杀，他失去了所有战斗意志。他自己无法死去，但我想他渴望死去。”

“如果他选择逃跑，他本可以完全逃脱我们的追踪，但他却停留在这里，一次又一次地回到他上一次战斗的地点。最终，我们击毙了他。当你们这种生物失去主人时，生存会变得困难。然而，多年过去了，你却仍然活着，甚至超过了你的保质期。”

“你想要什么？”图尔问道。

“我想要赢得一场战争。”

图尔没有说话，静待着。这个人想要谈话。手握权力的人也喜欢展示他们的权力。图尔曾经认识一些将军，他们喜欢讲上几个小时的话。格伦·斯特恩上校没有辜负他的期望。

“我希望将 999 炮台摧毁。”

图尔露出了牙齿。“那就派出一支突击队。”

“啊，我已经这么做了。”斯特恩说，“事实上，我派出了三支。神军把我的士兵送回来了，只是他们没有了手脚。我们大致知道大炮的所在地，我们认为有两门。但他们决心保护它们。”

“你想让我去。”图尔说。他没有用疑问语气。这显而易见。

“是的，你带领一支突击队去。”

“你的士兵们都失败了，你凭什么认为我能成功呢？”

“拜托，我们都是专业人士。”

上校靠近图尔，蹲下来让他们可以近距离交谈。图尔测量着他们之间的距离，但斯特恩始终略微超出他的触及范围。

“我尽我所能，用手头的素材塑造士兵。”上校说，“但这是些非常粗糙的素材。孩子们？从林中的农民们？我们可以塑造他们，但他们是脆弱的。固然在战争中锻炼过，而且足够聪明，但他们身形矮小，一生只在一个战场上作战过。

我们都知道，淹没之城中没有任何东西能与你相比。我正在指挥一场战争，而你曾经是人类设计出的最优秀的战争机器之一。”他向前倾身，“我提议我们合作，我需要你的专长来支持我的战斗。”

“那对我有什么好处呢？”

“老实说吧，半兽人，你需要一个庇护者。虽然你特立独行，但总有一天，一支清剿小组会听说你的事情，并将你永远铲除。你和我一样需要保护。”

“我已经受够了任何人的庇护。”

“别误会我的意思。我打算雇用你，正式地雇用你。你将把我的战争变成比这个无用的停火协议更强大的力量。我们将能够肃清这片淹没之城。在你的帮助下，我将击败神军、泰勒的狼群和其他所有叛徒。我能够肃清这个地方，并重建它。”

“然后呢？”

格伦·斯特恩微笑着说道：“然后，我们出征，重新统一这个国家，让它再次傲然屹立于大洋两岸。”

“救世主和他的战兽，”图尔说，“我是你顺从的宠物。”

“不，你是我得力的左膀右臂，”斯特恩回答道，“我全副武装的同盟。”

“那就放开那个女孩。”

上校瞥了一眼玛丽亚。“你为什么想让她离开呢？她是你的朋友？她让你感到某种忠诚？我认为把她作为我们的贵宾会更好。”

“一个人质。”

“我并不傻，强化人。一旦我们解开铁链，你就会变得极度危险。我并不想假装知道你为什么要替这个女孩说话，但我很高兴在我们的谈判中有筹码。毫无疑问，她的生命是你服从命令的回报。”

建筑物再次震动起来，灰尘纷纷扬扬落下。

上校皱了皱眉，抬头看着天花板。“萨克斯将军似乎决定宁愿看到我死，也不愿保护这座大楼。”

他看着图尔。“你看到与我战斗的那些野蛮人了吗？他们对这个地方或者它曾经的意义毫不在乎。他们对它的历史毫不关心。我寻求重建，而他们所追求的只是摧毁和掠夺。”

“我曾在你们的竞技场中待过一段时间，”图尔冷淡地说，“你们的爱国言辞空洞无物。”

斯特恩意味深长地笑了笑，没有反驳。“我当时并不知道你的价值。等我发现了你真正的身份时，你已经在进行一次相当大胆的逃脱。现在我知道了。现在我想跟你做个交易。”

图尔望向躺在一旁、血肉模糊、几乎没有生命迹象的玛丽亚。斯特恩等待着。图尔能感觉到他的渴望。在图尔的一生中，像斯特恩这样的人总是能找到他的用处。正如他的名字所暗示的，这个半兽人是有用的，是一种人类一次又一次想要驾驭的东西。

又一声爆炸从上方传来。斯特恩没有动，静静等待着。

“别费事了，”玛丽亚突然嘶哑地打断了图尔的思绪，“他只会在完事之后杀了我们。”

斯特恩皱起了眉头。“安静点儿，被抛弃的人。这是成年人之间的讨论。”

“如果你死了，他也会杀了我。”她说，“他会利用我们，就像他们利用每个人一样。”

“这和其他领导者没什么不同。”图尔说，“将军们习惯于利用身边的所有人。那是他们的职责，也是他们擅长的事情。”

斯特恩认真地点了点头。“我们都是这么过来的。”

“我从未让孩子们参与战争。”图尔说。

“那只是因为你曾站在富裕的一方作战。”斯特恩反驳道，“你以为我想让孩子们战斗吗？这不是我所能选择的。神军开始了这种做法。或者可能是革命骑士，又或者是黑水联盟。很难记得这些事情从何而来，但我向你保证，这不是我想选的。但是，如果我因为未能有效利用手边的每个资源而让我们的努力付之东流，那我可要死定了。而且，任何合格的将军都会这样做。即使他们只给了你一块石头，你也必须用它来战斗。”

“我原以为你是个真正的上校。”

“别跟我抠字眼了。如果你不喜欢这场战争的丑恶面貌，那就帮我结束它，让孩子们回到天真无邪和玩具的世界。你觉得如何？我给你一个光荣的战斗机会，一个与你的超凡能力相称的军衔，你的朋友也能安全地活下去。跟着我，你不再是逃亡者，而是一支军队的指挥官。你觉得怎么样？”

图尔注视着那人，考虑着自己的选择，但玛丽亚的声音再次打断了他的思绪。

“问他是否愿意把我的手指还给我，”她含糊不清地说，“既然他信誓旦旦的，那就问问他有没有我的手指。”

第四十二章
杀戮生物

玛丽亚已经观察这段对话有一段时间了。透过镇静剂和自身疼痛织就的阴霾，她观察着他们，看着他们对峙。两个怪物。两个为杀戮而生的造物，相互讨价还价，相互试探。

随着他们的讨价还价，玛丽亚感到越来越愤怒。他们并没有真正谈论救图尔和玛丽亚。他们谈论的是更多的战争和更多的杀戮。改变死亡血潮的流向，让绝望和恐惧吞没神军，而不是联合星际部队。如果她和图尔想要生存下去，他们必须提供帮助。图尔将完成屠戮，并留下尸山血海，就像他被制造出来要做的那样。

她记得图尔是如何穿越丛林、撕裂科伊狼的。一个怪物。一个杀戮生物。一个战争恶魔。她想起了马赫福兹医生，那像是一百万年前发生的事情了，那时医生让她任由图尔死去。

如果你治愈这个东西，你就会把战争带进你的家里。

当时，她曾以为马赫福兹只是说士兵们会来找她，她自己会处于危险之中。

但是现在，当她看着那个半兽人和联合星际部队的领导者讨价还价时，她觉得自己明白了马赫福兹当时试图告诉她的意思。她不仅仅是把战争带进了她的家里——她的家正在变成一个战争的策源地。莫斯被招募进去，全副武装，现在成了一个士兵，和联合星际部队的其他任何士兵没有什么区别。如果她和图尔想要生存下去，也必须加入其中。

如果一个成年男人，比如格伦·斯特恩和这个房间里的其他人，觉得你对他们有用，你就可以活一段时间。但你终究只是一个棋子，她和莫斯都是。还有那些在淹没之城里被一手训练出来，用来射击、搏斗和牺牲的娃娃兵。

玛丽亚靠在柱子上，注视着上校和他的参谋们，最终她认为自己理解了马赫福兹医生和他冒失地闯入村庄的原因。

他并不是想改变他们，他也不是想拯救任何人。他只是不想再参与到那种病态的战争循环中。玛丽亚曾以为他愚蠢地走向了死亡，但现在，当她靠在柱子上时，她看到了不同的东西。

她以为自己一直在求生，她以为她一直在为自己战斗。但她所做的一切只是制造了更多的杀戮，最终导致了这一刻，在这里他们与淹没之城的恶魔讨价还价，不是为了他们的生命，而是为了他们的灵魂。

“为国而战，”斯特恩说，“粉碎神军。”

然而，他实际上是在说继续杀戮。如果你想活下去，你就必须不断杀戮。

玛丽亚已经受够了。她受够了被推来搡去和受到威胁；受够了总是要讲条件的交易，总是说如果她想活下去，别人就必须死；受够了像联合星际部队、神军和自由军这样的军队，他们都声称一旦做完了错误的事情，就会开始做正确的事情。

“问问他是否愿意还给我我的手指。”玛丽亚嘶哑地说。药物让她的喉咙感到干燥，说话几乎需要使出全部的力气，但她设法说出来了。

“既然他做出漂亮的承诺，问问他是否在某个地方留着我的小指头。他会帮我缝合起来吗？他会从神军那里拿回我的手吗？他会让一切都好起来吗？”

一个鹰卫朝玛丽亚走来，但斯特恩挥了挥手示意他退下。

“你说了什么，年轻人？”

在麻醉剂的蒙蔽下，玛丽亚看着那个男人在她身边蹲下来。他并不像照片中那么高大威猛、令人畏惧。但当他靠近时，玛丽亚觉得仿佛可以嗅到从他身上散发出的死亡气息。

“你对我说了什么吗？”他低声问道。

玛丽亚想知道如果她没有被麻醉，她是否会害怕他，但当她仰视他时，她几乎没有什么感觉。他是一个怪物，一个通过巧言令色而变得强大的人，一个能够把自己的脸画成三层楼高，并让一群战争蛆虫顶礼膜拜的人。

玛丽亚清了清嗓子。“如果你在什么地方找到了我的手，那么我们可以做交易。”

上校笑了笑。“你觉得你可以替你的朋友做决定吗？”

“不。”玛丽亚把头靠在柱子上，“他会做他自己的事。我无法控制他。”她漠然地望着上校，“但这并不意味着我必须同意，也不意味着我必须顺从。”

“即使这意味着你可以自由离开？逃到某个遥远的地方？逃到海景波士顿？曼哈顿奥尔良？或者你父亲那样的人在的地方？”

“你不会让我们离开的。”

“等你的朋友为我们赢得战争后，我会放你们走。”

玛丽亚沉思片刻，试图理解这个人的言外之意。

最后她说：“在这里，没有人能赢。只不过是一群狗争夺着一些残羹剩饭……你甚至都不知道那是什么。”

斯特恩第一次显得恼火起来。“我为了净化这个地方、振兴这个国家而战。你无权质疑我们所做出的牺牲。”

“我打赌那些掀起这场战争的家伙也说过类似的话。我敢打赌这些话听起来肯定也很好听。”她把声音压低到了耳语的程度，“不过，你知道吗？”她的声音更低了，“你知道我意识到了什么吗？”

格伦·斯特恩凑近了，专注地听着。玛丽亚聚集了她的全部力量，全力朝那个男人的脸上吐了口口水。

“我仍然想要回我的手指头！”她喊道。

上校往后退去，大声吼叫并擦拭着脸上的口水。他怒视着她。“你——”

他像眼镜蛇一样迅猛地扇了她一个耳光。一下，两下，三下。玛丽亚的头来回甩着，她的脸火辣辣地发烫。斯特恩再次出手。他狠狠地打了她已经断裂的鼻子一拳，瞬间爆发出一阵灭顶般的疼痛。鲜血从她的脸上流下。

尽管镇痛剂的药效还没褪去，玛丽亚还是痛苦地尖叫起来。她几乎疼晕了过去，但她仍然强迫自己与那个男人对视。“就这点儿本事？”她嘶哑地说，“就这些吗？”

“你还想要更多？”格伦·斯特恩再次举起了手。

一阵低沉的咆哮响彻大理石装饰的房间，充满了威胁的意味。他们俩都因这声音而转过身来。半兽人看着他们俩。

“我不接受你的提议，”图尔说道，“我不会为你而战。”

格伦·斯特恩看着玛丽亚，然后又看向图尔，接着又回头看了玛丽亚一眼。玛丽亚笑了。

斯特恩最终说：“你在玩一场危险的游戏，小姑娘。”

“因为你会继续让我流血吗？”玛丽亚让头靠回柱子上，“反正总是这样的结果。你还有一场‘伟大的’战争要打，而我只是绞肉机中的肉。所以，老家伙，赶紧把我绞碎吧。”

突然，塞尔中尉出现了。“我想，我有一个解决办法。”

玛丽亚不喜欢他低声对上校耳语时的微笑。格伦·斯特恩听着，表情变得冰冷起来。他转向玛丽亚。

“你想要手指吗，小姑娘？我可以给你手指。”

第四十三章
怪物出笼

奥乔和他的队友们挤在宫殿的一个角落里，这是一个巨大的圆形房间，四周环绕着更多的柱子和雕塑。弹药和武器堆得到处都是，由更多的鹰卫守卫着。

每隔一段时间，999 炮弹就会呼啸而至，奥乔一直担心一颗炮弹会破墙而入，击中弹药库，引发爆炸，将他们全部炸飞。但到目前为止，头顶上的瓦砾似乎在保护着他们。

他蹲在幽灵旁边。这个男孩正盯着大理石和瓷砖地面看。各种复杂的图案覆盖着地板，装饰的纹样和几何图形一直延伸到他们藏身的弹药箱下面。

“娃娃兵，你还好吗？”

幽灵耸了耸肩。奥乔不喜欢幽灵脸上的表情。太怀疑，太孤僻，太忧心忡忡。

奥乔原本以为这小子已经完全成为他们中的一员，但现在他开始怀疑了。利用幽灵作为诱饵来捉拿那个半兽人是有风险的。但既然事情已经结束，这小子就应该振作起来，毕竟队里的每个士兵都不得不在某个时刻证明自己的忠诚。

“我救过她，”幽灵说，“很久以前，我从神军手里救下了她，当时他们砍掉了她的左手。”

“最好不要想那些事。她不在我们这里，她不是我们的战友。”奥乔说，“不要浪费时间担心平民，他们不是我们中的一员。”

“我们以前都是平民。”

奥乔轻轻拍了拍他的脸颊。“但现在我们不是了。我们比他们地位更高，不要将自己放到他们的水平上，士兵。我们是联合星际部队，要挺直腰板。”

“哦。”

“我是认真的，小子。”奥乔说，“你现在是个了不起的人物了。我们提拔你，因为我们能看出你与众不同。现在你有了一席之地，有兄弟们愿意为你拼命。不要为了一些被抛弃的战争蛆虫而放弃这一切。”

他正要接着说，但塞尔中尉的到来打断了他。

“中士，”塞尔向奥乔打手势，“需要你过来一下。带上这个新兵。”他对幽灵挥了挥手。

奥乔拍了拍幽灵的背。“走吧，士兵，该回去工作了。”

他们跟随着中尉走过一条大理石走廊，被一对鹰卫队员拦住了。“放下你们的武器。”其中一个人说。

“你再说一遍？”奥乔问道。

“把你们的枪留在这里。”

奥乔紧紧地握住了步枪。“我不会为任何人解除武装。”

“解除武装，中士，”塞尔冷声说道，“这是有用意的。”他也交出了自己的手枪。

奥乔不情愿地摘下了步枪和弹药带，并示意幽灵也照做。

他们解除了武装后就被带到另一个走廊，经过更多的鹰卫，然后进入了一个巨大的房间，里面有柱子、士兵和黑板，还有战情分析的低语声。

奥乔意识到他们正位于联合星际部队指挥中心的核心地带，所有命令都是从这里发出去的。中尉带领他们穿过支撑拱形屋顶的雕花柱子。他们绕过一根柱子，奥乔倒吸了一口气。

格伦·斯特恩上校站在他面前，微笑着。奥乔迅速立正并敬礼，同时示意幽灵也做同样的动作。上校轻轻点头回应了敬礼。

“中士，”他说道，“我从中尉那里听说了你的优异表现。”奥乔结结巴巴地道谢，但上校的目光已经转向幽灵。

“是这个人吗？”

“是的，长官。”中尉回答道。

“很好。”上校示意他们跟着他。他们在更多的柱子间穿行，来到房间的另一边。幽灵的呼吸急促起来。“抓住他，中士。”塞尔下令道。

奥乔不确定地看着斯特恩和他们面前的女孩。

“抓住他！”中尉大声喊道，于是奥乔按照命令行事。他抓住幽灵的一侧肩膀，中尉则抓住了另一侧。

幽灵开始挣扎。

“别动，”奥乔警告道，“中尉有安排。”

他们用力推着幽灵往前走。半兽人被锁链所束缚，脚踝和手腕都被锁住，链条足有奥乔胳膊那么粗，埋入了浇筑的混凝土之中。

即使被紧紧捆住，这个怪物依然令人生畏。不远处，医生女孩被绑在柱子上。她脸上有血迹，皮肤上布满瘀伤。

“玛丽亚？”幽灵叫出了声。

“中尉？”奥乔犹豫地问道，“你确定吗——”

“稳住，中士。”塞尔说。

格伦·斯特恩站在女孩身边，微笑着。“是时候让你知道你的选择是有后果的了，小姑娘。”

那个女孩看着斯特恩和幽灵。“莫斯？”

“你们在干什么？”幽灵问道，从斯特恩看向塞尔和奥乔，“发生了什么？”

“这是最后的机会了。”上校对玛丽亚说，“让你的半兽人朋友代表我们作战，否则你将承担后果。”

女孩摇了摇头。

“玛丽亚！”幽灵问道，“发生了什么？”

奥乔也想问同样的问题。房间里弥漫着可怕的紧张气氛。血腥味很浓。女孩蜷缩在柱子旁。半兽人发出低沉且带有警告性的咆哮声。奥乔曾见过类似的场景，这让他感到不安。

格伦·斯特恩转向塞尔和奥乔。“让他跪下。”

“长官？”奥乔问道。

中尉向他吼道：“按我说的做，中士！”

奥乔本能地执行了命令。格伦·斯特恩拿出一把刀。“你要这个男孩为此而付出代价吗？”他问玛丽亚。

女孩痛苦地盯着。一开始，她看起来似乎根本不在这里，被药物迷得不省人事，但现在她正在使劲挣扎。“别碰他！”

“玛丽亚！”幽灵再次喊道，声音嘶哑。他开始反抗了，但奥乔和中尉抓住了他。半兽人正在低声咆哮，声音越来越大。

奥乔知道即将发生的事情，但他的良心拒绝相信，感觉好像是别人在钳制着幽灵，是别人强迫这个士兵保持不动，他终于意识到这个男孩即将成为血祭。

这是我吗？是我在做这件事吗？

奥乔感觉头脑像糖浆一样黏稠。幽灵挣扎着，但奥乔的力道更大。他被迫拉出了莫斯的手，当斯特恩抓住男孩的手指时，他感到恶心。

“你想要这个吗？”上校喊道。

刀光一闪，幽灵惨叫起来。鲜血在地板上漫开，还有一个手指。就掉落在地板上。幽灵尖叫着扭动身体。奥乔抱住他，但他的目光无法离开那根手指。

我在做这个吗？

“我们在做什么？”奥乔喊道，“他是我们的战友！”但是似乎没有人听到他的声音。奥乔不知道自己是否真的说了什么。

他是不是胆怯地闭上了嘴？这抗议声是否只是他的幻想？

幽灵仍然在奥乔的控制下挣扎，斯特恩则捡起了幽灵的手指。他把手指在玛丽亚面前晃动着，看着她和幽灵在抽泣。

“这就是你想要的吗？你想要更多的手指吗？你想要全部手指吗？”

“放开他！”玛丽亚尖叫着。她挣扎着想要挣脱束缚。幽灵在奥乔的控制下猛烈挣扎。格伦·斯特恩朝他走了回来。刀光再次闪烁。地板上溅满猩红色。血液像红宝石一样鲜艳。比太阳更明亮。

这没有道理。幽灵是他们的人。奥乔招募了他。一朝是他们的人，永远是他们的人。六道满杠。上校可能对神军、泰勒的群狼或平民很凶残，但不会——

塞尔的声音带着命令打击着奥乔。“握住他的手，中士！坚定站好！”

上校没有预料到这一切的到来。连奥乔自己都感到惊讶。

前一刻，奥乔还在抓着幽灵，努力阻止他挣扎——这孩子已经清楚地意识到接下来将会发生什么——而斯特恩上校正准备割下他的第三个手指；下一刻，奥乔的手就松开了。他握着自己贴身的匕首。

他将刀深深刺入上校的肾脏。一进一出，就像他接受的训练一样。温热的血液漫过了奥乔的手。

斯特恩发出一声惊愕的喘息。他的刀咣当一声掉在地板上。

没有了奥乔的钳制，幽灵轻易地从塞尔中尉手里挣脱出来，尖叫着，朝着瓷砖上的刀飞扑而去。

几个鹰卫冲过来，大声喊叫，试图弄清楚发生了什么，一边跑一边呼叫支援。幽灵用没有伤的手抓起上校的刀，朝斯特恩扑了过去。当男孩把刀刃整个刺入他的身体时，他甚至没有来得及躲闪。

格伦·斯特恩的眼睛难以置信地睁大。他伸出手，试图摸到腰背上奥乔刺入的伤口，又转而想要触碰幽灵在他胸前留下的刀伤。奥乔甚至不确定斯特恩的意识是否还在，或者只是他脑子里的某个条件反射的部分让他的手仍然动弹着，他在不断流血……

更多的鹰卫冲进房间，但他们都锁定了幽灵。他们开火，打偏了，没有击中目标。塞尔拔出自己的刀，盯着幽灵和上校。幽灵再次将刀子插进上校的肚子。玛丽亚尖叫着、挣扎着试图挣脱绳索，半兽人也在咆哮着，而塞尔……他正直视着奥乔。

灰色的眼睛燃烧着洞察力，当他看到奥乔血迹斑斑的双手时，他就意识到他身边有一个叛徒，而其他人都被仍在持刀捅向格伦·斯特恩的男孩分散着注意力。

奥乔没有给塞尔任何揭发他的机会。他迅速迈步接近塞尔，将匕首刺入塞尔的腹部。保险起见，他又补了一刀。

塞尔喘息着说："为什么？"但是奥乔没有时间回答他。

他夺过塞尔的刀丢到远处，假装惊慌失措地呼叫了一声医护人员，然后转身跑开。他听见周围的武器纷纷切换到全自动射击模式。

鲜血喷溅，密集的弹火穿透了幽灵的身体，在他胸前和背后撕开大大小小的血洞。石块的碎片从奥乔身边呼啸而过，这些都是没打中幽灵的子弹溅起来的，然后一群鹰卫扑在了幽灵身上。

咆哮与尖叫声此起彼伏。自动武器的连续射击声回响不止。血雾弥漫在空气中，这是残骸、骨骼和尸体形成的旋风。在奥乔眼前，人们似乎消失了，取而代之的是墙壁和柱子上喷溅的血迹。

为了尽快赶到上校身边，一些鹰卫冒失地闯进了半兽人的活动范围。他们在怪物的手中被轻而易举地四分五裂，接着怪物夺取了他们的武器，而其他的鹰卫也被可怕的射击技巧击倒，死在了地上。

奥乔扑倒在地，躲在一根柱子后面，希望它能给他提供掩护。那个半兽人咆哮着开枪，尽情地射击。人们在尖叫。一具尸体倒在奥乔旁边。他伸手抓住那人的武器，与此同时更多的鹰卫成群结队地涌入指挥中心。他们在柱子后面躲闪着，猛烈开火，但是那个半兽人似乎能预知他们的动向。每当一个士兵露出头，就会被一颗子弹击中。

奥乔匍匐在一张办公桌后面，希望能够冲向门口。他必须逃出去……

他瞥见那个女孩，仍然被捆绑着。她尽量趴平，子弹在她周围呼啸而过。她在哭泣，试图接近倒在血泊中的幽灵。

半兽人的枪卡壳了。

奥乔不确定其他士兵是否意识到了，但半兽人现在就像一只待宰的鸭子。奥乔骂了一声，拿起步枪，探出身去，然后，怀着对命运的祈祷，他将步枪沿着地板滑到了怪物面前。

半兽人接住了它。与奥乔对视着。

我在做什么？

但木已成舟。当奥乔将刀插进上校的身体时，一切就都不可逆转了。现在没有回头的余地了。奥乔爬过去，来到上校倒下的地方。他将上校翻过来，开始搜他的口袋。上校挣扎着试图抓住奥乔，但奥乔把他的手推开了。

“坚持正义之战，中士。”斯特恩低声说。

“你有钥匙吗？”奥乔问，“上校，你有钥匙吗？”

上校看着他。“你会继续战斗吗？你不会让叛徒毁掉一切吧？”他喘息着说。

“联合星际部队万岁。”奥乔说，“没错，但如果我们要战斗，你必须给我钥匙，得让那个狗脸怪自由。”

上校的眼睛眯了起来。“你……”

但奥乔已经找到了钥匙。他把它从上校的前胸口袋里拽出来，回头抛给半兽人；就在这时，一记重锤般的冲撞力猛然轰击在他的大腿上。他趔趄了一下。

又麻又胀的灼痛感爆发出来，奥乔倒抽一口凉气，意识到自己中枪了。继续移动，否则他就会变成活靶子。他艰难地爬向玛丽亚，拿出匕首，开始割捆住她的缆绳。锋利的刀刃轻易切开了每一股纤维，但女孩获得自由后却立刻扑过来，举起残肢捶打他，用仅剩的手指抓挠他。

“不是我做的！”奥乔极力想从她身下挣脱出来，“这不是我的错！”

然而她置若罔闻。枪弹在他们周围呼啸而过，奥乔趴倒在地，玛丽亚却摇摇晃晃地直起身子。奥乔伸手想要拉住她，但由于腿上中了一枪，他无法阻止她站起来。

“趴下！”

石块、大理石砖和子弹在她周围撕裂，形成了一场死亡的旋风，但她似乎对身边的危险视若无睹，而且毫不在意，就像她想要去死一样。她穿过这场旋风，滑坐到幽灵身边。

奥乔用手按住大腿上的子弹，祈祷它没有打中动脉。老天爷，好痛。

突然，他感觉到一个庞然大物从他身边掠过，迅疾如风。奥乔猛地转过身，但那个身影已经消失了。在他面前，散落着被抛弃的链条，没有上锁。那个半兽人正在自由地奔跑。

地下室里回荡起一声咆哮，一种极度危险的信号，穿透了奥乔的骨头，让他因恐惧而差点儿尿了裤子。枪声不绝于耳。惨叫声，尖锐而绝望。更多的枪声。士兵们试图瞄准那个半兽人。奥乔的眼睛几乎无法跟上那个怪物，因为他在柱子之间迅速穿梭着。

更多的枪声。六声，快速而平稳。砰砰砰砰砰砰。六盏电灯碎裂，使整个地下空间堕入黑暗之中。怪物现在也开始摧毁灯光了。奥乔似乎又看到了那个半兽人的身影。死亡的阴影，神出鬼没。有人在喊着命令，试图集结起来，然后那人突然开始尖叫，不停地尖叫。另一声兽性的咆哮使奥乔的耳朵嗡嗡作响。天啊，声音太大了，比打仗的声音还要响亮。

玛丽亚没有注意到这一切。她跪在幽灵旁边，呜咽着。抱着她的战斗小子。

“莫斯，”她呼唤着，“莫斯。”男孩已经撑不住了，奥乔甚至不用近距离看就知道。但玛丽亚仍然抱着他，他的血浸染着她的手臂和腿部。

奥乔踉踉跄跄地向他们走了过去。他抓住一条鹰卫尸体上的裤腿，用匕首割开了它。他们有真正的制服，他茫然地想着。他从来没有过真正的制服。远处回响着更多的枪声，接着是士兵们乞求帮助的呼喊声。

“我们必须离开这里。”奥乔说。他割下一条布，包扎起自己流血的腿。但她不听他的话，于是他拽了拽她的肩膀。

“在他们回来之前，我们必须离开这里。”

玛丽亚转过身来，她的脸上充满了愤怒。“这都是你干的！这全是你的错！”

奥乔举起双手辩解道：“他也是我的战友！我们是兄弟。”

“他和你根本就不是一种人！”

奥乔开始结结巴巴地道歉，但随后一股怒火也涌上了他的心头。

“我们谁都不想这样做！”他喊道，“没有一个人！我们和他一样，都是这场战争里该死的蛆虫。”他用手支撑在大理石柱子上站起来，腿上承受的重量使他略微皱起眉头。“以前我们没有一个人是这样的。”他再次说，“我们谁也不是一生下来就要上战场，是他们把我们变成了这样。”

玛丽亚正要反驳，但幽灵咳嗽了一声，她的注意力转向了她的兄弟。幽灵的眼睛变得迷离，他向她伸出手，将她拉向他。玛丽亚哭泣着，紧紧地搂着他。奥乔觉得幽灵好像在试图对她说些什么，他嘶哑着声音，咳着血试图说话。

奥乔转身离开。他还留下来做什么？他需要赶紧离开这里。一旦鹰卫队重新集结，他将是死路一条。他捡起另一支被丢弃的步枪，开始寻找弹药。他对那个半兽人能否成功表示怀疑——

一个高大的人形阴影笼罩在他身上。

奥乔抬头望去，吃了一惊。半兽人野兽般的脸上新伤叠旧伤，充斥着战斗的狂热情绪。鲜血顺着他的额头流下来。奥乔突然意识到指挥中心四处散落的尸体有多少。一切变得那么寂静。

半兽人已经剿灭了他所有的敌人。无论参谋、鹰卫还是军官，都死了。他们不是被他射出的子弹命中，就是被他徒手撕碎了。奥乔知道半兽人很危险，但这还是超出了他的想象。

半兽人对奥乔龇了龇牙，径直绕过他走开了，仿佛他构不成任何威胁——即使他手里还抓着一支步枪。

他究竟放出了一个什么样的生物啊？！

第四十四章
红色血泊

“莫斯。”玛丽亚低声呼唤道。

她将他抱在怀中。他看起来很小。他一直都这么瘦度小小的。但是现在，他遍体鳞伤，皮开肉绽，变得更加虚弱、更加苍白了。

失血，她医生的本能告诉她，他正在失血。红宝石般的血液在他们身下渐渐扩散，汇聚成一个光滑而黏腻的湖泊。玛丽亚的大脑飞速运转着，试图回想起一些有效的急救措施。

直接按压，手术。血浆。她手边没有的静脉注射。止痛药。抬起腿部。治疗休克。通畅气道，保证呼吸，促进血液循环。稳定状况。进行手术。

全部都是无用的。她没有医疗器械和材料。马赫福兹医生教会她的所有方法都是无用的。

莫斯伸手触摸她的脸。“为什么我总是得来救你？”他低声说。

玛丽亚紧紧抱住他。“我非常对不起你。”泪水从她的脸上流下来，“我非常、非常对不起你。”

莫斯试图说话，咳嗽了一下。“真不敢相信你居然找过来了。”

“我必须这样做。”

“不。”他摇了摇头，疲惫地微笑着，“这是我会做的傻事。”他伸手触摸她的脸，推了推她的下巴，像往常一样开着玩笑，“你应该是聪明的那一个。”他再次咳嗽，嘴唇上沾满了血迹。他痛苦地咕哝着：“要是早听你的就好了，是吧？”

一枚炮弹降落，建筑物震动着。

“我会把你救出去的。”玛丽亚说。

“如果你知道我做了什么，你就不会这么说了。”

“我不在乎你做了什么，我要把你带离这里。”她试图站起身，但莫斯伸手把她拉得很近，出人意料地有力。他像个螺丝钳一样紧紧抓住她，凝视着她的眼睛。

“你必须离开这里，”他猛地低声说，“离开，并且永远不要回来。”他的表情比她以往任何时候见过的都要凶狠。“你必须答应我要活下去。”他说，然后对她微笑了一下。他的呼吸停止了，留下玛丽亚紧紧抱住一个失去灵魂的躯壳。

图尔蹲在她旁边。“是时候离开了，早就该走了。”

玛丽亚没有抬头，只是紧紧抱着莫斯。“他死了。”

半兽人静默片刻。“我也失去了我的整个班。记住他。讲述他的故事。”

“那算什么。”

“是没什么，但这就是我们全部能做的。”

那个叫奥乔的中士一瘸一拐地走过来，玛丽亚能感觉到他看着她。“起来，姑娘。你不起来，就会死。”

“少假惺惺地关心我。”她说，“你是那个想杀了我的人。”

中士叹了口气。“现在我是那个想救你这只蛆虫的人。”

又一声爆炸震动了整个建筑。紧随其后的是更多爆炸声。大片的混凝土和石灰接连坠落，天花板格格作响。奥乔和图尔抬头看着天花板。

“该死的，”奥乔说，“听起来情况越来越严重了。”

“神军准备发动一次突击。”图尔说。

奥乔讽刺地笑了笑，他的表情严峻，扫视着指挥中心。“他们没必要费心了。看起来你几乎杀光了所有指挥人员。他们可以随时进攻，我们都不知道他们滚进来的时候能打到什么。”

图尔低声赞同道：“联合星际部队已经没有了首脑，我没有留下任何一个指挥官。”

又一枚炮弹轰击了建筑物。更大的石块从天花板上落下来。

“我必须赶紧找到我的战友们，”奥乔突然说，“如果没有人告诉他们怎么做，他们会死的。”

“确实如此。”图尔低沉地说。玛丽亚惊讶地看到这个半兽人向奥乔伸出了一只巨大的手。“谢谢你。”他说。

奥乔满脸震惊，看着这个半兽人。一时间，玛丽亚以为他会退缩。但随后，他回握了伸出的手，他自己较小的手在图尔的握力下消失在图尔的手掌里。

中士低头看着莫斯，然后又看了看玛丽亚。“很抱歉我没能救他，”他说，“我尽力了。如果我知道他们会做什么……”他停顿了一下，深吸了口气，“无论如何，我很抱歉。”他转身一瘸一拐地朝门口走去。

玛丽亚看着中士离开。他只是个孩子。他们都只是孩子。他们挥舞着枪，互相残杀，而那些声称自己更年长、更有智慧的人却在操纵着他们，比如像塞尔中尉、斯特恩上校以及萨克斯将军这样的蛆虫。

他只是一个在错误的时间出现在错误的地点的孩子，一个起初对那些大人没有任何用处，只因为能够服从命令就被强行掳走和训练，最后在战争中送命的孩子。就像莫斯一样。

“嘿！”她朝他喊道，“中士！”

奥乔转过身。“什么事？”

她脑海中形成了一个想法。一个赌博。一场豪赌。这不是她想象中的方式，但她认为可以行得通。她可以做到。她只需要重拾信心，并且向这个中士伸出援手。

“你想逃离这里吗？”她问，“彻底逃离。”

她屏住呼吸，祈祷自己对他来说不只是一个平民。希望他不仅仅把她看作是一个被遗弃的维和部队混血儿或叛徒，就像她并不把他看作是一个士兵一样。他们只是两个人，都是比他们庞大得多的某种东西的受害者。没有任何立场冲突，也没有任何敌人。

她只需要让他也相信这一点。

“离开这里？”中士微笑着说，“我们谁也走不了。没有地方可去，也没有人接应我们。周围都是封锁线。神军正追捕着我们这些三道杠。”他摸了摸自己的脸颊，“没有逃生的办法，任何人都没有。”

“那些回收公司可以自由进出。”玛丽亚说。

“我们又不是回收公司的人。”

“如果我知道我们可以弄到一些东西呢？”她说，“价值很高的东西。你能带我们去找古董贩子吗？你能带我们和一些值钱的东西去码头吗？”

“你那个藏宝房间？”奥乔犹豫了一下，然后说，“我不能抛下我的战友们。”

玛丽亚几乎放弃了这个想法。她对奥乔的其他队员感到极度恐惧。她咽了口唾沫。她再次加注，而且是下了一个很大的赌注。

“他们能听你的吗？”玛丽亚问，“你能让他们跟随你吗？跟随我吗？你们能给我们保护吗？”

图尔突然惊讶地看着她，表达出对她计划的理解和尊重。又一声炮击撼动了建筑物。奥乔抬头看着裂开的天花板，然后看向玛丽亚。

“他们会跟随我，”他最终说，“如果他们还在那里的话，他们会跟随的。”

玛丽亚的心跳加快了。她就要做到了。真的。她要离开了。她紧紧地拥抱着莫斯，最后一次，然后放了手。

第四十五章
栖身之地

宫殿内外一片混乱。炮火四溅。士兵们分散成群，不知道该做些什么。

还有几个鹰卫留在周围，试图把人组织起来，但看起来图尔已经消灭了所有目睹指挥中心发生的事情的人。现在，在炮火的威胁下，人们争相逃散，更关心自己的安全而非他们的领袖的生命。

奥乔领着他们走进圆形大厅，一边靠着玛丽亚支撑身体，一边跛行。士兵们看到半兽人和女孩后都举起了枪，奥乔向他们挥挥手示意把枪放下。

“中尉在哪儿？”他们目不转睛地盯着他。

“他被取代了。”奥乔说。

“由谁代替？”斯托克问道。

“我，”奥乔指着玛丽亚和图尔，“还有他们。我们现在是一伙的。”

沉默了很久。奥乔与斯托克对视，直到那个个子更高的男孩点头表示同意。

"好。"

奥乔开始给排长们下达命令，把所有人组织起来。他派一些人去收集枪械弹药，同时让人给自己的腿固定得更好一些，然后让大家都开始行动，形成了一个保护圈，玛丽亚和图尔位于他们中央。

玛丽亚惊叹地注视着他的小队径直穿过了联合星际部队的核心区。士兵们忙碌着，准备着注定无法取胜的最后一战，没有人有时间理会一支有组织、有明确命令的武装小队。他们走出了宫殿，眯着眼睛迎接明亮的阳光。玛丽亚顺着湖岸线看到了河口和大海。那是她的目标，正在召唤着她。

又一颗炮弹呼啸而至。宫殿的圆顶彻底崩裂，开始向内塌陷。士兵们尖叫着四处逃散，但奥乔仍然镇定地指挥着，命令大家下到水边。前方，玛丽亚看到古董买家们正在努力将战利品装上他们的橡皮艇。

她指着他们，奥乔点了点头，大声下达更多命令。每个人都改变了路线，准备战斗，但随后图尔冲到了最前面。

这就像看着一场飓风在眼前发生。前一刻他还走在她身边，下一刻他已经出现在那些古董买家和他们的护卫中间，将他们毫不留情地推下小艇。等玛丽亚和其他士兵赶到的时候，小艇上已经空无一人；护卫和他们的雇主在水中挣扎逃命，他们全都被解除了武装，没有了威胁。

玛丽亚和士兵们跳上了小艇并启动了引擎。图尔最后一跃而上，小艇在他的重压下剧烈摇晃，但很快就恢复平稳。他们沿着湖面疾驰，按照玛丽亚的指示前行，进入了运河。

城市里乱成了一锅粥，充斥着动荡的气氛。人们为神军的攻击做着准备，平民们匆忙躲避，抓起最后的物品。士兵们则在忙着布置防御阵地。

这让玛丽亚不禁想起上次军阀来袭时的情景，他们淹没了她成长的地方，她无法不对即将到来的暴力感到恐惧。她记得士兵们从一个建筑物冲进另一个，追捕每一个与维和人员合作过的人，将他们拖到木栈道上执行死刑。她的母亲试图把她藏起来，但士兵们还是冲进来找到了她们。

现在这些又要重演了。随着联合星际部队的崩溃，新的军阀争相填补空缺，又一波暴力狂潮即将到来。

前方出现了她住过的公寓楼。玛丽亚指了指。奥乔点了点头："是的，我也记得是这里。"

橡皮艇放慢速度，二十四名士兵从船上跳下，冲进了建筑物。玛丽亚按压着墙壁上的隐藏按钮，祈祷着女神们的庇佑……

墙壁打开了。

在她面前，仓库静静等待着。她母亲的收藏品，她父亲的囤积物，所有东西都还在这里，没有被抢劫。斯特恩还没有来得及采取任何行动，或者中尉根本就没有向他汇报仓库的存在。一切都还在这里。绘画、雕塑和古籍。这是一个已经消亡的国家的宝库。

"把它们收集起来，"玛丽亚说，"能拿多少就拿多少。只要橡皮艇能放得下就都拿走。"

他们抓起一大堆收集来的东西。旧式的步枪、蓝色和灰色的制服、蓝色背景上带有星圈的旗帜、泛黄的羊皮纸……他们尽可能多地收集轻便并且能装入橡皮艇的物品。

“这样能成功吗？”奥乔在他们将更多的艺术品和文物扔进小船时问道，小船在码头旁边漂浮，“你觉得我们真的能买得到自由吗？”

图尔代替玛丽亚回答了奥乔：“有你的士兵作为护卫，还有玛丽亚与古董买家进行交涉，可以的。你们会赢得自由。”

玛丽亚望向图尔，他的语气让她感到有些隐约的不安。“你也会的，”她说，“我们都可以通过这样的方式逃脱。这里有足够的东西来买到我们所有人的自由。”

“不。”图尔摇了摇头，“他们是不会欢迎我这样的物种的。我必须找另一条路。”

“但是……”玛丽亚犹豫了，“那你会怎样呢？你不能留在这里。”

图尔几乎笑了。“让我自己来做决定吧。对你来说，淹没之城可能不是一个适合的地方，但对我来说……”他停了下来，嗅了嗅空气，“这里闻起来像是我的家。”

玛丽亚感到一阵寒意，她记起了上校困住他们时说过的话，他说半兽人无法在没有主人的情况下生存。

“你难道也要试图去死吗？”她问道，“像那个人说的一样？像那个半兽人一样？不断循环直到死去？”

图尔的獠牙露出一丝野性的微笑，他蹲在她旁边，轻抚她的脸颊，意外地温柔。

“不用担心我，”他低声说，“我不是战争的牺牲品，我是它的主宰。”他朝着运河和市民们扫视了一眼，那些士兵像蚂蚁在窝里一样疯狂忙碌着。他的耳朵抽动了一下，鼻孔耸动着。

“联合星际部队将会灭亡，但它的士兵们将需要一个安全的避难所，他们将渴望有一位领袖。”图尔低沉的咆哮带着满足之意。他再次看向玛丽亚，“我在七大洲都进行过战斗，但从未为自己争取过领土。”他扫视了一下周围的建筑物，“在你眼中看到的是恐怖，我却看到了……栖身之地。”

他站直了身子。“走吧，神军就在几个街区外，其他军阀也在蠢蠢欲动，在你能回到这个地方之前，还要过很长时间。”

“你打算做什么？”玛丽亚问，“你会死的。”

图尔笑了。“我从来没有输过一场战斗，这一次也不会输。这些士兵野性而未经训练，他们从未经历过真正的战争。等我收拾完他们，他们将会在屋顶上高喊我的名字。”他满意地咆哮了一声。

玛丽亚仰望着图尔。第一次，她觉得自己真正看清了他：他不是各种生物的混合体，而是专为战争而存在的完整造物。

枪声在运河中回响。先是零星的几声，然后越来越密集。一阵武器的喧嚣打断了她的思绪，士兵们匆忙爬上了橡皮艇。

“走吧！”图尔说，“快点儿！在你失去最后的机会之前！快走！”

“快点儿！”奥乔焦急地催促道，“快点儿！”

玛丽亚仍然犹豫不决，图尔直接把她抱进了小船，将她放在士兵们中间。名叫斯托克的士兵启动了引擎，他们便迅速离开了那个半兽人待的地方。玛丽亚回过头去看，图尔举起手向她告别，然后转身跳入了运河，完全消失了。玛丽亚盯着他消失的地方，祝愿他一切顺利。

第四十六章
消失的围城

橡皮艇在运河上疾驰，留下一道白沫横飞的尾流。前方回荡着枪声。

“要来了。”奥乔嘟囔道。

“我们能行吗？”玛丽亚问道。

“最后一搏了。”当斯托克全速操纵快艇时，发动机的嗡鸣声越来越大。奥乔将玛丽亚按倒，用自己的身体掩护着她。子弹飞过头顶，发出尖锐的声音。联合星际部队的娃娃兵们或匍匐或蹲下还击。子弹壳像雨点般落在玛丽亚身上。

他们冒着枪林弹雨穿过神军的阵地，一边射击，一边继续前进，当他们彻底脱离战区，结束战斗时，奥乔大声叫嚷着让他的士兵汇报情况。

玛丽亚挺直身子，试图弄清楚接下来要做什么。一个耳朵缺了一块的娃娃兵正在疯狂地修补小艇的侧面，阻止气体泄漏。玛丽亚俯身对他说：“我能帮上什么忙吗？”

“把手放在这个地方，”孩子指着一个洞说，“还有这个洞。我应该有胶带。”

他开始在他们的收集品中翻找，找到一个袋子，撕开后发现了胶带。

“上次我们使用这个的时候，我记得是用在你身上。”他咧嘴笑着说。玛丽亚盯着他看，思考着这句话是否有威胁的含义，但这个孩子就像一只控制不住自己的小狗一样，他几乎在蹦蹦跳跳。

“我叫范。”他一边说着一边用胶带贴住洞口。子弹再次从头上呼啸而过，但范并没有停止微笑。他一直专心地做着自己的工作，仿佛在有敌人追击的运河上乘风破浪是世界上最酷的事情。

她觉得他疯了。

然而，当她环顾其他士兵时，她意识到他们都像范一样富有生命力，对所做的一切都充满了渴望。

他们正在离开，所有人都在离开。他们顶着风，眼睛比她以往见过的任何东西都更明亮、更有生气。一整群娃娃兵，追求着他们曾经认为自己永远不会被允许拥有的未来。

前方，联合星际部队的哨兵看到了他们，举起步枪，但奥乔举起了联合星际部队的旗帜。于是哨兵们放下了武器，向他们招手让他们通过。三艘船排成一排，迅速通过一个个检查站。

玛丽亚看着检查站的哨兵被他们抛在身后，开始思考自己这样轻易地从他们眼皮底下飞驰而过会不会显得很反常，那些人有没有注意到她，又是否会追究她一个混血弃儿为什么和一帮联合星际部队的士兵混在一起。但随后，他们终于穿过了最后的检查站，抵达了波托马克港，玛丽亚决定永远不再关心联合星际部队或任何其他军阀对她的想法。

他们的眼前是一片开阔的蓝色水域，阳光闪烁在波浪上。整个港口的快船都在升起他们的帆，准备逃离。一些船只已经开始移动，它们的白帆被风吹得鼓鼓的，迎风飘扬。她看着其中一艘船，在水面上升起水翼，划破波浪驶向远海。

那景象实在太美，就像一只海鸥腾空而起。

“现在怎么办？”奥乔问。

玛丽亚仔细看了一下，指着一艘船说：“就那艘吧。”

那艘船富丽堂皇，有着流畅而纤细的弧度，船体在阳光的照射下显得更加洁白，刚刚展开了一部分船帆。它的主人显然是一位富有的古董买家，在这趟旅程中收获颇丰，正准备离开这座即将被暴力再次笼罩的废墟城市。

“你确定吗？”奥乔问。

“他们好像是过去常常和我妈妈做交易的人。”

奥乔发出了命令，他们的橡皮艇斜划过波浪，追逐着玛丽亚选择的目标船。当他们接近时，她望着那艘闪耀的船，回忆起多年前她站在波托马克港的情景，当时她乞求着，渴望维和部队的船只能够返回。

*这次你不是在乞求，*她想道，*你是在和他们做交易。*

“这会奏效吗？”奥乔在他们接近快速帆船时低声问道。

“没问题，我们能成功的。升起那面旧旗帜吧。”

“那卷烧焦的旧东西？”

“没错，那会吸引他们的注意。他们一定会想要它的。”

他们的橡皮艇在波浪间飞速穿行，高举着破旧的旗帜。果然，快速帆船上正在展开的帆突然停了下来，开始自行收拢。

玛丽亚能够看到甲板上的人们，他们用望远镜仔细地观察着他们，目不转睛。他们会对她要出售的东西感兴趣。她的心跳加速了。这将会成功。真的会成功。

“别拿起枪，伙计们。”奥乔说，“试着保持微笑，看起来友好一点儿。”

玛丽亚差点儿笑了出来。奥乔似乎察觉到了她的幽默，但他自己的微笑几乎在出现的同时就消失了。

“你觉得他们会接纳我们吗？会吗？”

“他们已经在接纳我们了。”

“不，我是说……”他摸了摸自己的脸颊和上面的烙印，“他们会知道我们做了什么，对吧？他们会知道我们是什么样的人的。”

玛丽亚看着他，再次看到了他身上的另一部分。作为一个士兵之外的那一部分。那一部分来自遥远的过去，那时他还没有成为中士，还没有在淹没之城中沉沦。那时他只是一个惊恐的孩子，被随意打骂、鞭笞、烙印，辗转奔波在军阀交火的战场上，直到几乎丧失了所有的人性。而现在他正站在她面前，等待着她的回答，尝试相信一个崭新的未来。

她张开嘴，试图告诉他一切都会好起来的。他们可以用金钱买到尊重。他们可以去一个没有人听说过联合星际部队、淹没之城或者神军的地方，一个没有这一切存在的地方，也许是海景波士顿，甚至更远的地方。他们可以消失在他们曾经的一切之外。

她想说，他们会找到一个这样的地方。

但是她低头看了看自己的双手。她失去了右手，左手上也裹着绷带，她开始怀疑自己。一个只有四个手指头的女医生有什么用呢？

最后她说："步步为营，战斗小子们。一步一步来，我们会搞定的。"

他们飞快地靠近了大帆船，船威严地矗立在他们面前。有人抛下一个绳梯，战斗小子们纷纷爬上绳梯登上船。他们一个接一个地上去，然后玛丽亚来到梯子面前。

她深吸了一口气，伸手勾住绳梯的横杠。在她身后，几个战斗小子托举着她，将她往上推，然后她脱离了小艇，开始向上攀爬。